천기소설 神

천기소설

神

명상가 **도성** 지음

* 이 책은 지난번에 쓴 저자의 책 내용이 흥미롭고 유익하다는 많은 독자들의 성원에 힘입어 개정출간함을 알려드립니다. – 필자

뿌리출판사

머리글

　이 책은 읽는 재미와 함께 엄청난 정보를 제공합니다.

　이 책은 글쟁이의 대필을 시키지 않고 최고의 경지에 오른 도인(道人)이 직접 직감직필(直感直筆)로 수정 없이 단번에 써내려간 천기누설의 엄청난 보물책입니다.

　이 책은 현재진행형으로 신비롭고 흥미진진한 이야기를 펼쳐가면서 중간중간에 알박기로 하늘과 신(神)들의 놀라운 비밀작용을 최초로 공개하는 귀중한 책입니다.

　이 책은 당신이 한평생을 살면서 누구에게서도 결코 배울 수 없는 운명의 원리와 진짜로 잘살 수 있는 삶의 기술을 직접 가르쳐주는 인생전략의 진짜 보물책입니다.

　이 책은 시대와 세대를 뛰어넘고 나라와 종교를 뛰어넘어 언제까지나 또는 누구에게나 아주 유익한 비밀필독서임을 자신있게 밝혀 드리면서 이 책의 엄청난 흥미를 직접 확인해보시길 진심으로 바라는 바입니다.

　책 내용을 직접 확인하십시오!!

필 자 올림

차 례

천기소설 神

제1장
산(山)으로 길을 떠난다

"나는 어디로부터 와서 어떻게 살다가
또다시 무엇이 되어 또 어디로 갈 것인가?! ….."

성공을 하고 싶다!
출세를 하고 싶다!
돈을 많이 벌고 싶다!
결혼을 잘하고 싶다!
건강하게 오래살고 싶다!
정말 행복해지고 싶다!
그런데, 왜 마음먹은대로 안 되는 것일까?
정말로 운명(運命)이란 것이 있는 것일까?
그렇다면, 나는 누구일까?…

이 화두를 가지고 정말로 흥미롭고 드라마 같은 삶을 살아온 특별한, 아주 특별한 한사람의 인생살이 이야기를 펼치면서 도전과 실패 그리고 새로운 방법으로 또다시 도전하여 4전5기로 성공을 하고 진짜 부자가 된 '인생역전'의 논픽션 실제상황 성공노하우가 담긴 인생이야기를 필자보다 나이가 젊은 사람들에게 또는 현재의 삶보다 더욱 잘살아보려고 노력하는 사람들에게 그리고 하늘의 진리를 구하고자 하는 사람들에게 삶의 가르침을 주고자 합니다.

필자는 먼저 이 글을 읽는 독자분에게 묻습니다.

위장이 쓰리도록 고민을 해 본 경험이 있습니까?
아무도 보지 않는 곳에서 대성통곡을 해 본 경험이 있습니까?
꼬박 밤을 지새우며 일을 해 본 경험이 있습니까?
도시의 밤거리를 끝도 없이 걸어 본 경험이 있습니까?
눈물을 흘리며 빵 조각을 먹어 본 경험이 있습니까?
새우처럼 웅크리고 노숙을 해 본 경험이 있습니까?
사랑하는 사람에게 배신을 당해 본 경험이 있습니까?
밤낮으로 사랑하는 짝을 그리워 해 본 경험이 있습니까?
꼭지가 돌만큼 술에 취해 본 경험이 있습니까?
사업실패로 손해를 당해 본 경험이 있습니까?
빚쟁이가 되어 도망 다녀 본 경험이 있습니까?
포승줄로 묶여 물 고문을 당해 본 경험이 있습니까?
한번쯤 자살을 시도해 본 경험이 있습니까?

진짜로 맨땅에 헤딩해 본 경험이 있습니까? ….

이렇게 살아도 보고 저렇게 살아도 보고 노력도 해보고 막살아도 보고 하다가 결국 자살까지 시도하였건만 마음대로 죽지도 못하고 다시 깨어나 종합병원이 쩌렁쩌렁 울리도록 하늘을 향해 눈깔을 치뜨고 주먹질을 하면서 울부짖습니다.

"나 좀 죽여주세요! 나 좀 죽여주세요! 나 좀 죽여주세요! …."

목이 쉬도록 울부짖으며 또 울부짖으며 하늘을 원망하고 부모를 원망하고 운명을 원망해 본 사람이 지금 여기 있습니다.

(필자는 이 글을 쓰면서 젊은 날 그 때의 상황들이 슬픔으로 떠올라 잠시 눈물이 글썽글썽 해 집니다.)

복(福)을 잘 타고나거나 운(運)이 좋아서 고생을 안 해본 사람이나 또는 부모를 잘 만나서 고생을 안 해본 사람은 정말로 그러한 사람들의 심정을 모를 겁니다.

삶의 벼랑 끝에 서 보지 않은 사람은 정말로 그러한 사람들의 심정을 모를 겁니다.

사나이 대장부로 태어나 꿈 한 번 못 펴보고 이리 떠밀리고 저리 떠밀리고 좌충우돌하다가 넘어지고, 계란으로 바위 치기나 당하고, 조금 있는 것마저 다 빼앗기고, 넘어지고 또 자빠지고 결국에는 실패자가 되고 낙오자가 되고 지지리도 못난 바보 아닌 바보가 되어서 부모 형제 친척 친구의 눈치를 살피는 등등 자격지심으로 인한 대인기피증까지 생기면서 어두운 뒷방의 구석방에 문 걸어 잠그고 구들장을 짊어지고 천장을 바라보며 몇 날 며칠이 지나도록 고뇌의 고뇌를 계속하다가 방문을 열고 기어 나와 하늘을 올려다보며 중얼거립니다.

"그래! 산(山)으로 들어가는 거야. 산으로….."

나는 내 삶의 마지막 방법으로 일생일대의 모험을 걸고 도(道)나 닦으려고 산(山)으로 길을 떠납니다.

내 자신을 알기 위해서, 나의 운명을 내 스스로 알아보기 위해서, 왜 나는 그렇게도 운(運)이 열리지 않는 것인지를 알고 싶어서 또한 더 이상 살고 싶지 않아서 그리고 아무도 없는 곳에서 죽을 생각까지도 하고 입산(入山)을 선택합니다.

도(道)닦는 것까지도 실패하면 그곳에서 정말 죽기를 각오하고 산(山)으로 길을 떠납니다.

70살 노모 어머님의 눈물의 전송을 뒤로하고 고향 생가를 나섭니다.

산중턱까지만이라도 짐을 옮겨준다면서 어머님을 모시고 고향 시골에서 농사를 지으며 오순도순 열심히 잘살아가고 있는 동생 '손재성' 이가 형의 짐을 짊어지고 뒤따라 나섭니다.

형의 처지를 늘 걱정해주는 동생이 정말로 고맙고 또한 한편으로는 형으로서 부끄럽기도 하고 미안하기도 합니다.

나는 도(道)를 닦으러 산(山)으로 길을 떠납니다.

옛날 어릴 적에는 산머루를 따먹고, 산다래를 따먹고, 양지바른 곳에 자기 홀로 자생하는 춘란의 꽃대를 뽑아 까먹기도 하면서 뒤뜰 삼아 자주 올라놀던 뒷동산이었건만 지금은 산(山) 기도 공부를 하러 산(山)을 오릅니다.

어릴 적 추억이 서린 그 산(山)을 지금은 경건한 마음으로 오르고 있습니다.

"하늘의 명기는 산(山)을 통하여 땅에 내린다."

고 하니 나는 지금 하늘의 명기를 받아 신통력을 얻어서 내가 누구이고 나의 전생이 어떠했는지? 나의 운명은 어떻게 타고났는지? 왜 나는 그렇게도 운(運)이 열리지 않는지? 이렇게 살다가 언제 어디서 어떻게 죽을 것인지? 죽은 후에는 또다시 무엇이 되어 또 어디로 갈 것인지? ….

등등을 내 스스로 알아내기 위해서 그리고 중년까지의 인생을 실패한 낙오자로 현실도피성도 솔직히 인정하면서 나는 복잡한 심경으로 산(山)을 오르고 있습니다.

낮은 산 고개를 넘고 산 능선을 타면서 더 높은 곳을 향하여 계속 산(山)을 오르고 있습니다.

이곳 산중턱쯤의 마당바위까지 올라왔으니 이제 동생과는 헤어져야 합니다.

나는 동생과 또다시 다짐의 약속을 합니다.

한 달에 한 번씩 이곳 산중턱쯤에 위치한 넓은 마당바위에다 비닐로 싸서 식량을 갖다놓고, 식량을 갖다놓을 때에 먼저 갖다놓았던 식량이 없어졌으면 산 속에서 형이 살아있는 것으로 알고, 만약 식량이 그대로 남아있으면 아무도 없는 산 속에서 형이 도(道)를 닦다가 죽은 것으로 판단해서 죽은 형의 시신이라도 찾아 그곳에서 불태워 화장을 시켜주고, 그래도 우리가 이승에서 형제의 인연으로 만났으니 꼭 한 번 '해원천도제' 라도 해주어 죽은 형의 원혼이라도 달래주기로 약속을 합니다.

나는 눈물을 글썽거리는 동생의 등을 떠밀다시피 해서 산을 내려보냅니다.

이제부터는 내가 짐을 짊어지고 산(山)을 오릅니다.

오랜 세월 동안 산(山) 속에서 혼자 살려고 옮기는 짐이다보니 엄청나게 양도 많고 무게도 무겁습니다.

커다란 배낭을 등에 짊어지고 또 커다란 가방을 목에 걸어 매고서 고달픈 삶의 짐을 짊어지듯 더 높은 곳을 향하여 산(山)을 오릅니다.

다른 사람들은 운동 삼아 소풍 삼아 그리고 건강을 위해 산을 오르건만 이놈의 신세는 중년쯤의 나이에 죽음을 각오하고 도(道)를 닦으러 산을 오른다고 생각하니 제 설움이 복받쳐 울면서 산(山)을 오릅니다.

아무도 보는 사람이 없으니 큰소리로 엉ㅡ엉ㅡ울면서 산(山)을 오릅니다.

개소리 닭소리 사람소리가 들리지 않는 깊고 높은 산 속으로 계속 들어가면서 더 높은 곳을 향하여 산(山)을 오릅니다.

내 나이 15살 경부터 가끔 꿈속에서 보아왔던 산꼭대기 바로 아래의 '옹달샘'을 찾아서 깊고 높은 산(山)을 계속 오릅니다.

땀과 눈물은 범벅이 되어 흘러내리고 무거운 짐으로 다리는 후들거리고 어깨는 아프고 목은 뻐근하고 숨을 헉헉대면서 가시에 옷이 찢기고 살이 찔리면서 고달픈 삶의 무거운 짐까지 짊어지고 가파른 산(山)을 오릅니다.

오랜 세월 사람이 다니지 않아서 산길도 없는 산(山)을 가시에 찔리고 넘어지고 하면서 지난밤 꿈속에서 또 보았던 옹달샘 근처의 지형을 머릿속에 떠올리면서 코끼리가 수명을 다하면 자기 죽을 곳을 스스로 찾아가듯 나는 숙명처럼, 무엇에 홀린 사람처럼 산꼭대기 바로 아래에 위치한 '옹달샘'을 찾아 두리번거리면서 더 높은 곳을 향하여 산(山)을 오릅니다.

가시에 찔린 팔과 다리에서 피가 흘러내립니다.

눈에서는 눈물이 흘러내리고 온 몸뚱이에서는 땀이 흘러내리고 있습니다.

드디어 눈에 익은 듯한 지형이 나타납니다.

눈이 번쩍 뜨입니다.

어깨가 내려앉을 듯 등허리가 끊어질 듯 목이 꺾일 듯한 무거운 짐들이 순간 가볍게 느껴지면서 힘이 솟습니다.

오랜 세월 동안 꿈속에서만 보아온 바로 그곳에 다다릅니다.

"오! …."

드디어 찾았습니다. 조그마한 집터하나 만큼의 평지가 있고 그 옆의 움푹한 곳에 쪼르르-쪼르르- 흘러내리는 물줄기가 보입니다.

그 물줄기를 따라서 위쪽을 바라보니 '옹달샘'이 있습니다.

숙명처럼 찾고 있는 그 '옹달샘'이 지금 눈앞에 보입니다.

뜨거운 모래밭의 사막에서 목마름으로 기진맥진할 때에 생명수 오아시스를 만난 듯 너무나 너무나 반갑습니다.

나는 아직도 짊어지고 있는 짐을 조심스레 내려놓고 먼저 '옹달샘'에 큰절로 절부터 합니다.

뜨거운 내 가슴에 알 수 없는 찡-하는 감정을 느낍니다.

알 수 없는 이상한 전율까지 느끼면서 맑고 맑은 산 속의 옹달샘 물을 그냥 엎드려서 한없이 꿀꺽-꿀꺽- 들이킵니다.

정말로 물맛이 좋고 또한 시원합니다.

한숨 돌리고나서 또 엎드려 옹달샘 물을 들이킵니다.

이 옹달샘은 전라남도 고흥군 도화면에 소재한 '천등산(天登山)' 산꼭대기에서 남쪽으로 뻗어 내린 '탑사골' 골짜기의 맨 위쪽 8부 능선 높이쯤에 위치하고 있습니다.

이 높은 산꼭대기 근처에 이런 옹달샘이 있다니 참으로 신기하고도 신기합니다.

무엇인가 알 수 없는 수수께끼의 비밀이 있는가 봅니다.

삶의 벼랑 끝에서 만난 이 깊고 높은 산(山) 속에 존재한 옹달샘의 비밀을 조심스레 밝혀 보기로 하겠습니다.

인연의 비밀을 알아내기 위해 책 속으로의 탐험을 시작합니다.

이제부터 보이지 않는 세계의 진실을 사실적으로 하나씩 밝혀내는 엄청난 하늘세계와 정신세계의 탐험이 시작됩니다.

제2장

천등산(天登山) 신령님의 계시를 받는다

나는 지금 깊고 높은 천등산(天登山) 속의 옹달샘 옆에 앉아 있습니다.

산(山) 속의 옹달샘 물을 실컷 들이켜고나서 잠시 옹달샘 옆에 앉아 땀을 식히면서 내 자신을 생각해봅니다.

필자는 이곳 천등산(天登山)의 산꼭대기에서 남서쪽으로 가장 크고 기다랗게 뻗어 내린 산줄기의 끝머리 마을 '전라남도 고흥군 도화면 가화리 이목동' 배나무고을이라고 불리는 시골에서 밀양 손씨 가문의 시조 '손순 할아버지'의 40대 손으로 이곳 천등산의 명기와 지기를 받고 갑오년에 태어났습니다.

"인걸은 지령이라."

명산(明山)의 명기(明氣)가 명인(名人)을 배출하고, 또한 지명(地名)과 산(山) 이름은 이름에 따른 기운(氣運)이 흐르고, 그리고 살아있는 모든 만물은 풍수지리의 환경적 영향을 받으니 필자의 고향 배나무고을의 지형을 조금만 소개할까 합니다.

'배나무고을' 이라는 전라남도 고흥군 도화면 가화리 이목동 마을은 천등산(天䆈山)의 산줄기가 가장 크고 기다랗게 뻗어 내린 산줄기의 끝머리에 위치하고, 마을의 뒷동산은 '병풍바위' 로 빙 둘러있고, 마을의 양쪽 옆으로는 '안태산' 과 '삼태산' 이 마을을 감싸듯하고, 마을의 앞쪽으로는 들판이 펼쳐지고, 그 들판 너머로는 멀리 '유주산' 이 솟아 있고, 마을에서 1km 거리쯤의 남서쪽으로는 '남해바다' 가 펼쳐지고, 푸른 바다 위에 소록도 · 거금도 · 시산도 · 죽도 · 유리도 등등의 섬들이 보입니다.

배나무고을에서는 옛날부터 대대로 선비 · 지관 · 점술가 · 도사 등등의 특별한 인물이 끊임없이 태어난다고 전해 내려오고 있습니다.

배나무고을의 풍수지리작용이 이러해서인지 나의 탄생도 어릴 적부터 늘 의구심을 가져왔습니다.

내 나이 15살 경부터 가끔 꿈속에서만 보아왔던 산꼭대기 근처의 신기한 옹달샘의 존재에 대해서도 운명적 관련성에 의구심이 있어왔고, 그리고 천등산 중턱 아래의 '탑사' 란 옛 절터와 현재까지 남아있는 우뚝 솟은 돌기둥의 존재에 대해서도 운명적 관련성이 있는가 라고 의구심이 있어 왔습니다.

이 모든 것들이 나와는 무슨 관련성이 있고 또한 어떤 인연이 있는 것일까? ….

하루 종일 무거운 짐을 짊어지고 엉-엉- 소리내어 울면서 눈물과 땀을 흘리며 넘어지고 엎어지고 나뭇가지에 찢기고 가시에 찔리고 피까지 흘리면서 개소리 닭소리 사람소리가 들리지 않는 첩첩 깊고 높은 산(山)을 올라와 산꼭대기 바로 아래 옹달샘 옆에 앉아있는 내 자신을 잠시 생각해봅니다.

이제 사나이가 쏜 화살은 이미 활시위를 떠나 공중을 날고 있는 화살이 되었습니다.

날고 있는 화살은 멈추면 땅에 떨어지니 계속 날아갈 수밖에 없습니다.

나는 이미 유서까지 써놓고 유언까지 남기고 입산(入山)을 했습니다.

앞으로는 이곳에서 무엇이든 스스로 해결하면서 기본 식량 외에는 자급자족을 해야 하고 또한 자존을 해가야 합니다.

나 홀로 산(山) 속에서 살아가야 하니 아프지도 말아야 합니다.

나는 젊은 날 한 때 공수특전부대에서 군대생활을 할 때에 산 속에서 또는 적 지역에서 스스로 살아남아야 하는 생존학을 배웠고 또한 특수훈련도 받았고 또한 밑바닥 사회생활도 경험해보았으나, 산(山) 속에서 도(道)닦는 공부는 스승도 없고 책도 없고 동료도 없이 오직 혼자서 고독과 추위 그리고 배고픔까지 이겨내면서 해야 하고, 그 기간은 1년이 걸릴지 10년이 걸릴지 아니면 평생이 걸릴지 기약조차 없습니다.

나는 이제 길 없는 길을 가야 합니다.

길 없는 길을 이제부터 길을 만들면서 나아가야 합니다.

때는 이름 봄철이라 나뭇가지에는 새움이 틔기 시작하고 진달래꽃이 피기 시작합니다.

봄은 만사만물의 시작이니 때마침 나도 입산수도의 시작을 합니다.

나 홀로 도(道)닦는 공부가 1년이 걸릴지 10년이 걸릴지도 모르고 또한 해를 붙잡아 둘 수도 없으니 우선 짐을 풀고 텐트를 칩니다.

그러고나서 오랜 세월 동안 묵혀있던 옹달샘인지라 깨끗이 청소를 하고, 납작하게 생긴 커다란 돌을 안고 와 옹달샘 옆에 제단을 만들고 나니 이제 하루 해가 저물어갑니다.

나는 아무도 없는 산(山) 속인지라 땀으로 젖은 옷을 훌훌 벗어버리고 옹달샘 아래편에서 옹달샘 물로 머리끝에서 발끝까지 몸을 씻습니다. 몸을 씻으면서 찌들은 삶의 찌꺼기까지 함께 더러워진 마음의 때까지 모두 씻어냅니다.

이른 봄철 해가 질 무렵의 깊고 높은 산(山) 속의 옹달샘 물인지라 몹시 차갑지만, 차가움도 잠시뿐이고 몸에 물을 끼얹고 문지르고 또 물을 끼얹고 또 문지릅니다.

발가벗은 알몸뚱이에서 김이 무럭무럭 피어오르고, 이가 다각 다각 부딪히고, 몸뚱이가 달달 떨리지만 목욕이 끝날 무렵에는 오히려 춥지도 않고 너무나 개운합니다.

해가 저물어 길게 산(山) 그림자가 드리워진 산 경치를 한 번 둘러보고서 개운한 기분으로 옷을 갈아입습니다.

그리고나서 짊어지고 올라온 짐 속의 곡식자루에서 쌀 한 홉을 꺼내 씻어 조그마한 솥에 신령님께 올리는 공양미 밥을 짓고, 3가지 삼색 과일을 깨끗이 씻어 접시에 담습니다. 그리고 굵은 소금을 꺼내어 4방으로 조금씩 뿌리고, 또 물 한 바가지를 떠서 4방으로 조금씩 뿌리면서 기도처 도량을 깨끗이 정화를 합니다. 그리고 양초 두 자루를 꺼내어 돌 제단 위에 세웁니다.

기도 준비를 다하고 정성스러운 마음으로 공양미 밥을 솥 채 돌 제단 위에 올리고, 삼색 과일을 올리고, 술 석 잔을 올립니다. 그리고 양초 두 자루에 불을 켜고, 향 세 개에 불을 붙여 향을 사릅니다.

그런 다음 동서남북 4방으로 서서 합장으로 한 번씩 인사를 하고, 돌 제단을 향해 큰절 3번을 하고, 두 손을 합장으로 모으고 하늘과 신령님께 처음으로 기도를 드립니다.

"하늘이시여! 신령님이시여! 저는 저 아래편 산 넘고 또 산 넘어 이 산줄기 끝머리 배나무고을 밀양 손씨 가문의 40대 손으로 갑오년에 태어난 손재찬입니다.

저의 탯줄은 이곳 천등산의 산줄기 끝머리 배나무고을 마을 어귀에 묻혀있고, 저희 할아버지 할머니 그리고 아버지 조상님의 묘소도 이곳 천등산의 산줄기 끝머리 배나무고을 마을 뒷산에 묻혀있습니다.

사나이로 태어나 꿈도 크고 이상도 높고 야망도 있었건만 어찌해서 운(運)을 열어주지 않는 것입니까? 제 꿈속과 현실에서 일어나는 기이한 일들은 다 무엇입니까? 나는 정녕 누구이며 내 영혼은 정녕 누구입니까? 나의 삶이 전생의 업보라면 나는 정녕 어떻게 살아야 합니까? 전생에 무슨 죄를 얼마만큼 지었기에 이다지도 운(運)을 열어주지 않는 것입니까? 내 영혼의 전생업보입니까? 아니면 내 부모님의 핏줄내림업보입니까? 차라리 내가 바보천치로 태어났다면 이다지도 괴롭지는 않을 것이며 고민하지도 않을 것입니다.

사대육신 멀쩡하게 생겨 가지고 왜 실패 낙오자가 되어야 합니까?!

아무리 노력을 해도 운(運)이 열리지 않고 또한 운(運)이 따라주지 않으니 너무나도 힘이 들고 하늘이 원망스러울 뿐입니다.

저는 손씨 가문을 핏줄의 인연으로 또한 이곳 천등산(天登山)을 지령의 인연으로 태어난 몸이니 최후로 이곳에 맡기러 왔습니다.

저를 죽이든 가르침을 주시든 하늘과 신령님의 뜻대로 하십시요!

현생에서의 나의 삶이 전생의 업보이든 또는 핏줄의 업보이든 이 생명이 다할 때까지 운(運)이 열리지 않고 실패 낙오자로 계속 살아야 하는 인생이라면 차라리 오늘 죽음을 선택하겠습니다.

내가 누군지도 모르고 그 이유도 모르고 바보처럼 살다가 원한과 미련을 안고 끝낼 인생이라면 차라리 오늘 아무도 보지 않는 이 깊고 높은 산(山) 속에서 죽음을 선택하겠습니다.

내 손으로 만든 이 돌 제단을 차라리 오늘 제 목을 베는 단두대로 사용하십시요!

오늘 아무도 없는 이 산(山) 속에서 죽음을 선택하려고 하니 신령님들께서 신통술로 제 목숨을 거두어 주시옵소서!

실패자의 인생, 이 세상 그만 살고 싶습니다…"

나는 넋두리처럼 중얼거리고 하염없는 눈물을 흘리면서 내가 만든 돌 제단 앞에 무릎을 꿇고 머리를 옆으로 눕혀서 내 목을 돌 제단 위에 올려놓습니다.

지난날의 힘들고 억울하고 어려웠던 일들이 주마등처럼 스쳐지나 갑니다.

부모님과 형제들의 얼굴이 떠오르며 또 스쳐지나 갑니다.

하염없는 눈물이 계속 흘러내립니다.

다른 사람들은 살려고 발버둥을 치고 있는데 젊은 나이에 스스로 죽음을 선택하고 있는 내 자신의 모습이 너무나도 쓸쓸하고 처량하여 설움이 복받쳐 하염없는 눈물이 계속 흘러내립니다.

소리 없는 울음이 이내 통곡으로 바뀌면서 깊고 높은 산(山) 속에서 목놓아 대성통곡을 합니다.

해는 이미 저물어 어둡고, 깊고 높은 산(山) 속에서 나 홀로 밤중에 대성통곡으로 울면서 목이 쉬도록 원도 한도 없이 울고 또 울고 있습니다.

질긴 목숨인지 죽어지지는 않고, 설움이 복받쳐 울다가 울다가 지쳐서

울음이 그치니 나는 돌 제단을 움켜잡고 있고, 촛불은 꺼져있고, 주위는 캄캄한 산(山) 속의 어두움뿐입니다.

정신을 가다듬으니 코는 맹맹-거리고 으스스한 한기가 들면서 배가 고픕니다.

눈물을 닦고 코를 풀고나서 밤하늘을 올려다보니 어찌 그리도 별들은 총총-한지 퉁퉁-부은 눈두덩이 사이로 밤하늘에 빛나는 별만 보이고 주위는 캄캄하여 아무것도 보이질 않습니다.

한참 동안 밤하늘의 별을 올려다보며 진정이 되자 해가 지기 전 밝았을 때의 주변 모습을 떠올리면서 손을 더듬어 성냥을 찾고 불을 켜 다시 초에 불을 붙이고 촛불이 바람에 꺼지지 않도록 조심 또 조심을 합니다.

배가 너무나 고파서 우선 옹달샘 물을 꿀꺽-꿀꺽- 들이키면서 시장끼를 달래고 얼굴과 손발을 씻습니다.

그리고 돌 제단 위에 올려놓은 음식을 내려와 먼저 밥 한 숟갈을 떠서 "고수레!" 소리와 함께 텐트 밖으로 던져버리고 나 홀로 텐트 안에서 다 식어빠진 밥을 먹습니다.

시장끼가 반찬이라고 하였던가. 집을 나설 때 아침밥을 먹고 하루 종일 무거운 짐을 짊어지고 산을 오르고, 아예 점심은 굶고 이제 어두워진 밤이 되어서야 저녁밥을 먹으니 밥맛이 꿀맛처럼 맛있습니다.

조금 전까지만 해도 깊고 높은 산(山) 속의 어둠 속에서 대성통곡으로 울 때는 정말 이 세상 그만 살 것 같더니만 밥을 먹을 때에는 왜 이리도 밥맛이 좋은지 모르겠습니다. 다 식어빠진 맨밥에 김치와 콩자반으로 밥을 다 먹고 과일 하나까지 후식으로 먹습니다.

그러고나서 어두우니 대충 치우고 오늘은 산(山) 속의 첫날밤이니 그냥 일찍 잠자리에 들어갑니다.

으스스하여 영 잠이 오질 않습니다.

이리 뒤척 저리 뒤척, 이런 생각 저런 생각이 떠오르고 지나간 바깥세상의 일들이 또 주마등처럼 스쳐가고 또 부모님과 형제들의 얼굴이 떠오릅니다.

깊은 밤 텐트 밖의 숲 속에서는 소쩍새가 밤새도록 구슬피 울고 있습니다.

밤에 우는 소쩍새의 울음소리가 그렇게도 구슬프다는 이야기를 뼛속에 사무치도록 난생처음 느껴봅니다.

첩첩산중의 깊고 높은 산(山) 속에서 캄캄한 밤중에 나 홀로 얇은 천으로 되어있는 텐트 안에 지금 누워있습니다.

텐트 밖의 숲 속에서 들려오는 소쩍새의 구슬픈 울음소리쯤이야 '아무리 구슬퍼도 새이니까' 라고 생각하지만, 텐트 밖의 어둠 속에서 들려오는 정체불명의 부스럭거리는 소리와 짐승 발자국소리 그리고 산고양이의 아기 울음소리 같은 소리는 머리칼이 거꾸로 서는 듯 소름을 끼치게 합니다.

처량함과 두려움의 감정을 내 스스로 안정시키면서 잠을 청해보지만 으스스함과 추위로 영 잠이 오질 않습니다.

밤은 점점 깊어가고 어떻게든 잠을 청해보려고 어둠 속에서 더듬더듬 옷을 찾아 옷을 하나 더 껴입고 새우처럼 웅크리고 잠을 청하니 이제야 겨우 잠이 오길 시작하고 깊은 잠 속으로 들어갑니다.

나는 오늘도 잠 속에서 꿈을 꿉니다.

내 나이 15살 경부터 지금까지 가끔씩 꿈속에 나타나서 무엇인가를 암시해주고 또한 계시를 해주던 먹물색 삿갓을 쓰고, 먹물색 옷을 입고, 먹물색 걸망을 짊어지고, 기다란 지팡이를 짚고 다니는 그 스님이 또 나타납니다.

꿈속에 나타난 스님은 산꼭대기 위에서 장삼자락을 바람에 휘날리며 한 손으로 삿갓을 들어 올리고 산(山) 속에 들어와 텐트 안에서 웅크리고 잠을 자고 있는 내 모습을 한참 동안이나 내려다보더니 빙그레 웃고는 이내 사라집니다.

또, 내 나이 15살 경부터 지금까지 내가 위험과 억울함을 당할 때마다 가끔씩 꿈속에 나타나서 '최악은 막아 줄 테니 걱정하지 말라' 하시던 쇠꼬챙이 달린 투구를 쓰고, 갑옷을 입고, 말을 타고, 항상 큰칼을 한 손에 들고 다니는 그 장군님이 우렁찬 말발굽소리와 함께 말을 타고 또 나타납니다.

꿈속에 나타난 장군님은 말 잔등 위에서 산(山) 속 텐트 안에서 혼자 웅크리고 잠을 자고 있는 내 모습을 한참 동안이나 내려다보더니 껄껄껄— 웃고는 이내 사라집니다.

이 삿갓 쓴 스님과 말을 탄 장군님은 가끔씩 꿈속에서 보아왔기 때문에 그냥 그러려니합니다.

계속 잠을 자고 있는데 이번에는 오늘 처음 보는 '백발노인'이 하얗고 기다란 머리칼과 수염을 바람에 휘날리고 하얀 도포자락을 또한 바람에 휘날리며 기다란 지팡이를 짚고 산꼭대기 위에 서서 나를 내려다보며 빙그레 웃고 있습니다.

나는 꿈속에서 오늘 처음 보는 백발노인에게 묻습니다.

"노인장께서는 누구신데 곤히 자고 있는 이 사람을 내려다보며 웃고 계시는지요?"

"껄껄껄— 이곳 천등산의 산(山)신령이시다. 네가 입산할 때까지 오랜 세월을 이곳에서 기다렸느니라."

"무슨 연유로 이 사람을 오랜 세월 동안이나 기다렸는지요?"

"너는 인간세상에서 아무렇게나 그냥 평범하게 살아야 할 그런 사람이 아니었느니라."

"자세히 가르쳐주실런지요?"

"각각의 사람에게 들어와 있는 영혼은 각각의 바램과 하늘의 법칙에 따라서 그 운명이 정해져 있느니라."

"그렇다면 내 몸속에 들어와 있는 내 영혼이 누구인지 가르쳐주실런지요?"

"너의 영혼은 하늘의 신(天神)으로서 인간으로 다시 환생하였느니라."

"하늘의 신(天神)이 인간으로 왜 다시 환생하는지요?"

"그것은 신(神)과 영혼만이 알 수 있느니라."

"어떻게 하면 신(神)들께서 하시는 일을 인간도 알 수 있게 되는지요?"

"신통력을 지녀야 하느니라."

"어떻게 하면 그 신통력을 지닐 수 있는지요?"

"신통력을 지닐 수 있는 과정의 도(道)를 닦아야 하느니라."

"그렇다면 이 사람도 도(道)를 닦을 수 있는지요?"

"너는 전생(前生)부터의 상근기가 있으니 도(道)를 닦을 수 있느니라."

"산(山)신령님, 그 말씀들이 정녕 그러한지요?"

"정녕 그러하도다."

"산(山)신령님, 왜 하필이면 천등산(天登山)이온지요?"

"네 영혼의 전생(前生)부터의 인연 때문이고 손씨 가문의 탄생 핏줄의 인연 때문이니라."

"전생과 핏줄의 인연 때문이란 무슨 뜻이온지요?"

"이곳 천등산에서 도(道)를 닦고 신통력을 지니게 되면 스스로 다 알 수 있게 되느니라. 껄껄껄-."

웃음소리를 뒤로하고 산신령님이 그냥 사라져버립니다.

나는 계속 꿈을 꾸고 또 꿈을 꿉니다.

꿈속에서 바라보니 지금 텐트가 있는 곳엔 움막집이 만들어져 있고, 옹달샘은 빙~ 둘러서 돌담으로 둘러있고, 돌 제단이 크고 높다랗게 만들어져 있고, 그 위쪽에는 높다란 돌탑이 커다랗게 세워져 있습니다. 그리고 원시 자연인처럼 머리칼은 길게 자라서 등허리까지 내려오고, 수염도 길게 자라서 앞가슴까지 내려오고, 다 헤진 기워 입은 누더기 옷차림으로 돌탑 앞에 가부좌를 틀고 앉은 한 남자가 눈을 감고 명상삼매에 들어있는 기이한 모습을 봅니다.

그 모습을 자세히 들여다보니 내 자신의 모습입니다.

내 모습이 그러한 모습을 하고 있습니다.

나는 그 이튿날 새벽 으스스한 추위 때문에 잠에서 일찍 깨어납니다.

누워서 가만히 지난밤의 꿈을 분석해봅니다.

좋은 꿈이든 또는 나쁜 꿈이든 나와 전혀 상관이 없는 꿈이라면 나의 꿈 속에 나타나지 않을 것이기 때문입니다.

내 나이 15살 경부터 지금까지 똑같은 모습으로 내 꿈속에 나타나던 그 삿갓 쓴 스님과 말을 탄 장군님은 도대체 누구일까? 나와는 무슨 상관이 있는 것일까? 그리고 지난밤 처음으로 나타난 백발노인 산신령님과 꿈속에서 나누었던 많은 대화의 내용들은 정녕 그러한 것일까?

나는 이렇게 저렇게 생각을 하고 분석을 하면서 내 운명의 모든 비밀과 의문들이 이곳 천등산(天登山)에서 분명히 그 답을 얻을 수 있을 것이라 믿습니다.

그러면서 지난밤 꾸었던 꿈들을 하늘의 계시로 받아들이기로 하고 잠자리에서 일어납니다.

텐트 밖으로 나옵니다.

높은 산꼭대기의 아침은 일찍 시작됩니다.

산새들이 아침 노래를 부르며 내게 인사를 해옵니다.

나도 산새들에게 아침 인사를 건넵니다.

서로 말하는 표현은 다르지만 뜻은 통하리라 생각하면서 나는 산새들과 아침 인사를 나눕니다.

'새들아! 나도 이제부터 이곳에서 살게 되었으니 이웃 간에 우리 서로 잘 지내보자꾸나. 서로 이해하면서 옹달샘 물도 함께 나누어 먹으면서 끝까지 좋은 이웃으로 잘 지내보자꾸나' 라고 인사를 건넵니다.

그러고나서 옹달샘으로 가 물 한 바가지를 떠서 허공에 휙- 뿌리니 물 떨어지는 소리가 후드득-하고 큰소리로 깊고 높은 산(山) 속의 아침을 깨웁니다.

산 속의 아침을 깨우고 다시 옹달샘 물을 떠서 한 입 넣고 입을 헹구니 너무나 상쾌하고 차갑습니다.

옹달샘 생수를 몇 모금 마시니 너무나 기분이 상쾌하고 물맛 또한 천하일미입니다.

우리 아버지의 말씀이 생각납니다.

"매일 아침 잠자리에서 일어나거든 공복에 생수 3모금씩만 계속 마시면 어떠한 위장병도 치유할 수 있다. 또는 우리 몸은 70%가 수분이기 때문에 반드시 좋은 물을 마셔야 한다"

라고 하셨으니, 나는 그동안 무절제한 세속생활로 신경성 위장병이 있었는데 이곳 산(山) 속의 옹달샘 천연생수로 신경성 위장병을 치유해야겠다고 그리고 건강을 회복해야겠다고 생각을 해봅니다.

깊고 높은 산 속의 맑고 차가운 옹달샘 물이 목구멍을 타고서 위장 속으로 내려가는 짜릿함을 기분 좋게 느껴봅니다.

또한 이곳 산 속의 아침 공기는 너무나 맑고 상쾌합니다.

숨을 들이쉴 때마다 콧구멍에서부터 폐 속 깊숙이 시원한 상쾌함이 기분 좋게 느껴집니다.

나는 젊은 날 한 때 학생운동과 이유없는 반항으로 수사관들의 무리한 취조를 받으면서 여러 번씩이나 물고문을 당했던 경험이 있습니다.

낮에는 쇠창살 유치장에 갇혀 있다가 밤이 되면 지하 취조실로 불리어가서 덩치 큰 형사 서너 명에게 강제로 수갑과 포승줄로 손발이 묶인 채로 기다란 벤치의자에 눕혀지고 얼굴에 수건을 씌우고는 숨을 쉴 수 없도록 내 콧구멍 속에다 주전자로 계속 물을 부어대는 것입니다. 그러면서 실토할 의사가 있거나 말을 하고 싶으면 손가락을 까딱거려 신호 표시를 하라고 할 때엔 정말로 고통스럽고 숨이 답답했습니다. 까무러치고 기절도 했습니다. 너무나 고통스러워서 또한 비몽사몽간에 거짓자백을 하기도 했습니다. 자포자기를 하면서 또는 숨 한 번 쉬어보려고….

나는 젊은 날 그때의 그런 일들 때문에 기침이 가끔씩 후유증으로 나타나기도 합니다.

다시는 국가 권력의 남용으로 인권유린을 하는 고문행위는 없어져야 할 것입니다.

고문을 당해보지 않은 사람은 고문의 고통을 이해하지 못할 겁니다.

국가 권력의 또 다른 폭력이나 인권유린은 반드시 없어져야 할 것입니다.

나는 산(山) 속의 이 맑은 공기로 고문의 후유증으로 재발하는 기침증세도 치유해야겠다고 생각을 해봅니다.

　나는 젊은 날의 지나간 나쁜 일들은 이제 모두 다 잊어버리기로 하고, 깊고 높은 산(山) 속의 이 좋은 생수와 맑은 공기로 병든 육신과 정신 그리고 마음의 병까지 깨끗이 치유하려합니다.

　환경이 바뀌었으니 생각이 바뀌고 또한 바꾸어 나아갈 것입니다.

　지난날의 일들을 거울삼아 앞날을 준비해 나아갈 것입니다.

　앞날을 위해서 새로운 미래를 준비해 나아갈 것입니다.

　우리의 삶은 앞날이 더 더욱 중요하기 때문입니다.

제3장
목표설정과 계획을 철저히 준비한다

저-멀리 아득히 보이는 산(山) 아래쪽을 내려다봅니다.

바깥세상을 버리고, 첫 산(山) 속의 아침에 저-멀리 아득하게 내려다보이는 인간세상을 바라보니 만감이 교차합니다.

하늘을 한 번 올려다보고 고개를 돌려서 돌 제단을 바라봅니다.

어제 임시로 만들었던 돌 제단을 지난밤 꿈속에서 보았던 돌 제단과 비교를 해보니 너무나도 작고 허술해 보입니다.

가만히 앉아서 생각을 하다가 나는 벌떡 일어서면서 각오 한마디를 내어뱉습니다.

"그래, 일생일대의 큰일을 도모하는데 처음부터 철저히 완벽하게 준비를 해야지!"

나는 하늘과 신령님께 아침 예를 갖추기 위해 우선 옹달샘 물을 떠 돌 제단 위에 정한수로 물 한 그릇을 올리고, 촛불을 켜고, 향을 사르고, 큰절을

3번 올리고나서 맨바닥의 납작한 돌 위에 조용히 앉습니다.

　지난밤 꿈들을 하늘의 계시로 생각하면서 계획을 세워봅니다.

　이제부터는 이 깊고 높은 산(山) 속에서 오직 나 홀로 모든 것을 스스로 해결하면서 생존을 해가며 도(道)를 닦아야 하고, 그 기간은 1년이 걸릴지 10년이 걸릴지 아니면 평생이 걸릴지 모릅니다.

　그러하기 때문에 꿈의 계시대로 돌 제단도 다시 만들어야 하고, 옹달샘 주변에 돌담도 쌓아야 하고, 간이 변소도 만들어야 하고, 텐트는 비좁고 허술하여 비바람과 기온변화에 견디기 힘드니 아예 나무와 돌 그리고 황토흙으로 움막집을 짓기로 합니다.

　그리고 하루 한 개씩 돌을 주어와 돌탑을 쌓으면서 도(道)를 닦아야겠다고 목표와 계획을 세우면서 각각의 공간배치를 구상해봅니다.

　그리고 부식으로 먹을 채소는 산(山) 속에서 산나물을 채취하기도 하고 조그마한 텃밭을 만들어 스스로 일구고 기본 생필품인 소금·간장·된장·양초·향·쌀·콩 등등은 산 아래 배나무고을 생가에 살고 있는 동생으로부터 조달 받기로 했습니다.

　나는 지금 첩첩산중의 깊고 높은 천등산(天登山) 산 속 옹달샘 옆에 앉아서 앞날의 목표와 계획을 세우며 생각을 합니다.

　입산하기 전에 이미 유서까지 써놓았고 유언까지 해놓았기 때문에 마음속의 각오는 단단합니다.

　"하늘의 명기(明氣)는 산(山)을 통해서 땅에 내린다"

　라고 하니 나는 이곳 천등산에서 하늘의 명기를 받으며 대자연을 벗삼아 직접 체험을 하면서 천기(天氣)신통과 함께 진리의 도(道)를 하나씩 깨치고 터득하면서 한 계단 한 걸음씩 나아갈 계획입니다.

옛날 옛적의 많은 수도자와 성자들처럼….

나는 지금 '하늘로 오르는 산'이라고 하는 이곳 천등산(天登山)에서 하늘의 명기를 받아 반드시 신통력을 얻고 그리고 그 신통력으로 내 자신의 운명과 내가 누구인지? 내 영혼이 누구인지?를 꼭 알아낼 것이고, 나아가 더욱 가능하다면 해탈(解脫)의 경지에까지 나아가 보려고 합니다.

앞으로의 수도(修道)기간은 1년이 걸릴지 10년이 걸릴지 아니면 평생이 걸릴지 현재의 내 자신으로서는 알 수가 없습니다.

그러나 나는 죽음까지도 각오하는 배수진을 쳐놓았으니 반드시 이룩해 내고야 말 것입니다.

나는 구상과 계획 그리고 생각이 이쯤에 이르자, 지난밤 식사했던 빈 솥을 씻고, 공양미 밥을 지어서 솥 채 돌 제단 위에 올리고, 또 촛불을 켜고, 향을 사르고, 큰절을 3번하고 일어서서 정성스런 마음과 단정한 태도로 가슴 앞에 합장으로 두 손을 모으고서 아침기도를 올립니다.

"하늘이시여! 신령님이시여! 있는 것 가지고 정성껏 아침 공양을 올리오니 공양 잘 받으시고 이제부터 제 스승이 되어 주시옵소서. 산(山)에는 명기가 있고, 신통이 있고, 진리가 있고, 도(道)가 있다고 해서 이 깊고 높은 고향 본산 천등산(天登山)에 내 인생 마지막 방법으로 산(山) 기도하러 들어왔습니다.

저는 아직 아무것도 모르오니 직감으로 가르쳐주시고, 영감으로 가르쳐주시고, 꿈속으로 가르쳐주시옵소서. 지난밤 꿈도 신령님의 계시로 받아들여서 돌 제단도 크고 높다랗게 다시 만들고, 옹달샘 주변에 빙 둘러 돌담도 쌓고, 움막집도 튼튼하게 짓고 그리고 돌탑을 쌓으면서 산(山) 기도공부 열심히 하겠습니다.

부디 저의 간절한 소망을 꼭 이루게 해주시옵소서. 목숨 걸고 끝까지 해내겠습니다"

하고 넋두리처럼 혼자 중얼거리면서 보이지도 않는 신령님께 소망을 빌고 맹세를 합니다.

"하늘과 신령님께 올리는 맹세와 약속은 목숨 걸고 지켜야 한다"

라고 하는데 나는 그 맹세와 약속을 지금 해 버렸습니다.

아침기도 30분쯤 지나 제단 위에 올려놓았던 김이 빠져버린 식은 밥을 텐트 안 맨바닥에 차려놓고 김치와 콩자반을 반찬으로 아침식사를 합니다.

산(山) 속에서 김이 빠져버린 식은 밥을 별 반찬도 없이 혼자 먹는 식사가 시작됩니다.

오직 생존만을 위한 최소한의 식사를 해야 합니다.

지금까지 살아오면서 맛없는 음식도 많이 먹어보았고, 혼자 먹는 식사도 많이 해보았습니다. 심지어 젊은 날 학생저항운동으로 감옥살이를 할 때는 1평짜리 독방감옥에서 여름철의 무더위에 선풍기나 에어컨도 없이 지내보았고, 겨울철의 혹독한 추위에 마루청 차가운 맨바닥에서 담요만으로 견디어도 보았습니다. 그리고 혼자 먹는 맛없는 콩밥을 지겹도록 먹으면서 오직 생존만을 위해 살아본 경험도 있기 때문에 맛없는 밥을 혼자 먹는 식사는 이골이 나있어 괜찮습니다. 그러나 들은풍월이 있어서 불에 익힌 화식(火食)을 하느냐 아니면 자연그대로의 생식(生食)을 하느냐를 생각하다가 때가 되면 자연스레 생식을 하기로 마음을 먹어봅니다.

그렇지 않아도 개인적인 평소의 생각이 편리함과 건강 그리고 환경과 자연의 섭리와 순리를 생각하면 생식이 더 좋고 바람직하다고 늘 생각해오기도 했습니다.

또한 다행히도 나는 입산하기 전에 기회가 주어질 때마다 자주 생식을 즐겨하는 편이었습니다. 싱싱한 배추 · 미나리 · 상추 · 오이 · 당근 등등을 쌈장 또는 된장에 날것으로 찍어먹고, 토마토 · 사과 · 배 · 귤 · 단감 · 포도 등등의 과일을 제철에 맞게 먹습니다. 그리고 여행을 하거나 등산을 할 때는 휴대하기 편리하게 쌀 · 보리 · 콩 · 수수 · 조 등등 여러 가지 곡식을 살짝 볶아서 가루로 만든 선식 미숫가루를 먹고, 검은콩과 검은 쌀 등등도 함께 섞어 모든 음식을 골고루 먹으면서 생식을 기회 있을 때마다 즐겨하는 편이었습니다. 그래서 우리 집에서는 음식물 쓰레기가 거의 배출되지 않았습니다.

자연 생식을 즐겨해 본 경험이 있는 사람들은 오히려 화식이 맛도 없고 불편하며 시간 낭비가 많고, 또한 이것저것 온갖 양념으로 조리한 음식이 그 음식 주재료의 고유한 맛이 없어지기 때문에 더 맛이 없음을 잘 이해할 것이라고 생각합니다.

그리고 자연생식에는 무엇보다도 생기(生氣)가 들어있기 때문에 살아있는 생기를 그대로 섭취하는 자연생식이 더욱 유익하고 바람직하다고 생각하며 음식은 습관들이기에 달려있다고 생각합니다.

혹시, 지금 이 글을 읽고 있는 독자분께서 행여 인생을 살아가다가 몸과 마음에 병이 들면, 자연 속으로 들어가 자연생식을 하면서 자연의 섭리에 따르면서 모든 것을 순리에 맡겨 보십시오! 자연의 생기 그리고 섭리와 순리는 위대한 의사가 되어줄 것입니다.

그리고 기회가 있을 때마다 다음과 같이 해보시길 바랍니다.

① 떠오르는 빛나는 아침 태양을 정면으로 마주보고서 두 팔을 번쩍 들어 올려 쩍- 벌리고 의식으로 아침 태양의 기운을 빨아 당기듯 하면서 떠

오르는 아침 태양의 생기(生氣)를 받아 보십시요!

② 한밤중 하늘에 높이 두둥실 떠 있는 보름달을 정면으로 올려다보면서 두 손바닥을 마주하여 합장을 하고 의식으로 보름달의 기운을 빨아 당기듯 하면서, 소원까지 지극 정성으로 빌면서 밤하늘에 두둥실 떠있는 보름달의 생기(生氣)를 받아 보십시요! 특히 하늘의 달(月)은 이 세상의 모든 물(水)을 주관하고 다스리기 때문에 칠성줄로 태어난 사람은 달님께 소원발원을 하면 가장 좋습니다.

③ 한밤중에 북두칠성 별을 정면으로 올려다보면서 두 손바닥을 마주하여 합장을 하고 의식으로 별의 기운을 빨아 당기듯 하면서 밤하늘에 빛나는 별의 생기(生氣)를 받아 보십시요! 특히 아들 또는 아이를 낳고 싶을 때 또는 수명이 짧은 사람은 북두칠성 별을 보고 기도하면 효과가 좋습니다.

④ 100년 이상 나이를 먹은 오래되고 줄기와 잎이 싱싱하고 힘이 넘쳐 보이는 큰 나무가 있거든 그 큰 나무 앞에서 정면으로 마주보고서 두 팔을 번쩍 들어 올려 쩍- 벌리고 의식으로 큰 나무의 기운을 빨아 당기듯 하면서 큰 나무의 생기(生氣)를 받아 보십시요!(조심할 것은 고목 나무에는 사악한 기운과 귀신이 많이 붙어있기 때문에 일반 사람은 피해야 합니다.)

이렇게 해보았던 경험이 있는 사람들은 이 가르침의 의미를 금시 알아차릴 것이라 믿습니다.

마지막 방법으로는 자연 속에서 그리고 순리를 따라보십시요!

정말로 자연의 생기 그리고 섭리와 순리는 위대한 의사가 되어줄 것입니다….

깊고 높은 산(山) 속에서 첫 아침식사를 하고 그리고 납작하게 생긴 커다란 돌을 낑낑-대면서 옮겨와 옹달샘 옆에 준비를 해놓고 밥 먹었던 그릇을 씻어 그 돌 위에다 얹어 놓으니 기가 막히게 잘 어울리는 자연 '돌 싱크대' 선반이 되는지라 웃음이 씩- 나옵니다.

산(山) 속에 아무렇게나 널려있는 자연 돌을 주워와 그 생김새에 따라 용도에 알맞게 사용을 하니 돌 제단용이 되고, 돌 싱크대 선반용이 되고, 또 다음으로 돌담장용이 될 것이고, 움막집을 짓는데 돌 벽돌용이 될 것이고, 돌탑용이 될 것입니다. 그렇기 때문에 넓적하게 생겼으면 넓적한 대로, 둥글게 생겼으면 둥근 대로, 큰 것은 큰 대로, 작은 것은 작은 대로, 그 생김새에 따라 용도에 맞게 다 쓰여질 것입니다.

따라서 쓸모 없는 돌이란 없을 것이고, 이것은 우리 인간도 또한 마찬가지라고 생각을 합니다.

얼굴이 잘생긴 사람은 그 잘생긴 얼굴을, 체력이 강한 사람은 그 강한 체력을, 두뇌가 좋은 사람은 그 좋은 두뇌를, 손재주가 뛰어난 사람은 그 뛰어난 손재주를, 키가 큰 사람은 그 큰 키를, 키가 작은 사람은 그 작은 키를, 끼가 많은 사람은 그 끼를 살려주는 등등 모든 사람은 반드시 한 가지씩 개성적 소질과 능력성을 가지고 태어나기 때문에 태어나면서 자기 자신의 타고난 소질적 재능과 유리한 점을 잘 살려서 계발시켜주면 쓸모 없는 인간이란 없을 것입니다. 그리고 또한 자기 운명과 소질에 가장 알맞은 것을 해야 만이 가장 잘할 수 있을 것이고 행복할 것이라 생각합니다.

즉, 다시 말하면 모든 사람은 사람으로 태어날 때에 자기 영혼의 전생, 핏줄내림의 유전인자, 풍수지리의 환경 등등이 인과와 관계성의 작용법칙으로 각각 개인의 운명이란 것이 만들어지고 또한 운명이라는 것을 가지고 태어난다는 것입니다. 그렇기 때문에 각각의 개인은 태어날 때에 천부적으로 타고난 각각의 운(運)과 소질·성격·지능·체질에 따른 적성을 빨리 발견하여 진로방향제시와 함께 계발시켜주고, 학습시켜주면 쓸모 없는 인간이란 없을 것이고 불행한 인간도 없게 될 것이라고 생각합니다….

나는 지금 산 속에서 돌 한 개를 옮기면서 지혜의 눈을 뜨기 시작하고 도(道)를 깨치기 시작합니다.

옛날 어느 선인께서는 아직 추위가 가시지 않은 이른 봄철의 어느 날 흰 눈 속에서 야생 들꽃 한 송이가 피어나는 것을 보고 도(道)를 깨치고, 또 어느 선인께서는 늦가을의 어느 날 모진 세찬 바람에 마지막 떨어지는 낙엽을 보고 도(道)를 깨쳤다고 들은 바 있습니다. 그런데 나도 지금 돌 한 개를 옮기면서 지혜의 눈을 뜨기 시작합니다.

나는 이제 생각을 마치고 일어섭니다.

이곳의 지형을 살피면서 지난밤 꿈속에서 계시로 보여준 대로 미래의 생활공간을 위해 각각의 위치를 선정하면서 가장 급하고 귀중한 것부터 준비 계획을 세워봅니다.

목적과 목표가 있으니 계획을 세워야 하고 그리고 반드시 실행으로 옮겨야 합니다.

우리의 인생살이도 마찬가지입니다.

누구든 또는 무슨 일을 하든 마찬가지입니다.

어른이든 아이든 그리고 큰일이든 작은 일이든 실패하지 않고 불행하지 않으려면 반드시 ① 목적과 목표를 정하고 ② 계획을 세우고 ③ 하나씩 실행해나가면서 한 걸음씩 한 계단씩 진행시켜 나아가야 합니다.

또한 무슨 일이든 행동으로 실행을 할 때에는 급한 것과 중요한 것을 정확하게 구분해서 반드시 '우선순위'를 정해야 합니다.

일의 우선순위를 정할 때에는 ① 당장 급하기도 하면서 가장 중요한 것을 먼저하고 ② 급하지는 않지만 중요한 것을 다음으로 하고 ③ 급하지도 않고 중요하지도 않은 것은 맨 나중에 해야 합니다.

반드시 종이에 글로 써놓아야 합니다.

이와 같이 목표를 정하고 계획을 세워서 일을 실행해나가면 누구나 무슨 일이든 성공시킬 수 있습니다.

그리고 반드시 성공하려면 오직 일심(一心)한 마음으로 전력투구를 해야 하고 항상 메모를 해야 합니다. 번뜩이는 아이디어나 해법이 언제 어떤 상황에서 튀어나올지 모르기 때문에 즉시 메모를 하는 준비와 습관을 들여야 합니다.

그리고 성공 출세를 하고 부자가 되려면, 인생살이는 70~80년을 달리는 마라톤 경주와 같기 때문에 인생계획을 세울 경우는 현시점에서 앞으로 10년 계획은 세워야 하고 또한 평생의 목표와 목적도 함께 세워야 합니다.

한 가지 일을 10년 동안 또는 평생동안을 지속해 나아갈 수만 있다면 반드시 그 분야에 전문가가 될 것이고, 돈을 모을 것이고, 정신과 마음이 안정될 것이니 성공하게 될 것입니다.

성공 출세와 부자는 반드시 준비하는 사람과 집념과 끈기로 실천하는 사람만이 성취하고 누릴 수 있다고 확신을 합니다.

나는 젊을 때에는 이러한 방법의 지식과 지혜를 몰랐습니다. 대학까지의 공부 과정에서도 배우지를 못했습니다.

훗날 써먹지도 못할 비효율적 국가의무교육을 받았습니다.

남들이 하니까 그냥 따라하고, 모르고 하다가 실패하고, 성급히 하다가 시행착오를 일으키고, 게으르다가 때를 놓치고, 반항하다가 찍히고, 옮겨 다니다가 도로 원위치로 되돌아오고, 욕심부리다가 오히려 당하고, 준비하지 않고 있다가 기회를 놓쳤습니다. 세월이 흐르고 나서 생각해보니 좌충우돌뿐이었고 목표와 방향이 없는 인생항해였습니다.

그렇게 잘못 살아오다 보니, 결국 인생살이의 실패 낙오자가 되어 중년 나이에 시골 전라도 고흥 천등산(天登山)의 첩첩 깊고 높은 산 속에 들어와 있습니다.

나는 이제부터라도 아직 남아있는 내 인생의 절반이라도 성공시키기 위해서는 지난 과거 젊은 날의 실패들을 거울삼아 뼛속깊이 묻어두고 어떻게든 이 산(山) 속에서 생존을 해가며 도(道)를 닦아야 합니다.

현시점에서 합리적 최선의 방법을 택해야 합니다.

이제부터라도 다시는 실패하지 않기 위해 분명한 목표를 정하고 철저한 준비와 계획을 세워봅니다.

내 인생 일대의 모험과 시험이 걸려있는 이 산(山) 속에서의 도(道)닦는 생활은 최소한 10년 이상이 걸릴 것이라는 예측으로 장기 계획을 세워봅니다.

또한 이 산 속에서 나 홀로 산(山) 기도생활을 잘하려면 지난밤 꿈의 계시대로 돌 제단도 크고 튼튼하게 다시 만들어야 하고, 간이 변소도 만들어야 하고, 움막집 토굴도 만들어야 하고, 옹달샘 주변에 돌담장도 쌓아야 합니다. 더군다나 한 달에 한 번씩 식량을 건네 받는 산중턱의 마당바위가 있는 곳까지 새로운 산길도 만들어야 합니다.

나는 이제 또다시 실패하지 않기 위해서, 내 인생의 후반기는 절대로 실패하지 않기 위해서, 분명한 목표와 철저한 계획을 세우고 그리고 우선순위를 정해서 하나씩 반드시 실행해 나아가려고 합니다.

우선 가장 먼저 해야 할 일은 옹달샘을 중심점으로 해서 각각의 공간자리부터 구상을 하고 선정을 하는 일입니다.

옹달샘을 중심점으로 해서 그 위편에는 돌탑자리를 정하고, 그 돌탑자리 아래에 돌 제단자리를 정하고, 옹달샘과 조금 떨어진 옆으로 옹달샘 근처 현재 텐트가 쳐져 있는 곳은 움막집 토굴을 지을 자리로 정하고, 비스듬히 아래편으로 100m 거리쯤에 간이 변소 화장실 자리를 정합니다.

첫 번째로 오늘부터 할 일은 돌 제단을 다시 크고 튼튼하게 쌓는 일부터 시작을 합니다.

나는 이제 돌 제단을 쌓기 시작합니다.

주변에 있는 커다랗고 납작하게 생긴 돌을 옮겨옵니다. 때로는 안아서 옮겨오기도 하고 때로는 굴려서 옮겨오기도 합니다.

하루 종일 땀을 흘리면서 돌 제단을 쌓습니다.

목이 마르면 옹달샘으로 가서 옹달샘 물을 한 바가지 떠 벌컥벌컥 들이켜고 땀을 닦고 또 땀을 흘리면서 돌 제단을 쌓습니다.

하늘과 신령님께 공양물과 제물을 바칠 돌 제단을 쌓습니다.

꼬박 5일이 걸려서 천등산에 신(神)들을 위한 돌 제단을 완성합니다.

그리고 이번에는 간이 변소 화장실을 만들 차례입니다.

산 속에서 산(山) 기도를 하는 장소는 깨끗하고 정갈해야 하기 때문에 기도장소에서 약 100m쯤 거리를 두고 비스듬히 산(山) 아래편으로 길을 만들고 흙구덩이를 팝니다. 오물을 일정한 곳에 모으고 땅속에 깊숙이 감추기 위해 흙구덩이를 가슴 높이만큼의 깊이로 팝니다. 그리고 굵고 기다란 통나무를 두 개씩 맞대어 묶어서 나란히 흙구덩이 위에 걸쳐놓고, 네 귀퉁이에 기다란 나무기둥을 4각으로 세우고, 가로 막대기를 4각으로 잇대어 칡넝쿨로 묶고, 지붕은 풀줄기로 이엉을 만들어 덮고, 좌·우·뒷면은 갈

대풀 이엉으로 가리고 앞면 한쪽만 터놓은 간이 변소 화장실을 만듭니다.

꼬박 5일 걸려서 간이 변소 화장실을 완성합니다.

그리고 이번에는 옹달샘 주변에 돌담장을 쌓을 차례입니다.

우리 인간이 살아갈 수 있는 조건 중에서 가장 귀중한 것이 공기와 물이라고 생각합니다.

우리 인간의 문명발생지나 또는 국가형성, 도시형성, 촌락형성 등등이 모두가 물이 풍부한 곳에서 이루어지고 특히 먹는 물이 있는 곳에 주택이 만들어지고 또한 주택이 있으면 먹는 물이 공급되어야 합니다.

미래 우리 인간의 생활 지수는 자연 그대로의 맑은 생수와 맑은 공기를 얼마만큼 잘 마실 수 있는가가 될 것입니다.

나는 지금, 나에게 자연그대로의 맑은 생수(生水)를 마음껏 자유롭게 마실 수 있도록 해주고 있는 첩첩산중의 깊고 높은 산(山) 속 옹달샘에 한없는 고마움과 감사를 드립니다.

나는 가장 귀중한 나의 보배인 깊고 높은 산(山) 속의 이 옹달샘이 영원히 오랜 세월 동안 보존될 수 있도록 옹달샘 주변을 괭이로 땅을 파서 축대를 튼튼하게 만들어 출입구만 남겨놓고 가슴 높이만큼 4각으로 돌담장을 쌓습니다.

돌담장 안의 옹달샘 옆에는 돌 선반을 만들고 그 아래에는 돌 싱크대를 만들고 그 아래에는 옆으로 조금 비켜 목욕할 때에 맨발로 올라서서 몸을 씻을 수 있도록 납작하고 커다란 돌을 옮겨와 바닥에 평평하게 깔아둡니다.

꼬박 6일이 걸려서 옹달샘 주변에 돌담장을 완성합니다.

첩첩산중의 산(山) 속에 나의 생활터전을 만들어 갑니다.

나는 새로운 환경변화에 적응을 해 갑니다.

살기 위해서는 반드시 적응을 해 내야 합니다.

나는 성공을 위해서 분명한 목표를 설정하고 철저한 계획을 세우고 그리고 우선순위에 따라 하나씩 실행을 해 나아갑니다.

제4장
산(山) 속에 황토움막집 토굴을 짓는다

　성공을 위해서는 반드시 목표를 정하고 계획을 세우고 그리고 우선순위에 따라 하나씩 실행해 나아가야 합니다.

　나는 지금, 개소리 닭소리 사람소리가 전혀 들리지 않는 첩첩 산중 깊고 높은 산(山) 속에 도(道)닦으러 들어와 나 홀로 살아가야 하는 생활터전을 새로이 만들어가고 있습니다.

　도(道)닦을 기간이 10년이 걸릴지 평생이 걸릴지 모르기 때문에 오랜 세월을 산(山) 속에서 살아야 하는 준비로 계획에 따라 하나씩 철저히 마련을 해 나아가고 있습니다.

　이번에는 텐트가 있는 곳에 돌과 황토 흙으로 움막집 토굴을 지어야 할 차례입니다.

　움막집 토굴이 완성될 때까지는 텐트를 더 사용해야 하기 때문에 우선 텐트를 다른 곳으로 옮겨 설치하기 위해 옆으로 거리를 띄우고 괭이로 땅을 고르고 다듬어 평평한 공간을 만듭니다. 그리고 텐트를 그곳으로 옮깁니다.

이제부터는 오직 혼자만의 능력으로 재료와 도구가 충분치 않은 여건 속에서 한 번도 집을 지어보지 않은 무경험자가 자신이 살아야 할 움막집 토굴을 직접 지어야 합니다.

설계도면도 없고 도와줄 사람도 없고 건축 재료라고는 주변에 아무렇게나 널려 있는 자연석 돌과 황토 흙 그리고 살아 서 있는 생나무와 칡넝쿨뿐이고 도구라고는 괭이 · 낫 · 톱 그리고 작은 손도끼뿐입니다.

오랜 세월동안 살아야 할 집을 짓는데 건축 재료와 도구가 이러하니 옛날 옛적에 원시인이나 미개인들이 있는 그대로의 자연재료를 사용하여 비바람만 피할 수 있을 정도의 흙돌벽 움막집을 지었던 것처럼 나도 내 손으로 집을 지어야 합니다.

우선 주위에 널려있는 크기가 비슷비슷한 자연석 돌을 주워와 한곳에 수북이 쌓아 준비를 해두고, 또 풀줄기를 뜯어와 한곳에 수북이 쌓습니다. 그리고 괭이로 땅을 깊숙이 파서 땅속 깊은 곳의 새 황토 흙을 비닐자루로 계속 옮겨와 한곳에 수북이 쌓아 준비를 해둡니다. 그 다음 황토 흙에 물을 붓고 풀줄기를 함께 넣고 짓이기면서 흙 반죽을 만듭니다. 흙 반죽을 만들 때 풀줄기를 함께 넣는 이유는 흙이 말랐을 때에 흙이 잘 부서지지 않도록 하기 위해서입니다.

황토 흙 반죽을 준비해 놓고 이제부터 집을 짓기 시작합니다.

벽돌 대용으로 자연석 돌을 사용하고 시멘트 대용으로 황토 흙을 사용해서 천연 자연재료의 황토 토담집을 짓습니다.

황토 흙 반죽을 한 움큼 놓고, 그 위에 돌 한 개를 올려놓고, 또 황토 흙 반죽을 한 움큼 놓고, 또 그 위에 돌 한 개를 올려놓고 하면서 위로 옆으로 계속해서 황토 흙돌벽을 쌓아올립니다.

구슬땀을 뻘뻘- 흘리면서 계속 흙돌벽을 쌓아올립니다.

손과 발이 흙 범벅이 된 모습으로 산(山) 속에서 나 홀로 내 집을 짓습니다.

출입문의 문짝 틀을 나무토막으로 만들어 세우고, 돌 제단과 돌탑 쪽 벽면에는 커다란 창문의 문짝 틀을 만들어 넣고 하면서 흙돌벽을 계속 쌓아올립니다.

몇 날 며칠이 지나고 또 지나갑니다.

변변한 도구나 연장도 없이 나 홀로 맨손으로 나의 토담집 토굴을 지어갑니다.

내 키보다 더 높은 흙돌벽을 4각으로 다 쌓아올렸습니다.

이젠 굵고 기다란 나뭇가지를 베어와 쌓아올린 흙돌벽 위에 나란히 걸쳐서 지붕 서까래를 만들고, 가느다란 나뭇가지와 풀줄기로 이엉을 엮어서 지붕 위에 얹습니다.

그리고 비닐로 지붕 전체를 덮어씌우고 칡넝쿨로 이리저리 얽어맵니다.

마지막으로 출입문과 창문은 가느다란 나뭇가지와 싸릿대로 살을 대고 비닐을 씌우고 칡넝쿨과 못으로 마무리를 끝내면서 첩첩산중 깊고 높은 천등산(天登山) 옹달샘 옆에 5평 크기 정도의 조그마한 움막토담집 토굴이 완성됩니다.

꼬박 15일이 걸려서 내 손으로 내 집을 지었습니다.

난생처음 내 손으로 직접 지은 나의 토굴입니다.

'토굴' 이란 오직 수행과 수도만을 위해서 간소하게 지은 작은 집을 일컫습니다.

겨우 5평 크기의 작은 집에서 어떻게 살아갈 수 있느냐고 묻는 독자가 있으면 나는 이렇게 대답을 합니다.

꼭 필요한 것만 갖고 필요에 의한 삶을 산다면 5평 크기의 공간도 넉넉하다고 말입니다.

허세와 허영심으로 필요 이상의 웅장하고 고급스런 집과 가구를 소유하면 오히려 사람이 물건을 지키고 관리하는 노예로 전락되어 주객이 바뀌게 되고, 결국에는 신경 소모와 운(運)이 뒤바뀌어 결국 망하게 된다는 것을 가르쳐드립니다.

잠깐의 무엇으로 성공 출세한 졸장부와 졸부들이 허세와 허영심 그리고 사치로 망해버리는 일은 허다하게 발생하고 있습니다.

무슨 일이든 주객이 뒤바뀌면 안 되고, 모든 물건은 사람을 위해 존재해야 하고 또한 적합하게 잘 사용되어야 합니다.

혹간에 몽매한 사람들은 당장에 죽거나 망하더라도 명품과 유행을 소유해보고자 또는 따르고자 기를 쓰고 덤벼들지만 그러한 사람들의 종말은 실패와 허망 그리고 덧없음의 후회만 남게 될 것입니다.

머릿속이 꽉 차 있는 사람들은 결코 그것들을 따르지 않습니다.

정신과 영혼이 맑고 깨끗한 사람들은 삶의 진짜로 보람있고 의미있는 것을 따르고 추구하기 때문에 허세·허영·사치하지 않고 또한 유행을 따르지도 않습니다.

진짜 멋지고 능력있는 사람은 유행을 창조하고 선도를 합니다.

그보다 더 멋있는 사람은 유행을 아예 초월해버립니다.

우리는 자기 자신에게 어울리는 자기개성을 창조해야 하고 자기만의 인생 그림을 그릴 줄 알아야 합니다.

자기의 인생은 오직 자신이 설계해야 하고 돌탑을 쌓아올리듯 자신의 인생탑을 튼튼하고 멋지게 잘 쌓아올려야 합니다. 왜냐하면 우리의 삶은 한 번 태어나면 평균수명으로 80년 정도는 살아가야 하기 때문입니다.

잠깐, 건축물 집에 대한 이야기를 조금 말할까 합니다.

집을 지을 경우에는 기후와 목적과 편리성 그리고 주변 환경과 그 집에서 살아야 하는 사람에 따라서 천차만별이 있을 수 있으나 재료만큼은 인간 친화적 자연재료를 사용해야 한다고 생각합니다.

자연 재료의 나무와 황토 흙이 가장 이상적입니다.

기후로 볼 경우에는 추운 지방과 더운 지방의 집이 다르고, 4계절의 기후 변화가 있는 곳과 기후 변화가 없는 곳의 집이 달라야 합니다.

목적으로 볼 경우에는 주거용과 상업용 그리고 레저용이 달라야 하고, 반드시 사용하기에 편리해야 합니다.

또한 그 집에서 거주하거나 그 집을 사용하는 사람의 숫자에 따라서 크기가 달라야 하고, 특히 대지인 땅과 태양의 기(氣)를 최대한 많이 받을 수 있어야 합니다.

더운 지방에서는 더위를 피할 수 있어야 하고, 추운 지방에서는 추위를 막을 수 있어야 하고, 바람이 너무 강한 지방에서는 바람을 막을 수 있어야 하고, 습기가 너무 많은 지방에서는 습기를 막을 수 있어야 합니다.

그렇기 때문에 바닷가의 집은 높아야 하고, 산 위의 집은 낮아야 하며, 북반구 지역은 남향집을 지어야 하고, 남반구 지역은 북향집을 지어야 합니다.

특히 주거용 가정집을 지을 경우에는 햇볕과 바람 그리고 기(氣)흐름의 작용을 고려해서 거실·안방·화장실·주방 조리대의 공간배치를 잘해야 하고, 대문과 현관 출입문은 일직선에 두지 말아야 합니다. 그리고 가능하면 북향과 서향 대문(大門)을 피하고, 현관 출입문 안쪽의 정면에 큰 거울 · 안방 · 화장실을 두지 말고, 안방 또는 거실은 집의 중심에 배치를 해야 합니다.

그리고 특히 안방 사용은 반드시 그 집의 가장(남편 · 주인)이 사용해야 운(運)을 빼앗기지 않는다는 것을 가르쳐드립니다.

주거용 가정집은 오랜 세월과 시간을 그 집에서 생활하면서 잠을 자야 하기 때문에 그 주변의 나무가 최대로 자랄 수 있는 높이 그 이하여야 하며 대지인 땅의 기(地氣)가 닿을 수 있는 높이를 벗어나면 나쁩니다.

모든 생명체는 태양의 양기(陽氣)와 땅의 지기(地氣)가 꼭 필요하기 때문입니다.

또한 주거용 주택을 포함한 모든 집은 대체로 '배산임수'와 '자좌오향'의 집이 가장 좋기 때문에 앞쪽은 확 트여서 큰 강 · 바다 · 큰 도로가 보이고, 남향으로 태양의 햇볕이 잘 들어야 집안에 밝은 기(氣)가 모이고 운(運)이 좋게 됩니다.

집을 짓거나 구입을 하거나 또는 주거를 할 경우에는 ① 햇볕이 잘 비추는가? ② 대지의 지기(地氣)가 잘 닿는가? ③ 맑은 공기와 공기의 흐름이 좋은가? ④ 방음과 방습이 잘되는가? ⑤ 앞쪽이 확 트여서 조망이 좋은가? ⑥ 내부의 공간 배치가 잘되어 있는가? ⑦ 용도에 맞게 편리한가? ⑧ 주위 환경이 좋은가? ⑨ 교통이 편리한가? 등등을 꼭 살펴야 합니다.

주거용 가정집 주택으로서 가장 나쁜 집은 집 주변의 나무가 최고 높이로 자랄 수 있는 높이보다 더 높은 집과 햇볕이 잘 비추지 못하여 어둡고 음산한 기운이 감도는 집입니다.

특히 너무 높은 곳에서 오랜 시간과 오랜 세월 동안 잠을 자면서 생활을 하면 인체의 자율신경조절의 이상을 초래하여 각종 신경정신질환과 사고 발생을 일으키기 쉽고, 그리고 대지인 땅의 지기(地氣)를 받지 못하여 건강이 나빠지고 운(運)까지 나빠지기 때문에 주거용 초고층 오피스텔 및 초고층아파트에서 잠을 자는 행위는 아주 나쁩니다.

잠을 자면서 생활을 하는 주거용 주택은 30층 이하여야 하고 또한 음산한 기운이 없어야 함을 가르쳐드리는 바입니다.

"잠을 잘 때는 기(氣)작용의 무방비 상태가 되고 또한 운(運)작용의 무방비 상태가 되기 때문에 잠자리는 가장 중요합니다."

이 글들은 하늘의 천기(天氣)를 수정 없이 단번에 써 내려가는 직감직필의 글입니다.

다만, 글을 쓰는 필자가 전문 글쟁이가 아니기 때문에 표현이 다소 서툴 뿐, 사실과 진실 그리고 진리만을 쓰고 있음을 밝혀드립니다. 그리고 불특정 다수의 일반인들을 대상으로 자전적 이야기와 함께 보이지 않는 세계의 운(運)에 대하여 가르침을 주고자 함이 집필의 목적임을 밝혀드립니다.

그럼, 조금 더 집과 집터에 관련된 운(運)에 대한 비밀정보를 가르쳐드릴까 합니다.

우리가 살고 있는 집터와 모든 땅은 각각의 필지에 따라 번지 숫자가 매겨져 있고 번지수에 따른 숫자의 수리학적 기운과 그 땅의 터 신(神)의 기운이 작용을 하고 있기 때문에 건물이나 집을 지을 경우 또는 분양을 받거나 매입을 할 때 또는 이사 들어 갈 경우에는 그 땅의 번지 숫자와 그 땅의 터 신(神)의 기운작용을 반드시 먼저 살펴야 함을 가르쳐드립니다.

또한 모든 사람은 각자의 좋고 나쁜 방위와 좌향이 있기 때문에 반드시 방위와 좌향도 잘 살펴야 하고, 나이와 날짜에 따른 운수와 일진이 있기 때문에 생기복덕 길일 좋은 날도 꼭 알아야 함을 가르쳐드립니다.

성공 출세를 하고 부자가 된 사람들은 모두가 운(運)에 민감하고 어떻게든 좋은 운(運)을 만들어가고 또한 운(運)을 붙잡으려고 항상 운(運)상담과 자문을 받고 있다는 것을 공개해 드립니다.

무슨 일을 하든지 간에 운(運)흐름을 모르거나 또는 운(運)이 따라주지 않으면 그 어떤 사람일지라도 잘 되지가 않습니다.

그래서 '운7 기3' 이란 말도 있는 것입니다.

혹시, 지금 이 글을 읽고 있는 독자분 중에 건축을 하고나서 운(運)이 막히거나 집·가게·상가·사무실·공장 등등을 옮기거나 이사를 하고나서 또는 조상 산소 이장을 하고나서 또는 초고층 오피스텔이나 초고층 아파트의 높은 층에 살면서 신경정신질환·우울증·어지럼증 등등 몸이 아프거나 각종 사고·자살·손해·송사·망신·좌천·명퇴·부도·부부싸움 등등이 발생하거나 가위눌린 꿈·젊은 여자 꿈·갓난아기 꿈·쫓기는 꿈·자기 물건을 잃어버리는 꿈을 꾸거나 등등 불운과 불행을 겪고 있는 사람이 있거든 지금 즉시 점(占)을 잘 보는 도사(道士)를 찾아가 운명상담을 꼭 해볼 필요가 있음을 가르쳐드리는 바입니다.

공기가 눈에 안 보인다고 해서 공기가 없는 것이 아닙니다.

기(氣)가 눈에 안 보인다고 해서 기가 없는 것이 아닙니다.

운(運)이 눈에 안 보인다고 해서 운이 없는 것이 아닙니다.

영혼이 눈에 안 보인다고 해서 영혼이 없는 것이 아닙니다.

신(神)이 보통 사람들의 눈에는 안 보인다고 해서 신이 없는 것이 아닙니다.

이러한 것들은 모두 다 존재하고 있고 항시 작용하면서 우리 인간을 다스리고 있음을 분명히 가르쳐드리는 바입니다.

이처럼 눈에 안 보는 기운(氣運)의 작용들이 눈에 보이는 모든 것들을 움직이고 조종하며 다스리고 있는 것입니다.

이러하기 때문에 나는 이곳 천등산(天登山)에서 도(道)를 닦아 신통력을 얻고 그리고 그 신통력으로 천기(天氣)의 비밀을 반드시 모두 다 알아낼 각오입니다 ….

나의 작은 토굴은 자연재료인 '황토흙'이 주재료이고, 방위는 '자좌오향' 남향으로 햇볕이 잘 비춥니다.

첩첩산중 깊고 높은 천등산(天登山) 산 속 옹달샘 옆에 나의 작은 토굴을 완성하고, 이번에는 한 달에 한 번씩 식량을 건네 받기로 약속한 산 아래편 중간쯤의 마당바위가 있는 곳까지 약 2km 거리에 새로이 오솔길을 만들 차례입니다.

먼저 낫과 톱으로 풀을 베고 나무를 자르면서 길 표시를 해두고 그리고 괭이로 땅을 파고 고르면서 오솔길을 만듭니다.

오솔길이 완성되어갈 무렵 때마침 산(山) 아래 생가에 살고 있는 동생 '손재성'이 마당바위 위에 식량을 비닐로 싸서 갖다놓았습니다.

산(山) 속에 들어온지도 벌써 한 달이 지나가는가 봅니다.

나는 정말 고마운 마음으로 동생이 갖다놓은 식량을 짊어지고 내가 새로이 닦아놓은 오솔길을 올라옵니다.

앞으로 이 오솔길을 얼마나 오르내릴지 모릅니다.

산(山) 기도를 하다가 중도에 산 속에서 나 홀로 죽을지도 모르고 또는 끝까지 산(山) 기도를 끝마치고 기쁜 마음으로 산을 내려갈 수 있을지도 모릅니다.

나는 모든 것을 하늘과 신령님께 맡겼으니, 최선을 다하여 열심히 도(道)를 닦으며 묵묵히 나아갈 각오입니다.

목적과 목표를 향하여 철저한 계획을 세우고 하나씩 실행해 나아갈 각오입니다.

굳은 신념과 의지력으로 반드시 실행해 나아갈 것입니다.

제5장
어머님도 빌고 아들도 빈다

천등산(天登山)에 입산한지도 이제 한 달이 지나갑니다.

처음 산(山)을 올라올 때 진달래꽃이 막 피기 시작하였는데 이미 그 꽃들은 다 지고 나뭇잎이 피기 시작합니다.

이제 기도 준비가 다 되었습니다.

나는 이제 아무도 가르쳐주지 않고 보이지도 않는 길 없는 길을 출발합니다.

일생일대의 모험과 도박을 걸고 되돌아 올 수도 없는 인생 길의 외길을 출발합니다.

내가 가야 할 길은 끝없는 고통이 따르는 고행의 길이건만 살기 위한 죽음을 각오하고 이제 죽음의 길로 출발을 합니다.

오직 하늘과 신령님을 스승으로 삼고 우주 자연을 스승으로 삼아 신통력을 얻기 위한 고행의 길로 출발을 합니다.

가장 먼저 약쑥을 뜯어와 돌로 짓이겨 쑥물을 쥐어짜서 바가지에 모으고 약쑥 물로 몸뚱이를 씻으면서 몸을 깨끗이 정화합니다. 또 향을 부수어 물에 담가 두고 향 물을 우려내어 향 물로 몸뚱이를 씻으면서 몸과 마음을 깨끗이 정화합니다.

3일 동안 정화목욕으로 목욕재계를 하면서 기도하는 장소와 주변에도 굵은 소금을 뿌리고 청수를 뿌려서 깨끗이 정화합니다.

이제 기도 준비가 다 되었습니다.

돌 제단 위에 비바람이 불어도 촛불이 꺼지지 않도록 납작한 돌과 흙 반죽으로 좌·우·뒤·위를 막고 앞쪽만 터놓은 촛불 방 속에 두 자루의 쌍초를 세워놓고 정성껏 쌀을 씻어 공양미 밥을 짓습니다.

옹달샘 물을 한 그릇 떠서 돌 제단 위에 올리고, 공양미 밥을 솥 채 올리고, 두 자루 쌍 초에 촛불을 켜고, 향 세 개를 사르고나서 동서남북 사방으로 서서 합장을 하고 시계방향 오른쪽으로 돌면서 절 한 번씩하고 그리고 움막집 토굴 안으로 들어옵니다.

돌 제단과 마주 바라다 보이는 쪽의 커다란 투명 비닐창문을 사이에 두고 토굴 안에서 돌 제단 앞에 마주섭니다.

그리고 정성껏 큰절 3번을 올리고, 일어나 서서 가슴 앞에 합장으로 두 손을 모으고 기도를 합니다.

"하늘이시여! 신령님이시여! 저는 이 산줄기 저 아래편 배나무고을에서 밀양 손씨 가문의 40대 손으로 태어난 손재찬입니다.

저의 탯줄은 이 산줄기 끝머리 마을 어귀에 묻혀있고 저희 할아버지 할머니 아버지 조상님도 이 산줄기 끝머리 마을 뒤쪽 옆 산에 묻혀있습니다.

이곳 천등산의 정기를 받고 태어난 이 몸을 이곳 고향 본향산인 천등산에 맡기고자 합니다.

현재 가지고 있는 모든 것으로 정성껏 공양미 밥을 올리고 또한 정성껏 정한수를 올리오니 이 정성 잘 받으시고 저희 스승님이 되어 주시옵소서!

산에는 명기(明氣)가 있고 도(道)가 있고 그리고 신통력이 있다고 해서 첩첩산중 이 깊고 높은 천등산(天登山) 산 속에 제 스스로 들어왔습니다.

저는 아직 아무것도 모르오니 오직 하늘과 신령님께서 가르쳐주시고 이 끌어 주시옵소서!

입산한 첫날밤 꿈속의 신령님 계시대로 돌 제단도 만들었고, 옹달샘 주변에 돌담장도 만들었고, 이곳의 생활반경 내에 산길도 만들었고, 그리고 기도 장소도 깨끗이 정화를 했고, 제 몸뚱이와 정신 그리고 마음까지도 깨끗이 정화를 끝마치고 이제 산(山) 기도 준비가 다 되었습니다.

오늘부터는 입산한 첫날밤 꿈속의 신령님 계시대로 하루에 한 개씩 돌을 주어와 돌탑을 쌓으면서 산(山) 기도공부 열심히 하겠습니다.

한 개씩 돌탑을 차곡차곡 쌓는 마음으로 도(道)를 닦겠습니다.

하늘이시여! 신령님이시여! 저는 아직 산 기도하는 방법도 모르고, 빌 줄도 모르고, 신령님께서 직접 말씀을 해주시는 공수도 받을 줄 모릅니다. 그러하오니 느낌으로, 직감으로, 예감으로 가르쳐주시고 밤에 잠을 잘 때마다 꿈속에서 가르쳐주시옵소서!

제 인생은 더 이상 물러설 데도 없고 물러설 수도 없습니다.

죽음이란 배수진을 치고 천등산(天登山)을 찾아왔사오니 제발 제자로 삼아주시고 가르침을 주시옵소서! …”

나는 계속 일방적으로 의사표시를 하면서 중얼~중얼~ 소원을 빌고 또 빌고 또 빌면서 기도를 합니다.

어느 정도 일방적인 의사전달과 소원을 다 빌고나서 다시 큰절 3번을 올리고 마련해 둔 방석을 깔고 조심스레 자리에 앉습니다.

두 다리는 오므려 포개어 반가부좌를 하고, 허리는 쭉 펴서 똑바로 세우고, 두 손은 가슴 앞에 손바닥을 마주하여 합장을 하고, 두 눈은 지그시 감고, 마음은 편안히 하고, 호흡은 처음에는 깊고 길게 하다가 차츰 고르게 하고, 생각은 눈썹과 눈썹 사이의 명궁과 우주 공간에 두고, 4박자로 리듬을 타면서 계속하여 한마음의 일념으로 "산왕대신!"이란 신(神)의 명호를 부르면서 사이클 주파수를 맞추며 기도응답을 받기 위해 '신명기도'를 합니다.

신통력을 얻기 위한 대신(大神)기도는 장소에 따라서 신명기도 방법이 다르기 때문에 산(山)에서 기도할 때에는 가장 먼저 '산왕대신'을 부르고, 우물·샘·호수·강·바다 등등의 물(水)에서 기도할 때에는 '용왕대신'을 부르고, 집 또는 기타 장소에서는 '천왕대신'을 불러야 합니다.

또한 신통력을 얻기 위한 대신(大神)기도는 목적에 따라서 신명기도 방법이 다르기 때문에 하늘 문(天門)을 열기 위해서는 사천왕·오방신장·백마신장 등등의 '신장'을 부르고, 질병을 치료할 때에는 의술을 주관하는 의술도사·약명도사·약사보살 등등의 '약명신'을 부르고, 재수를 받고자 치성 또는 굿을 할 때에는 '대감신'을 부르고, 아기를 못 낳거나 아들을 못 낳은 사람이 자식을 낳고자 할 때에는 '삼신'을 부르고, 수명 짧은 사람을 오래 살게 해 줄 때에는 '칠성신'을 부르고, 생명이 위급한 사람의 생명 구제를 해줄 때에는 '저승사자'를 불러서 미리 '대수대명'으로 명부 바꿔치기를 해주고, 점쟁이가 점(占)을 치거나 또는 점(占)을 보는 예언능력과 신통력을 얻고자 할 때에는 '대신'을 불러야 합니다.

이러하기 때문에 산(山) 속에서 예언의 능력과 신통력을 얻고자 하는 나는 지금 '산왕대신(山王大神)'을 오직 일념으로 부르고 또 부르면서 계속 부르고 있습니다.

첫 숟갈에 배부를 리 없는 것처럼 아무리 신(神)을 불러보아도 응답이 없습니다.

가슴 앞에 손바닥을 마주하여 합장으로 두 손을 모으고 들고 있는 팔이 너무도 아파서 가만히 조심스레 팔을 내리고는 두 손을 마주 포개어 배꼽 아래 단전 앞에 두고 조용히 명상을 시도해봅니다.

오래고 오랜 시간이 흐르면서 잡념인지 환영인지 또는 신통인지는 모르지만 산 아랫마을 생가에 계신 70살 노모 어머님의 모습이 보입니다.

어머님께서 장독대의 커다란 장독항아리 위에 정한수로 물 한 그릇을 떠 놓고 초 한 자루에 불을 밝혀놓고 두 손을 비비면서 중얼~중얼~하면서 소원을 빌고 계십니다.

아마도 깊고 높은 산(山) 속으로 도(道)닦으러 입산한 이 못난 아들을 위해 빌고 계신 것 같습니다.

어머님은 집에서 장독대에 정한수를 떠놓고 빌고 있고, 이 아들은 산 속에서 돌 제단에 정한수를 떠놓고 빌고 있습니다.

어머님도 빌고 아들도 빌고 있습니다.

이 무슨 기가 막힌 운명이란 말입니까?! ….

우리 어머님은 안동 김씨로 밀양 손씨 가문인 우리 집에 시집오시어 첫 아기 임신 때부터 그 아기가 태어나고 자라 장년이 된 지금까지 길고 긴 오랜 세월 동안 장독대의 커다란 장독항아리 위에 정한수를 떠올리면서 시집 온 집안과 자손을 위해 빌고 계십니다.

내가 어릴 적 옛날의 시골마을에는 마을 한가운데에 공동우물이 있었습니다.

우리 어머님께서는 매일 아침 새벽마다 하루도 빠뜨리지 않고 눈이 올 때나 비가 올 때나 추울 때나 더울 때나 새벽 동이 틀 무렵이면 어김없이 제 시간에 일어나시어 마을 한 가운데에 있는 마을 공동우물에서 물 항아리를 머리에 이고 물을 길어와 커다란 물독에 식수를 가득 채우시고는 장독대에 정한수로 물 한 그릇을 먼저 떠올리고 새벽기도로 집안을 빌고 자손을 빌고 나서야 아침밥을 짓고 집안 일을 시작하셨습니다.

70살을 넘기신 지금까지도 수행자가 평생 동안 수행을 하듯, 성직자가 평생 동안 성직생활을 하듯 계속하십니다.

독자 여러분! 이 세상 어느 수행자가 그토록 계속할 수가 있을까요?

이 세상 어느 성직자가 그토록 지극 정성스러울까요?

나는 그런 모습의 우리 어머님께 항상 고마움과 감사를 드립니다.

그러한 지극 정성으로 우리 어머님은 6남 1녀의 자녀를 두셨지만 7남매 모두가 잘 성장하여 잘살아가고 있고 또한 손자들까지도 모두 신체적으로 정신적으로 잘못 태어나거나 잘못된 사람이 없이 건강하게 태어나고 무탈하게 잘 성장하고 있습니다.

어머님의 모범이 되는 삶과 거룩하심에 저절로 숙연함을 느낍니다.

자식은 부모님의 뒷모습을 보면서 따라 배웁니다. 백 마디의 말씀보다 그 행동을 보면서 따라 배울 뿐입니다.

우리 아버님과 어머님께서는 좋은 날 길일(吉日)을 택일해서 목욕재계를 하고 부부합방을 하셨다고 합니다.

또한 옛날 명문대가와 선인들께서도 귀한 자식을 얻기 위해서는 반드시 좋은 날 길일(吉日)을 선택해서 목욕재계를 하고 부부합방을 하셨다고 합니다.

이처럼 하여 자식을 낳은 것과 반대로 결혼식을 하고 피로연을 하면서 술을 취하도록 마시고 또는 나쁜 생각을 하고 또는 나쁜 짓거리를 하면서 부부합방을 해서 낳은 자식을 냉철하게 한번쯤 깊이 비교, 생각해보시길 바랍니다.

어찌하다보니 임신해서 태어난 자식이 복운(福運)을 좋게 태어나겠습니까?

나쁜 생각과 나쁜 짓거리를 하면서 아무렇게나 만들고 잉태해서 낳은 자식이 과연 똑바를 수 있겠습니까?

아무렇게나 자식을 만들고 낳으니 이 세상이 이 모양입니다.

우리는 사후대책보다는 사전도모를 잘해야 합니다.

자식이란 만들 때 잘 만들어야 평생 후회하지 않습니다.

물건을 잘못 만들어놓고 물건 탓을 하는 것은 어리석은 짓입니다.

핏줄은 천륜의 법칙이 작용하기 때문에 잘못 낳은 자식은 죽은 후 약 100년까지 근심걱정 우환의 애물이 되고, 그 반대로 잘 만들고 잘 낳아 효자로 키운 자식은 죽은 후 약 100년까지도 효행을 하게 되니 물건하나 제대로 만들어 놓으면 엄청난 이득과 보람을 얻을 수 있음을 가르쳐드립니다.

또한 자식을 키울 때에는 자립심과 함께 효자로 키우는 것이 가장 자식농사를 잘해 낸 것이라고 강조를 드립니다.

이러하기 때문에, 이 글을 읽는 독자분들은 이제부터 자식을 낳고자 할 경우에는 반드시 좋은 날 길일(吉日)을 택일하여 부부합방을 하고, 그리고 즐기는 엔조이는 그냥 엔조이로 잘 구분하시길 진심으로 충고드리는 바입니다.

자식을 생산하는 최고로 중요한 비즈니스와 즐기는 엔조이를 잘 구분하셔야 한다는 말입니다.

이제부터 이렇게만 할 수 있다면 모든 사람이 다 성공 출세를 하고 행복해질 수 있으며, 모든 사람이 다 그렇게만 될 수 있다면 이 세상은 지상천국 극락이 될 것입니다.

평생 동안 불행할 것인지 아니면 평생 동안 행복할 것인지 그것의 선택은 바로 당신의 생각과 행동에 달려있음을 지적합니다.

필자는 이 글을 쓰면서 많은 생각을 합니다.

왜? 이처럼 중요한 실용지식을 학교교육의 교과과목으로 가르치지 않는지 참으로 따져보고 싶고 또한 공개토론도 해보고 싶습니다.

잘살기 위해서 가르치거나 배운다면 운명(運命)과 운(運)에 관한 지식보다 더 중요한 것이 또 있겠습니까?!

필자는 이 한 권의 책에 필자의 자전 이야기를 펼치면서 운명(運命)에 관한 지식을 가르치고 또한 실생활에 활용하도록 할 것입니다.

필자의 이러한 운명에 관한 관심과 지식 그리고 인연은 전생(前生)과 부모님의 영향을 받은 것 같습니다.

필자의 아버님은 풍수지리에 일식견이 있으셨고, 특히 어머님께서는 우리 고유의 전통신앙이며 토속신앙인 '칠성신앙'을 함께 섬겨오셨습니다.

원초적 자연신앙이며 고유의 전통신앙인 '칠성신앙'을 섬겨오신 우리 부모님께서는 우주만물은 모두가 그 생김새와 이름에 따른 각자 고유의 기(氣)가 작용을 하고 있으며, 일·월·성·신과 같은 자연적 존재물을 신앙으로 정성껏 잘 섬기면 좋은 기운을 받을 수 있다고 하셨고, 공들여 쌓아올린 인생 탑은 결코 무너지지 않는다고 늘 말씀해 주셨습니다.

또한 사람은 자기 영혼과 신앙으로 섬기는 신(神)이 서로 잘 맞아야 기도 응답과 가호를 받을 수 있다고 하셨습니다.

특히 우리 얼이 담겨있는 '칠성신앙'을 섬겨오신 우리 어머님께서는 당신 자신을 위한 기도는 하지 않고, 오직 시집을 온 우리 집안과 자식을 위한 기도만 해오셨습니다.

필자는 그러하신 어머니를 우리 어머님으로 인연지어서 이 세상에 태어나게 되어 정말 행운이라고 생각하면서 항상 감사함을 느끼며 살아왔습니다.

필자는 이 책으로 마음을 전해드리면서 기록으로 남기고자 합니다.

우리 어머님과 제가 또 다음 생에 태어난다면 또다시 핏줄의 인연으로 태어나고 싶고, 다음 생에서는 더욱 훌륭한 아들로 태어나 어머님 은혜에 꼭 보답해 드리겠다고 이렇게 약속을 드리면서 소망을 가져봅니다.

그리고 이 책으로 독자분들께도 필자의 부탁을 전달합니다.

이 글을 읽은 독자분들은 이제부터라도 자기 부모님께 지극 정성으로 효도를 하고 영원토록 그 은혜에 감사하며 보답하시길 진심으로 충고드립니다.

이 세상 60억 명의 사람 중에 부모자식으로 만난 인연은 너무도 소중하고 또한 한 번 맺어진 부모자식의 인연은 죽은 후 100년 이상까지도 마음대로 끊을 수 없기 때문입니다.

필자의 가르침에 공감을 하신 독자분은 이 책을 친지와 자식들에게 선물을 해서 꼭 한 번 읽어보도록 하시길 바랍니다.

자식농사는 효자·효녀로 잘 키우는 것이 부모 입장에서는 가장 큰 투자이고 효도와 효행은 삶의 근본이 되기 때문입니다.

또한 귀한 우리의 자녀들에게 독립심과 잘사는 방법의 삶의 기술을 잘 가르쳐주는 것이 가장 중요하다고 생각하기 때문입니다.

그렇습니다.

'그렇습니다'라고 공감을 하신 독자분은 반드시 잘살게 될 것이라고 확신을 하는 바입니다.

제6장
산(山) 기도의 고행을 시작한다

나는 지금 깊고 높은 천등산(天登山) 산 속의 토굴 안에 앉아 있습니다.

얼마나 오랜 시간이 흘렀을까?

지난날의 일들과 부모형제들의 모습이 환상인지 신통인지 주마등처럼 스쳐가고 이어집니다.

두 다리를 오므려 포개어 가부좌로 오랜 시간을 앉아있으니 다리가 저려오고 무릎이 아파옵니다. 더 이상 무릎의 통증과 다리의 저림 때문에 앉아 있을 수가 없습니다.

나의 산(山) 기도방법은 오랜 시간을 가부좌로 앉아서 깊은 명상에 들어가야 하는데 무릎통증과 다리 저림으로 오랜 시간을 가부좌로 앉아있을 수가 없습니다.

나는 잠시 분석적 생각을 해보면서 우선, 오랜 시간을 그대로 앉아 있을 수 있는 육체단련부터 해야겠다고 판단을 내리면서 몸을 일으켜 토굴 밖으로 어기적거리며 나옵니다.

토굴 밖에서 가볍게 팔다리운동을 하고 목운동과 허리운동을 하고 숨고르기를 하면서 짧은 거리를 왔다 갔다 하며 궁리를 합니다.

의식의 집중으로 명상삼매에 깊이 들어가려면 방해와 장애가 없어야 하는데 잡념과 무릎통증이 장애가 되고 있습니다.

그렇다면 우선 무릎통증부터 해결을 해야 합니다.

정신수련을 하려면 육체단련부터 해야 합니다.

토굴 밖에서 왔다 갔다 하며 궁리 생각을 하는 중에 문뜩 큼지막하고 납작한 돌멩이가 눈에 뜨입니다.

번뜩 생각이 뇌리를 스치면서 '그래, 저 돌멩이야!' 하고서는 납작한 큰 돌멩이를 토굴 속으로 안고 들어옵니다.

담요로 돌멩이 바위를 감싸서 방석 옆에 옮겨놓습니다. 그리고는 다시 두 다리를 오므려 포개어 가부좌로 방석 위에 앉습니다. 앉은 자세로 옆에 놓아둔 담요로 감싼 돌멩이 바위를 두 손으로 들어서 무릎 위에 올려놓고 무릎부터 단련을 시킵니다. 더 이상 견딜 수 없는 고통이 오면 바위를 내려놓고 잠시 일어나 다리 운동을 하고, 또 무릎 위에 바위를 올려놓고 앉아서 견딜 수 있는 시간까지 버티다가 더 이상 견딜 수 없는 한계가 되면 바위를 내려놓고 하면서 무릎단련을 계속 반복하여 시간을 늘려갑니다.

하루 이틀 사흘 날짜가 지나가면서 한 달 이상이 지나갑니다.

이젠 두 다리를 오므려 가부좌로 앉아서 무릎 위에 큰 바위를 올려놓고도 오랜 시간을 앉아 있을 수 있으니, 무릎 위에 바위를 올려놓지 않으면 하루 내내라도 무릎 통증 없이 가부좌로 앉아있을 수 있습니다.

한 달 이상의 계속된 육체단련으로 무릎통증의 장애가 해결되고 그 과정에서 잡념의 장애까지 없어집니다.

나는 목적을 이루었으니 바위를 본래 있던 곳에 내어다둡니다.

이제 계절이 바뀌고 초여름이 시작됩니다.

산은 푸르게 신록으로 우거지고 날씨는 점점 무더워집니다.

오늘도 돌 제단 위에 정한수를 떠올리고, 촛불을 켜고, 향을 사르고, 동서남북 사방으로 절을 한 번씩하고 토굴 안으로 들어옵니다.

토굴 안에서 돌 제단을 향하여 하늘과 신령님께 큰절 3번을 올리고 조심스럽게 방석을 깔고 조용히 앉습니다.

오늘도 어제처럼 "산왕대신!" 신(神) 명호를 계속하여 오직 한마음 일념으로 소리내어 불러봅니다.

오랜 시간이 지나면서 가슴 앞에 합장으로 들고 있는 손끝이 조금씩 흔들리고 손끝에서 몸의 중심쪽으로 가벼운 전율이 찌르르-하고 흐릅니다. 그리고는 무엇인가 보일 듯 말듯하고, 무슨 소리가 들릴 듯 말듯하고, 무슨 말이 터져 나올 듯 말듯합니다.

그러다가 나 자신도 모르게 졸음이 옵니다.

졸다가 문득 깨어나고 또 졸다가 문득 깨어나곤 합니다.

날씨가 더워지니 요즘은 졸음과의 싸움이 계속됩니다.

기도를 시작하면서 '오늘은 졸지 말아야지!' 하고 다짐해보지만 얼마 동안 시간이 지나면 나 자신도 모르게 꾸벅- 졸다가 깨어나고 또 꾸벅- 졸다가 깨어납니다.

세상에서 가장 무거운 것이 눈꺼풀인 것 같습니다.

더 이상 졸음 때문에 기도를 할 수가 없어서 몸을 일으켜 토굴 밖으로 나옵니다.

토굴 밖에서 왔다 갔다 거닐며 궁리 생각을 해봅니다.

날씨는 점점 무더워지는데 어떻게 해야 졸음을 이길 수 있을까?

저만치 숲 속에 싸릿대 나무가 눈에 뜨입니다.

싸릿대 나무를 보는 순간 번뜩 생각이 뇌리를 스치면서 '그래, 저 싸릿대 나무 회초리야!' 라고 합니다.

나는 낫으로 새끼손가락 굵기만큼의 싸릿대나무를 한 움큼 베어옵니다.

옛날 어렸을 적에 시골집에서는 싸릿대나무를 베어 바지게로 짊어지고 옮겨와 한 움큼씩 새끼줄로 묶어서 싸릿대 빗자루를 많이 만들어놓고 일 년 내내 마당도 쓸고 골목도 쓸고 하며 사용을 하였습니다.

그런데 나는 지금 그 싸릿대나무로 회초리를 만들려고 합니다.

명상기도를 하다가 졸음이 오거나 잡념이 생기거나 게을러지면 내가 내 손으로 내 몸뚱이를 때리기 위해 싸릿대나무 회초리를 만들려고 합니다.

나는 싸릿대나무로 회초리를 만들면서 서글픈 마음이 들지만 어금니를 악물면서 스스로 강해지기 위해 의지와 신념을 굳혀갑니다.

지금의 내 인생은 물러설 데도 없고 또한 물러설 수도 없습니다.

첩첩산중 깊고 높은 산(山) 속에서 나 홀로 살아가기 때문에 스스로 강해지기 위해서 나는 의지와 신념을 더욱 굳혀 나아갑니다.

제7장
회초리로 내가 내 등짝을 때린다

나는 싸릿대나무 회초리를 한꺼번에 여러 개를 만듭니다.

하나가 부러지면 또 꺼내서 사용하고, 또 하나가 부러지면 또 꺼내서 바로바로 사용하기 위해 한 움큼의 회초리를 만들었습니다.

그러고나서 실험을 해봅니다.

어떤 물건이든 만들었으면 반드시 기능 확인의 실험을 해보아야 합니다.

만든 물건이 제대로 만들어졌는지? 아니면 잘못 만들어 졌는지? 반드시 확인을 해보아야 합니다. 힘들여서 만든 물건에 하자가 있으면 원인을 발견하여 제대로 완벽하게 고쳐야 합니다.

나는 내가 만든 물건인 싸릿대나무 회초리가 회초리로서 제 기능을 잘 발휘할 수 있을지를 직접 실험으로 확인해보기 위해 오른손에 회초리를 집어 들고 팔을 어깨 너머로 넘겨 높이 들어 올리고 내 등짝을 힘껏 내리쳐봅니다.

눈물이 핑― 돌만큼이나 아프고 회초리가 부러지지 않으니 회초리로서 기능 확인이 되었습니다.

그러나 한 번의 기능 확인 실험은 우연일 수도 있기 때문에 확실한 기능 확인을 위해서 어금니를 악물고 이번에는 맨 팔뚝에 힘껏 회초리를 내리쳐 봅니다.

또 눈물이 핑― 돌만큼이나 아프고 맨 팔뚝에 뻘겋게 회초리 자국 핏발이 생겨도 회초리는 부러지지 않으니 회초리로서의 기능이 재확인되었습니다.

한 움큼의 싸릿대나무 회초리를 토굴 안으로 가지고 들어와 좌선하는 방석 옆에 가지런히 놓아둡니다.

언제라도 졸음이 오거나 잡념이 생기거나 게을러지면 오른손으로 회초리를 즉시 잡을 수 있도록 좌선하는 방석의 오른쪽에 놓아둡니다.

나는 싸릿대나무 회초리 한 움큼을 방석 옆에 두고서 또다시 명상기도에 들어갑니다.

그리고는 졸음이 올 때마다, 잡념이 생길 때마다, 게을러질 때마다 나는 내 손으로 내 몸뚱이 등짝을 회초리로 후려치면서 기도를 합니다.

15일쯤 날짜가 지나갑니다.

날씨는 점점 무더워지고 회초리를 사용하다보니 내 몸뚱이의 등짝은 갈기갈기 살이 찢어져서 목욕을 할 때마다 쓰리고 아리고 고통스럽습니다. 또한 기도 중에나 잠을 잘 때에도 통증으로 인한 장애 때문에 오히려 기도에 열중할 수가 없을 정도입니다.

나는 지나친 고행이 오히려 장애가 되기도 함을 깨닫습니다.

지나친 것은 오히려 부족함만 못함을 깨닫습니다.

지나침도 부족함도 아닌 적절함이 가장 좋음을 깨닫습니다.

계절이 한여름으로 접어드니 날씨가 점점 무더워집니다.

오늘은 아침부터 토굴 밖에서 왔다 갔다 거닐면서 또 다른 궁리를 합니다.

날씨는 점점 무더워지는데 고통 없이 졸음을 이길 수 있는 방법의 묘책을 찾고 있습니다.

토굴 밖에 이쪽 나뭇가지와 저쪽 나뭇가지 사이에 빨랫줄이 걸쳐 있는데, 그 빨랫줄을 보는 순간 번뜩 묘안이 또 뇌리를 스치면서 '그래, 저 빨랫줄이야!' 라고 합니다.

나는 빨랫줄을 풀어서 손에 들고 토굴 안으로 들어옵니다.

빨래줄 한쪽 끝을 토굴 안 천장의 높다란 대들보에 묶고, 또 다른 한 쪽 끝은 내 머리통 위쪽 중앙의 머리카락 한 움큼에 묶어서 줄이 너무 팽팽하지도 않고 너무 느슨하지도 않도록 조절을 해봅니다. 그리고 방석 위에 앉아 기도 중에 꾸벅-하고 고개를 숙이면 머리칼이 당겨져서 몹시 아프도록 줄을 적당히 잘 조절을 합니다.

그러고나서 이젠 실험 삼아 가부좌로 앉은 상태에서 꾸벅-하고 고개를 숙여보니 줄에 묶인 머리칼 한 움큼이 통째로 뽑히는 것처럼 몹시 아프면서 정신이 번쩍 듭니다.

이제 방석 옆에는 싸릿대나무 회초리를 놓아두고, 머리칼은 줄에 묶어 천장 대들보에 매달고 다시 명상기도에 들어갑니다.

내 몸뚱이가 회초리를 매 맞지 않으려고 긴장을 합니다.

내 머리통이 머리칼을 뽑히지 않으려고 또 긴장을 합니다.

몸뚱이가 스스로 긴장을 하니 정신이 바짝 차려집니다.

이제 졸음으로 인한 장애물이 제거가 됩니다.

'궁하면 통한다' 는 말씀이 체험으로 실감이 납니다.

우리의 인생살이도 마찬가지입니다.

무슨 일을 하는 중에 장애물이나 방해물이 생기면, 적극적으로 그 장애와 방해를 분석하고 연구하고 더욱 노력을 하여 극복하면서 뚫고 나가거나, 오히려 역이용하거나, 딛고 일어서는 등등 적극적이고 강인한 사람이 있습니다. 그런가 하면 그 반대로 장애물과 방해물을 핑계 구실로 삼아 거기서 중도 포기하는 소극적이고 도피적인 나약한 사람이 있습니다.

독자분 당신은 어느 쪽의 사람이 되겠습니까?

약육강식 무한경쟁의 정글법칙만이 존재하고 있는 시장경제자본주의사회에서 어떻게 살아가겠습니까?

오직 강자만 살아남는 경쟁사회에서 어떻게 살아가겠습니까?

사람의 신념과 의지는 태산도 움직일 수 있고, 안 되는 것을 되게 할 수도 있습니다.

"강인한 신념과 의지는 불가능을 가능케 합니다."

혹시, 지금 이 글을 읽고 있는 독자분께서 필자보다 나이가 젊은 사람이라면, 현재 좌절과 실의에 빠져있는 사람이라면, 일을 하다가 실패한 사람이라면, 아직 취업을 못하고 있는 사람이라면, 근심 걱정으로 고통받고 있는 사람이라면, 가난한 사람이라면, 그리고 반드시 성공하여 행복한 삶을 살고 싶은 사람이라면 당장 오늘부터 당신의 신념과 의지를 강인하게 만들어 가십시요!!

그리고 ① 현재 상태에서 일과 나 자신을 철저히 분석을 하고 ② 분명한 목적과 목표를 정하고 ③ 반드시 계획을 세우고 ④ 우선순위에 따라 ⑤ 강인한 신념과 의지로 지속성을 가지고 계속 나아가면 누구나 문제해결과 목적 · 목표를 달성해 낼 수 있습니다.

"강인한 신념과 의지 그리고 끈기는 불가능을 가능케 합니다."

또한 지극 정성과 간절함은 하늘도 감동시키고, 고목에서 생명의 우담바라 꽃도 피워낼 수 있습니다.

나는 이곳 첩첩산중 깊고 높은 천등산(天登山) 산 속에서 신념과 의지 그리고 간절함과 정성스러움으로 반드시 하늘 문(天門)을 열고 신통력을 얻어낼 것입니다.

나는 이곳 천등산에서 반드시 신통력을 얻고, 그 신통력으로 내가 누구인지? 내 영혼이 누구인지? 나의 전생이 어떠했는지? 나는 태어나면서 어떤 운명을 가지고 태어났는지? 내가 태어나면서 무슨 업(業)을 타고났기에 이렇게 고생과 고통만 따르고 있는지? 이렇게 살다가 내가 죽으면 또 다음 생은 어떻게 될 것인지? 어떻게 해야만 업장(業障)을 소멸시킬 수 있는지? 어떻게 살아야 진정한 성공과 행복을 이룰 수 있는지? 등등을 나는 내 힘으로 반드시 모두 다 알아낼 것입니다.

입산(入山)할 때에 배수진으로 죽음까지도 각오하고 이미 유언과 유서까지 남겨놓았으니 '사(死) 즉 생(生)'이라 결코 실패하지 않을 것입니다.

나는 산(山) 기도로 인간계와 신(神)계 간의 경계의 벽을, 이승과 저승간의 경계의 벽을 뚫고 들어가 반드시 하늘 문(天門)을 열고 신통력(神通力)을 얻어낼 것입니다.

제8장
내 핏줄의 조상님을 해원천도시켜드린다

나는 지금 깊고 높은 천등산(天登山) 산 속에 있습니다.

이제부터는 무더운 여름철입니다.

황토움막집 토굴의 출입문과 창문에 방충망을 설치합니다.

산(山) 속에 서식하고 있는 모기는 한방 쏘이면 독소가 강해서 뻘겋게 붓고 몹시 가렵고 그리고 가려워서 자꾸 긁으면 피부에 상처가 생기는 등 굉장히 골칫덩어리입니다.

푸른 잎사귀가 많은 나뭇가지를 잘라와 토굴 지붕 위에 얹으며 여름철 무더위를 조금이라도 막아보려고 합니다.

토굴의 출입문과 창문에 모기가 못 들어오도록 방충망을 설치하고, 또한 토굴의 지붕 위에 푸른 잎사귀가 많은 나뭇가지를 얹으니 한결 마음이 놓이고 시원함을 느낍니다.

산(山) 기도를 시작하면서 하루 하나씩 돌을 주워와 쌓고 있는 돌탑은 이제 자리를 잡았습니다.

쌓고 있는 돌탑은 자리를 잡고 조금씩 올라가고 있는데, 나는 아직까지 인간(人間)계와 신(神)계 간의 경계의 벽을 뚫지 못하고, 이승과 저승 간의 경계의 벽을 뚫지 못하고 있습니다.

기도를 시작할 때마다 하늘 문을 열어 달라고 간절한 마음으로 소원을 빌고, 또한 밤에 잠을 잘 때에도 잠들기 전에 꿈에라도 그 방법을 가르쳐 달라고 애원도 합니다.

나는 오늘도 어제와 똑같은 방법으로 하늘과 신령님께 기도 준비와 예배를 올리고나서 기도에 들어갑니다.

오늘도 하루 종일 기도를 하지만 통신(通神)을 못하고, 지치고 지쳐서 쓰러져 그대로 잠이 들어버립니다. 졸음으로 쓰러진 게 아니고 지쳐서 쓰러진 것입니다.

간절하고 또 간절한 염원이 꿈속으로 그 응답이 주어지는지 나는 꿈속에서 우리 할아버지 할머니 아버지가 묻혀있는 묘소로 갑니다.

우리 조상님이 계신 묘소는 이곳 천등산 꼭대기에서 남서쪽으로 가장 커다랗고 기다랗게 뻗어 내린 산줄기의 끝자락 배나무고을 생가(生家)의 뒤편 옆 산인 '삼태산' 의 아래편 끝머리 '와우형' 자리에 위치하고 있고, 이 삼태산은 이 고을에서 가장 높은 주산(主山)인 천등산의 산줄기이기도 합니다.

젊을 때 내가 번 돈으로 우리 조상님들을 이곳 '삼태산 와우형' 자리에 새로이 이장해 선영을 만들면서 가족묘로 조성하였습니다.

나는 기도하다가 지쳐서 쓰러지고 그리고 잠이 들고 꿈속에 조상님 선영으로 가서 할아버지 할머니 아버지 묘소마다 인사를 올리면서 제발 조상님이라도 좀 나서서 도와달라고 하소연을 하며 애걸복걸 빌고 또 빕니다.

그랬더니, 아버지 혼령께서 묘 속에서 불쑥 나오시더니 아버님 묘소의 머리맡 바로 위편 바위 위에 앉으시고는 말씀을 해주십니다.

"아들아! 모든 사람은 하늘의 법칙인 핏줄관계의 천륜법칙 때문에 살아 있는 자손의 영혼과 죽은 조상의 혼령이 서로 핏줄동기작용법칙으로 반드시 상관성이 있느니라. 이 핏줄동기작용법칙은 시간과 공간을 초월해서 항시 하늘의 법칙으로 존재하기 때문에 죽은 조상의 혼령과 살아있는 자손의 영혼이 서로 상관적 관계성으로 연결되어 있느니라. 즉, 핏줄 관계인 조상과 자손은 기운이 함께 작용한다는 것이니라. 그러하기 때문에 네가 지금 간절히 바라고 있는 기도를 성공하려면 너의 원한 많은 조상부터 원한을 풀어주는 '조상해원천도'부터 해주어야 하느니라."

나는 꿈속에서 우리 아버님께 여쭙습니다.

"아버님! 그렇다면 우리 집안에 원한 많은 조상님이 누구이시고 또한 무슨 사연이신지요?"

"아들아! 너의 증조할머니께서 막 시집 온 각시 때에 바닷물에 빠져서 죽고, 사촌형이 6·25 남북전쟁 때에 전투하다가 비명으로 객사 죽음을 당하고, 오촌이 총각으로 장가도 못 가고 호수 물에 빠져서 죽고, 고모가 어렸을 때에 교통사고로 죽었느니라. 그렇게 원한 많은 조상이 많음에도 너희 어머니의 지극 정성스런 기도와 치성으로 너희 형제들은 모두가 무탈하게 잘 성장하고 또한 잘살아가고 있지만 너도 지켜보다시피 사촌들 집안은 우환이 많았느니라. 억울하게 죽은 조상은 그 억울함 때문에 원한이 맺혀서 원한 귀신으로 전락되어 저승도 못 들어가고, 이승에도 다시 태어나지 못하고, 중음의 세계에서 구천을 떠도는 좀비·수비·영산·유령·귀신이 되어서 원귀 · 악귀 · 요귀로 불리면서 천륜의 법칙 때문에 살아있는 핏줄적 관련이 있는 가족이나 자손에게 해코지를 하게 되느니라."

"아버님! 그렇다면 제가 지금 어떻게 하면 되는지요?"

"아들아! 정식법도의 조상해원천도는 훗날 네가 신통력과 도술을 지닐 때에 해주도록 하고, 지금은 우선 약식법도의 조상해원천도를 해줄지니 또한 이 아비가 신통술로 도와줄 터이니, 오늘부터 7일 동안 밤낮으로 '옴 아르늑게 사바하!' '옴 삼다라 가다 사바하!' 진언을 계속 외우면서 기다란 흰색 천으로 열두 개의 고리를 묶고 풀고 또 묶고 풀고 반복하고, 삼베 천과 흰색 천을 가르고, 오색 천을 가르고, 흰색 소지종이 석 장을 공중에서 태우고, 그리고 맨 끝에 '옴 마리다리 훔바탁 사바하!' 진언을 계속 외워주면 되느니라."

말씀이 끝나시자 아버님 혼령께서는 하얀 도포자락을 바람에 휘날리며 공중을 걸어서 천등산 산봉우리 쪽으로 가버리십니다.

우리 아버님께서는 조상님이 대대로 살아오신 배나무고을에서 태어나시어 풍수지리 공부와 함께 농촌 선진화와 농업기계화에 앞장서시고, 이 고을 고흥군에서 가장 먼저 현대식 쌀 도정공장 정미소를 세우시고, 오직 근면성실로 한평생을 살면서 농촌지역 발전에 지대한 공로를 인정받아 국가로부터 '국민포장'을 받으시어 보기 드물게 살아생전에 '공덕비'가 세워진 훌륭하신 분이셨습니다(우리 아버님의 살아생전에 세워진 공덕비는 고향 생가 배나무고을 마을 입구 '달 고개'란 곳에 6대조 할아버지의 충효비와 함께 나란히 우뚝 세워져 있고 이 고을에서는 이곳의 비석을 '손가(孫家)들 비'라고 불리고 있음을 증명합니다).

나는 꿈속에서 하얀 도포 옷을 입으시고 깨끗하고 인자하고 신령스런 모습을 하신 우리 아버님 혼령의 모습을 생생하게 보고 또한 말씀도 들으면서 인과(因果)작용법칙을 확인합니다.

사람으로 살 때에 그 사람의 삶이 죽은 후에 똑같은 모습으로 나타나니 선(善)인 선과요, 악(惡)인 악과임을 확인합니다.

나는 꿈속에서 우리 아버님 혼령이 가르쳐주신 대로 우선, 약식법도의 조상해원천도식을 직접 해봅니다.

아버님 혼령이 가르쳐주신 대로 꼬박 7일 동안 밤낮으로 진언을 계속 외우면서 고를 풀고, 천을 가르고, 소지종이를 사르면서 간절한 마음으로 지극 정성을 다합니다.

지극 정성으로 조상해원천도를 끝마치는 날입니다.

계속 불 밝혀놓은 촛불의 심지가 방울방울 커다랗게 만들어지는 기이한 현상이 일어납니다. 불타고 있는 촛불의 심지가 소멸되지 않고 커다랗게 방울방울 만들어지는 기이한 이 현상은 무엇을 의미할까요?

이 현상은 촛불에 연꽃이 핀다고 일컫는데 그 의미는 재수와 함께 소원성취·좋은일을 예시한다고 합니다.

나는 지극 정성으로 약식법도의 조상해원천도를 끝내고 오늘도 기도를 합니다.

지극 정성스런 마음으로 간절한 마음으로 일심(一心)의 한 마음으로 산(山) 기도를 계속합니다.

온 힘을 쏟는 집중과 결코 포기하지 않는 끈기 그리고 열정으로 오늘도 산(山) 기도를 계속합니다.

제9장
이승과 저승 사이의 경계의 벽을 뚫는다

　나는 오늘도 돌 제단 위에 정한수를 떠올리면서 간절한 마음으로 소원을 빕니다.

　"오늘은 제발 경계의 벽을 뚫게 해주시옵소서!"

　오늘도 어제처럼 첩첩산중 깊고 높은 천등산(天登山) 산 속에서 나 홀로 산(山) 기도에 들어갑니다.

　두 다리는 오므려 포개어 가부좌로 앉고, 허리는 쭉 펴서 똑바로 세우고, 두 손은 가슴 앞에 손바닥을 마주하여 합장을 하고, 두 눈은 지그시 감고, 마음은 편안히 하고, 호흡은 처음에는 깊고 길게 하다가 차츰 고르게 하고, 생각은 눈썹과 눈썹 사이의 명궁과 우주 공간에 두고, 4박자 리듬으로 계속하여 한마음 일념으로 '산왕대신!' 이란 신(神)의 명호를 부르면서 사이클 주파수를 맞추며 기도응답을 받기 위해 '신명기도' 를 합니다.

　점점 더 깊이 집중을 하면서 기도에 몰입해 들어갑니다.

또다시 가슴 앞에 합장을 하고 있는 손이 기를 받으면서 서서히 흔들거리다가 상·하로 세게 흔들리고 또한 앞가슴을 때리면서 엉덩이가 들썩거리고 온 몸이 요동을 칩니다.

한바탕 거세게 온 몸이 요동을 친 다음에 손끝과 발끝 그리고 머리끝에서 몸의 중심 쪽으로 기(氣) 흐름의 전율이 찌르르 찌르르 찌르르—하면서 쫙—뻗쳐옵니다.

그리고는 이마의 명궁 앞에서 무엇인가가 보이는 것 같고, 두 귀에서 휘파람 소리와 함께 무슨 소리인가가 들리는 것 같고, 입술이 떨리면서 무슨 말인가를 불쑥 내뱉을 것만 같습니다.

나는 의식의 집중과 몰입을 더욱 하면서 "이때다!"라고 기회를 포착합니다.

사력을 다하면서 더욱 확실하게 눈으로 보려고 하고, 귀로 들으려고 하고, 입으로 말문을 터보려고 합니다.

집중을 하고 몰입을 하고 또 집중을 하고 몰입을 합니다.

나는 지금 마음속으로 처절하게 울부짖고 있습니다.

"저 벽을 뚫어야 한다! 인간(人間)계와 신(神)계 간의 저 경계의 벽을 뚫어야 한다! 이승과 저승 간의 저 경계의 벽을 뚫어야 한다! 내가 살길은 오직 저 벽을 뚫는 것이야! 하늘이시여, 신령님이시여, 제발 저 벽을 뚫을 수 있도록 허락 좀 해주시옵소서! …."

한줄기 흰 빛이 아득한 저— 멀리서 내게로 다가옵니다.

점점 더 가까이 내게로 다가오는 흰 빛은 너무 너무나 눈이 부십니다.

나는 끝까지 그 눈부신 흰 빛을 주시합니다.

이대로 눈이 멀어버려도 좋고, 몸이 굳어버려도 좋습니다.

내 평생 처음 보는 신비한 흰 빛이기에 그리고 결정적인 기회포착이구나 하는 직감이기에 나는 끝까지 눈부신 흰 빛을 주시합니다.

신비한 눈부신 흰 빛이 내 몸에 닿는 순간 내 머리는 띵-하고 어지럽고 내 몸뚱이는 공중에 붕- 뜨는 무중력을 느끼면서 너무 너무나 황홀함을 느낍니다.

그리고는 아무런 느낌이 없는 무한대의 고요정적이 됩니다. 그 고요정적 속에서 천지가 울리는 음성이 들려옵니다.

"집착을 버리거라!~~."

"마음을 비우거라!~~."

정체불명의 천지가 울리는 음성을 듣고, 나는 순간 깨달으면서 집착과 내 마음의 끈을 놓아봅니다.

그렇게 하니 마음이 너무나도 평안해지고 더욱 무한대의 고요정적이 되면서 시간도 없어지고 공간도 없어지고 나 자신까지 없어져 버립니다.

완전초월 무한대의 고요정적 속에서 또 천지가 울리는 음성이 들려옵니다.

"벽을 뚫었느니라!~~ 인간(人間)계와 신(神)계 간의 경계의 벽을 뚫었느니라!~~ 이승과 저승 간의 경계의 벽을 뚫었느니라!~~ 신통의 첫 관문인 하늘 문(天門)을 열었느니라!~~."

무한대의 고요정적 속에서 천지가 울리는 음성을 내 두 귀로 생생히 들으면서 결정적 기회를 포착한 이 순간이 혹시나 환청현상은 아닌지 확인을 하고자 조심스럽게 소리내어 말씀을 여쭤봅니다.

"천지를 울리는 이 음성을 들려주시는 분은 누구시온지요?"

그러자 또 천지가 울리는 음성이 들려옵니다.

"신령님이시다!"

"어떤 신령님이신지요?"

"오방신장 백마장군 신령님이시다!"

"정녕, 신령님이시라면 그 모습을 보여 주실런지요?"

그러자 하늘에서 천지가 울리는 말발굽소리가 들리면서 눈부신 흰빛이 또다시 나타나고 그 빛 속에서 백마를 탄 장군이 모습을 드러내시어 저-멀리서 이쪽을 향해 돌진을 해옵니다. 점점 더 가까이 달려오면서 점점 더 모습이 커집니다.

천지가 울리는 말발굽소리의 굉음과 함께 하늘 백마의 갈기 털이 바람에 휘날립니다.

백마의 울음소리와 함께 하늘의 백마를 타고 내 앞에 멈추어선 신령님의 모습은 쇠꼬챙이 달린 투구를 쓰고, 오색 빛깔의 갑옷을 입고, 한 손에 큰 칼을 들고, 왕방울만큼 크고 강렬한 눈빛을 한 모습입니다.

신령님의 모습을 실제로 보니 너무나도 무서운 모습이지만 그렇게도 맞닥뜨려보고 싶었으니 내 스스로 두려움을 인내하면서 조심스럽게 직접 말씀을 여쭈어봅니다.

"하늘 백마를 타고 오신 오방신장 백마장군 신령님께서는 무슨 역할을 하시는지요?"

"오방의 방위를 수호관장하고 산(山) 기도하는 제자들에게 하늘 문(天門)을 열어주고 또한 수호해주는 신(神)령이니라."

"신령님! 그럼 저에게도 하늘 문(天門)이 열린 것이온지요?"

"그러하도다. 경계의 벽을 뚫고 하늘 문을 열었느니라."

"신령님! 그럼 이제부터는 어떻게 해야 되는지요?"

"제자야! 이미 경계의 벽을 뚫고 신령님과 직접 통신(通神)을 하였으니, 눈이 열리고 귀가 열리고 말문이 열렸느니라. 이제부터는 깊은 명상삼매로 천기초월명상에 들어와 이렇게 직접 신령님과 대화를 나누면서 신령님으로부터 직접 가르침을 받으면 되느니라."

"신령님! 정녕 그러하는지요?"

"제자야! 정녕 그러하느니라."

"고맙습니다. 이제부터 신령님들께서 많은 가르침을 주시옵소서!"

"잘 알았느니라."

말씀이 끝나시자, 순간 신령님의 모습은 없어지고 하늘 백마의 말발굽소리만이 멀어져갑니다.

초월상태의 고요정적 속에서 환희가 막 솟구쳐 오릅니다.

나는 의식적으로 정신을 차리고 몸을 일으켜 토굴 밖으로 나옵니다.

구슬 같은 땀으로 속옷까지 다 젖어있고, 환희의 눈물이 마구 펑펑 흘러내립니다.

해는 서산으로 기울며 노을이 찬란하게 빛나고 가끔 날아와 친구가 되어주던 산 까마귀들이 토굴 주위의 나뭇가지에 앉아서 까악-까악- 노래를 부르며 축하를 해줍니다.

나는 하늘을 올려다보며 환희의 큰 소리를 지릅니다.

"벽을 뚫었다!~~."

산 메아리가 칩니다.

산 메아리가 산 전체를 울리면서 하늘까지 올라갑니다.

아무도 없는 첩첩산중 깊고 높은 산(山) 속에서 나 홀로 덩실-덩실- 춤을 춥니다.

나는 환희와 감격의 눈물을 흘리면서 춤을 춥니다.

눈은 눈물을 흘리고 몸뚱이는 춤을 추면서 또 하늘을 올려다보며 큰 소리를 지릅니다.

"인간(人間)계와 신(神)계 간의 경계의 벽을 뚫었다!~~ 이승과 저승 간의 경계의 벽을 뚫었다!~~ 드디어 하늘 문(天門)을 열었다!~~ 나는 신(神)령님과 직접 통신(通神)을 했다!~~."

나의 목소리는 산 하늘 메아리가 되어 하늘까지 올라갑니다.

나는 아무도 없는 깊고 높은 천등산(天登山) 산 속에서 환희와 감격의 눈물을 펑펑 흘리면서 계속 덩실–덩실– 춤을 춥니다.

동쪽하늘에 둥근 달이 떠오릅니다.

둥근 달이 어둠을 밝혀줍니다.

첩첩산중 깊고 높은 천등산(天登山) 산 속에서 둥근 달이 떠있는 달밤에 나 홀로 덩실–덩실– 춤을 춥니다.

환희의 눈물로 자축하는 나 홀로 추는 춤은 둥근 달이 머리 위에 떠오를 때쯤에야 멈추어갑니다. 마음은 이 밤을 지새우도록 춤을 추고 싶지만 몸뚱이가 지쳤다고 그만 쉬자고 합니다.

나는 머리 위에 떠있는 둥근 달에게 큰절을 합니다.

돌탑에도 큰절을 하고, 옹달샘에도 큰절을 하고, 토굴에도 큰절을 하고, 동서남북 사방으로 큰절을 합니다.

모든 존재물께 감사함의 큰절을 올리고 또 올립니다.

나는 도(道)닦으러 입산(入山)한지 150여 일만에 드디어 하늘 문(天門)을 열고 직접 통신(通神)을 해내는 목적을 달성했습니다.

열정을 가지고 집중과 끈기로 성공을 이루어 내었습니다.

제10장
나도 이제 신통력(神通力)을 가진다

나는 지금 천등산(天登山) 8부 능선 높은 곳 탑사골 산골짜기 옹달샘 옆 숨겨진 명당자리 깊고 높은 산(山) 속에서 나 홀로 도(道)를 닦고 있습니다.

도(道)닦으러 입산(入山)한지 150여 일만에 하늘 문(天門)을 열고 직접 통신(通信)을 해내어 이제 신(神)과 직접 대화를 나눌 수 있게 되었습니다.

보통 사람들의 눈과 귀로는 볼 수도 없고 들을 수도 없는 우주 자연 모든 존재물의 참모습을 볼 줄 알게 되고 또한 참 소리를 들을 줄 알게 되니 눈에 보이는 모든 모습과 귀에 들리는 모든 소리가 신기하고 아름답게 느껴집니다.

이제, 우주 자연 모든 존재물의 참 진실을 알게 됩니다.

눈에 보이는 것이 오히려 극히 일부임을 깨닫게 됩니다.

눈에 보이지 않는 엄청난 세계가 또 있음을 깨닫게 됩니다.

이러한 참 진실을 깨닫게 되니 스스로 겸손해지면서 섭리와 순리에 따르게 됩니다.

나는 요즘 첩첩산중 깊고 높은 천등산(天登山) 산 속에서 홀로 도(道)를 닦으며 무위자연법(無爲自然法)으로 살아갑니다.

배고프면 음식을 먹고, 먹고 나면 명상기도를 하고, 기도가 끝나면 돌멩이 한 개를 주워와 돌탑을 쌓고 그리고 잠이 오면 잠을 잡니다.

나는 우주 자연의 일부이니 더불어 함께 살아갑니다.

나는 원리와 섭리와 순리에 따라 도리로 살아갑니다.

더불어 함께 살아가는 방법을 배우고 또한 터득해 나아갑니다.

요즘은 날씨가 무더운 한 여름철이니 산(山) 속의 옹달샘에 많은 고마움을 느낍니다. 아무리 날씨가 무더워도 이곳 산 속의 옹달샘 물은 차가울 정도로 시원하고 옥청수만큼이나 깨끗합니다. 아무 때나 목이 마르면 옹달샘 물을 그냥 마실 수 있고, 아무 때나 몸이 가렵거나 땀이 흐르면 옹달샘 물을 그냥 끼얹을 수 있습니다. 아무리 많이 퍼 써도 샘물이 마르지 않고, 아무리 많이 사용해도 세금으로 물 값 달라고 하지 않으니 나의 보물 1호이며 나의 생명수입니다.

이곳 옹달샘 물의 신(水神)과 대화를 나눠 보니, 이곳 옹달샘은 본래 그 이름이 '약천샘' 이라고 합니다.

아주 옛날에는 이곳의 약천샘 물로 질병을 많이 고쳤고 이곳 약천샘 속에는 '업구렁이 신(神)' 이 살고 있어서 아주 옛날에 이곳에서 산(山) 기도를 한 사람들은 이곳 업구렁이 신(神)이 재물재수를 많이 주었고 그리고 질병을 고치는 신유약명의 신통력도 많이 주었다고 귀띔으로 가르쳐주면서 모든 것은 인연을 따라 운(運)때가 있으니 그 운때가 되면 이곳 옹달샘의 비밀을 다 알 수 있게 될 것이라고 합니다.

그렇지만, 나는 호기심이 발동해서 옹달샘 속에 살고 있다는 업구렁이 신(神)을 직접 만나보려고 불러내어 봅니다.

신통력으로 신안(神眼)을 열고서 주술을 외우며 옹달샘 속을 바라보니 깊은 곳에서부터 물안개가 피어오르기 시작합니다. 그 물안개 속에서 시커 먼 검은색의 커다란 구렁이가 기다란 두 갈래 혀를 날름거리면서 스르르– 하고 모습을 나타냅니다.

나는 물의 신(水神)께서 하신 말씀이 사실이구나 하고 생각하면서 기왕에 업구렁이 신(神)을 불러냈으니 조금 전 물의 신(水神)께서 가르쳐주신 업구렁이 신(神)의 능력을 조심스레 물어봅니다.

"괴물처럼 생긴 커다란 구렁이는 누구시온지요?"

"이곳 천등산의 업구렁이 신(神)이니라."

"업구렁이 신(神)은 그곳에서 얼마 동안이나 계셨는지요?"

"이곳 천등산 약천샘이 생기면서부터이니까 대충 천년쯤 되느니라."

"이곳에서 산(山) 기도공부를 하고 있는 이 사람에게 무슨 능력과 어떤 재수를 주실런지요?"

"수백 년 만에 이곳 약천샘을 찾아왔으니 하늘 법칙에 따라 미래운명예 언의 신통력과 평생 쓰고 남을 만큼의 재물을 줄 것이니라."

"업구렁이 신(神)과 함께 나타난 황금색 두꺼비는 또한 어떤 존재인지요?"

"황금색 두꺼비는 업두꺼비 신(神)이고, 역시 재물과 재수 그리고 병 고침의 신통력을 다스리는 신(神)이니라."

"그렇다면 이 사람에게 병 고침의 신통력과 재물재수를 내려주시는 것이 온지요?"

"그것뿐이 아니라 선지자적 능력까지 내려줄 것이니라."

"더 가르쳐 줄 것이 있으면 모두 다 가르쳐주실런지요?"

"차차로 운(運)때가 되면 다 가르쳐 줄 것이니라."

"오늘 또 하나의 비밀을 가르쳐주셔서 고맙고 감사할 뿐이옵니다."

고개 숙여 인사를 드리고 나니, 업구렁이 신(神)과 업두꺼비 신(神)은 순식간에 없어져버리고 옹달샘 위의 물안개도 서서히 사라져버립니다.

나는 오늘 또 하나의 신(神)을 만나고 또 한 가지 천기의 비밀을 알아내면서 신(神)들의 세계로 점점 들어갑니다.

나는 이제 신(神)들과 직접 대화를 주고받을 수 있는 신통력을 가지게 되었으니, 하나씩 천기의 비밀을 모두 밝혀낼 것입니다. 그리고 운(運)때가 되면 하늘과 신(神)들이 허락하는 범위 내에서 글로 남겨놓을 계획입니다.

필자는 자신의 자전적 구도이야기를 계속 전개하면서 중간 중간에 천기(天氣)의 비밀을 삽입하여 운명(運命)과 운(運)의 중요함을 독자분들에게 가르쳐드릴 것입니다.

필자는 이 책을 통하여 '운명작용이론'을 공개 발표하면서 지식 학술계의 발전과 그리고 인류의 행복에 기여하고자 합니다.

사람이 신(神)들과 직접 대화를 나누면서 하늘의 비밀을 알아낸다는 사실은 매우 놀랄만한 일이기도 합니다.

먼 훗날, 이 책의 내용들은 '도성(道聖) 손도사 운명작용이론'으로 불리어지게 될 것입니다.

다만 이 글을 읽고 있는 독자분들께 양해 말씀을 드리고 싶은 것은, 필자는 앞으로 살아가야 할 날이 많이 남아있기 때문에 신변 보호와 원만한 삶을 위해서 이 책의 내용을 다소 축소하고 또한 필자는 글쟁이가 아니기 때문에 글로 쓰는 표현이 다소 서툴다는 것입니다. 그렇지만, 이 책은 수정 없이 단번에 직감직필로 쓴 글이기 때문에 엄청난 천기(天氣) 누설과 함께 가장 중요한 운명과 운(運)에 대한 정보를 직접 제공해 드리면서 모든 사람이 다 잘살게 해드리기 위해 편의적 방편을 사용함을 알려드리는 바입니다.

글은 읽는 재미와 함께 지식과 정보를 담아야 한다고 생각합니다. 그렇습니다.

파란만장한 인생살이를 살아오면서 나이 50살을 넘겨보니, 보다 더 잘살기 위해서는 자기 자신의 타고난 운명과 함께 운(運)흐름의 예측을 정확히 알고 살아야 함이 그 무엇보다도 가장 중요함을 진심으로 말하고 싶습니다.

우리의 인생살이는 욕심대로 소망대로 잘 되지가 않습니다.

운(運)도 모르고 덤비거나 또는 운(運)이 나쁠 때 욕심을 내면 더욱 큰 손해를 입게 되고 죽음까지 당할 수도 있습니다.

그렇습니다. 우리는 운명작용의 법칙을 알아야 합니다.

사람에게는 각자 자기 전생의 영혼이 현재의 자기 영혼으로 들어와 있고, 전생의 인과작용과 핏줄의 인과작용으로 인하여 현생의 삶의 질이 결정되어 버리기 때문에 모든 사람은 태어나면서 이미 운명이라는 것을 가지고 태어나고, 또한 삶을 살아가면서도 운(運)이라는 것이 하늘법칙에 따라 정확하게 작용한다는 메시지를 지금 이 책을 읽고 있는 독자분께 비밀로 가르쳐드리는 바입니다.

잘살려면 진실된 지식과 정확한 정보입수에 빨라야 합니다.

그렇습니다.

이 책을 끝까지 읽어보면 이 책 한 권에 1억 원의 가치를 부여한다는 필자의 주장에 공감을 하시게 될 것입니다.

이 책은 성공·출세·부자 그리고 행복을 성취하는 실제체험의 자전이야기입니다.

실제체험으로 얻은 경험지식은 정말로 귀중하고 확실합니다.

그렇습니다.

이 글을 읽는 독자분에게 잘사는 방법, 삶의 기술의 귀중한 정보를 진심으로 가르쳐드립니다.

필자가 천기신통으로 알아보니, 모든 사람은 자기 영혼의 전생(前生)과 자기 조상핏줄의 업(業) 작용 때문에 태어나면서 이미 90% 정도의 운명(運命)이라는 것을 타고나고, 또한 삶을 살아가면서도 운(運)이라는 것이 음·양과 오행 관계성의 천기(天氣) 법칙으로 정확하게 작용을 하기 때문에 인생살이가 마음먹은 대로 욕심대로 잘되지가 않는다는 것입니다.

그렇기 때문에 두 눈 뻔히 뜨고서 손해를 당하고, 사고를 당하고, 이혼을 당하고, 사업실패를 당하고, 불치병에 걸리고, 고통을 당하고, 평생 고생만 하고 그리고 단명으로 죽기도 합니다.

"세상의 이치는 아는 만큼 보이고 준비하는 만큼 얻습니다."

필자는 이제부터 신(神)들과 대화를 나누면서 운명(運命)과 운(運)에 대해 모두 다 알아낼 것입니다.

그리고 이 책을 읽는 당신에게 모두 다 가르쳐드릴 것입니다.

제11장
내 영혼의 전생(前生)을 알게 된다

　신통력의 첫 관문인 경계의 벽을 뚫고 나서부터는 눈이 열리고, 귀가 열리고, 말문이 열려서 언제든 기도할 때마다 신(神)들과 직접 대화를 나눌 수 있습니다.

　의문이 있을 경우에는 기도 중에 직접 신령님께 질문을 드리고 또한 답을 얻을 수 있습니다.

　하늘 문(天門)을 열고 통신(通神)을 하여 신통력을 얻은 이후부터는 커다란 육환장 지팡이에 삿갓을 쓴 스님과 말을 타고 큰칼을 든 장군이 매일같이 꿈속에도 명상삼매 기도 중에도 나타납니다.

　나는 오늘도 어제처럼 돌 제단 위에 정한수를 떠올리고, 촛불을 켜고, 향을 사르고 그리고 동서남북 사방으로 절을 한 번씩하고 토굴 안으로 들어오면서 이렇게 마음을 먹습니다.

　'오늘은 삿갓 쓴 스님과 큰칼 든 장군의 정체를 꼭 밝혀내야지!'

커다란 투명창문을 사이에 두고 돌탑과 돌 제단을 향해 토굴 안에서 정성껏 큰절 3번을 올리고 조용히 방석 위에 앉습니다.

두 다리는 오므려 포개어 가부좌로 앉고, 허리는 쭉 펴서 반듯하게 세우고, 이제부터 두 손은 마주 포개어 배꼽아래의 단전 앞에 두고, 두 눈은 지그시 감고, 마음은 편안히 하고, 호흡은 처음에는 깊고 길게 하다가 차츰 고르게 하고, 생각은 눈썹과 눈썹 사이의 명궁과 우주공간에 두고, 의식을 점차로 가라앉혀 갑니다.

몸과 마음 그리고 의식이 아주 편안해집니다. 점점 더 깊이 명상기도에 집중을 하면서 몰입해 들어갑니다. 이내 하늘의 천기와 직통을 하면서 손끝과 발끝 그리고 머리끝에서부터 몸의 중심 쪽으로 찌르르-찌르르- 찌르르-하는 기(氣) 흐름의 전율이 쫙- 뻗쳐옵니다.

한참 동안 고감도의 전율이 찌르르-쫙-하고 여러 차례 계속되면서 몸뚱이가 공중에 붕- 뜨는 무중력을 느끼면서 황홀경이 됩니다.

고감도 기(氣)흐름의 이 쾌감과 황홀감은 이 세상 어느 것과도 비교할 수 없을 만큼 최고의 지극지고지락입니다.

황홀경의 정점에서 무한대의 고요정적이 옵니다.

그리고 순간, 모든 것이 정지하면서 시간과 공간이 없어집니다. 이제 서서히 하늘 문이 열리고 내 의식체는 신(神)들의 세계 저승의 세계로 경계의 벽을 뚫고 들어갑니다.

오늘도 삿갓 쓴 스님과 큰칼 든 장군과 함께 머리칼과 눈썹과 수염이 기다랗고 하얀 백발노인 산(山)신령님이 두꺼운 책을 들고 어제처럼 또 나타납니다.

책을 손에 든 백발노인 산신령님은 어제처럼 오늘도 내가 쌓아올리고 있는 돌탑 위에 걸터앉으시고, 삿갓 쓴 스님과 큰칼 든 장군은 내 곁에 앉습니다. 이 두 분의 모습을 자세히 들여다보면 나이와 의복차림새만 다를 뿐 내 얼굴과 거의 똑같이 닮아있습니다.

나는 요즘에 와서 이러한 점이 굉장히 궁금합니다.

내 나이 15살 경부터 지금까지 오랜 세월 동안 언제나 똑같은 모습으로 가끔씩 내 꿈속에 나타나고, 결국에는 나를 산으로 데리고 들어오고, 지금은 꿈속에서나 명상 중에 매일같이 나타나서 나를 돕고 또한 나를 수호해 주는 정체불명의 두 분이 정말 궁금합니다.

오늘은 이 궁금함을 꼭 풀어야 하겠습니다.

나는 '천기초월명상' 속에서 이제 막 책을 펼치시는 백발노인 산신령님께 먼저 질문을 여쭙습니다.

"산신령님! 공부하기에 앞서 저에게는 오랜 세월 동안의 궁금함이 있사온데 오늘은 그 궁금함을 풀게 해주실런지요?"

"제자야! 무엇이 그리도 궁금한가?"

"산신령님! 지금 제 곁에 함께 앉아있는 제 얼굴과 똑같이 생긴 삿갓 쓴 스님과 큰칼 든 장군은 누구이온지요?"

"제자야! 운(運)때가 되면 가르쳐 줄 것이니라."

"산신령님! 궁금함이 기도공부에 장애가 되오니 지금 가르쳐주실런지요?"

"제자야! 산(山) 기도공부는 순서가 있고 또한 모든 것은 운(運)때가 있다고 하였느니라."

"산신령님! 기도공부의 장애는 즉시 없애버려야 한다고 생각되옵니다."

"제자야! 운(運)때에 따른 공부 순서가 있는데, 별도의 과외공부를 하겠다고 약속하면 가르쳐 줄 수 있느니라."

"산신령님! 그렇게 할 것을 약속드립니다."

"제자야! 잘 들을지니 너 자신이니라."

"산신령님! 제 자신은 따로 여기 있사온데 제 자신이라니요?"

"제자야! 과거 또 과거 전생의 너 자신이니라."

"산신령님! 좀 더 상세히 가르쳐주실런지요?"

"제자야! 잘 듣도록 하여라!"

"예, 잘 듣도록 하겠습니다."

"너는 과거 1,000년 전에는 하늘의 '천왕승'이라는 하늘나라 천상의 스님이었고, 또한 과거 600년 전에는 이곳 천등산 탑사골에 있었던 탑사(塔寺)의 '주지스님' 이었고, 이곳의 옹달샘은 그때에 네가 물 마시던 그 약천샘이었느니라.

지금은 불에 타서 없어지고 그 흔적으로 돌기둥만 남아 있지만 과거 600년 전, 너는 이곳 천등산 탑사에서 주지스님으로 있을 때에 굉장한 법력과 도력으로 열반하였느니라. 그리고는 또다시 하늘나라 천상세계로 올라가서 '제석궁'의 제석천왕 곁에서 '칠성장군'으로 300년 동안 천상세계의 장군 역할을 하다가 더 수도하고 수행해서 초월해탈 자유자재를 이루겠다고 또다시 인간세계로 태어나 내려왔느니라.

다시 사람 몸으로 환생한 너는 네 영혼의 바램이나 운명도 모르고 다른 길로만 가더구나. 자기 영혼의 바램과 자신의 운명도 모르고 인생 길을 걸어가니 방황하고 실패하고 손해보고 좌절하고 고생하고 고통받는 등등 온갖 불운과 불행만 따를 뿐이었느니라.

예를 들어, 몸뚱이는 하나뿐인데 그 몸뚱이 속에 주인으로 들어와 있는 자기 영혼의 바램과 그리고 현실적인 자신의 추구가 각각 다른 길을 선택한다면 하나뿐인 몸뚱이는 과연 어느 길로 갈 것인가를 한번쯤은 깊게 정말로 깊이 생각해 볼 필요가 꼭 있느니라.

자기 영혼의 바램과 자기 현실의 추구가 서로 다른 사람은 절대로 성공적인 삶을 이룩할 수가 없느니라.

네 몸뚱이의 주인으로 들어와 있는 너의 영혼의 바램은 최고의 득도인 초월해탈 자유자재이고, 너의 현실적인 추구는 보통 사람들처럼 대학까지 공부하고 성공 출세해서 부자가 되어 잘 먹고 잘 입고 잘 쓰고 잘 소비하면서 물질적으로 잘사는 것이었으니 하나뿐인 그 몸뚱이만 고통받고 고생하였느니라.

더군다나 소질과 적성도 모르고, 인생진로운도 모르고, 성공 출세운도 모르고, 재물운도 모르고, 결혼운도 모르고, 각종 사고수와 수명운도 모르고 살아가니 실패와 고통만 따르고 더욱 고생만 하였느니라.

제자야! 너의 운명은 사람으로 태어나기 전부터 너의 영혼의 바램과 하늘의 법칙에 따라 15살 경부터 꿈속으로 미리 계시를 해주었듯이, 일찍이 동진 출가해서 수도수행자의 길로 나아갔어야 했느니라.

이제라도 깨닫고 제 길로 들어섰으니 잘되었느니라.

지금, 네 옆에 함께 앉아있는 삿갓 쓴 스님과 큰칼 든 장군은 과거 또 과거 전생의 너 자신이었느니라.

과거 전생의 영혼들과 함께 이곳 천등산에서 한 10년 정도만 도(道)를 닦으면 과거 전생의 상근기가 있으니 삼천대천세계 우주 자연의 진리를 다 터득하고 깨쳐서 너의 영혼의 바램인 초월해탈 자유자재를 이룩할 수 있을 것이니라. 잘 알아들었는가?"

"예, 잘 알아들었습니다. 하지만, 하나 더 궁금함이 있사온데 가르쳐주실런지요?"

"물어보도록 하여라!"

"저의 과거 전 전생까지 모두 알고 계시는 산신령님은 대체 누구이시고, 또한 저와는 어떤 인연이 있는지 가르쳐주실런지요?"

"제자야! 운(運)때가 되면 다 알게 될 것이니라."

"산신령님! 기왕 말씀이 나왔으니 지금 가르쳐주실런지요?"

"제자야! 잘 듣도록 하여라!"

"예, 잘 듣도록 하겠습니다."

"네가 이미 알고 있다시피 나는 이곳 천등산(天登山)의 산(山)신령이고 너하고는 특별한 인연이 있으니, 너와 나는 과거 600년 전에 이곳 천등산 탑사에서 함께 수도(修道)했던 도반 친구였느니라.

너는 열반하면서 도(道)가 높아 하늘나라로 올라가고 나는 또 다른 인연법에 따라 이곳 천등산의 산신령이 되었느니라.

과거 전생의 도반 친구가 이곳 천등산을 인연 명기로 하여 인간계의 사람으로 다시 환생한다고 해서 기다렸고, 그동안 운명의 길을 잘못 가길래 염려는 되었으나 너의 팔자 운명이 반드시 이곳 천등산으로 또다시 입산(入山)하도록 되어 있기에 지금껏 너를 기다렸느니라.

옛날 옛적에 함께 수도했던 도반 친구여! 내가 친구의 산(山) 기도공부를 힘껏 도와주겠노라. 하지만, 꼭 한 가지 지켜주어야 할 것이 있으니 인간계와 신(神)계와는 엄연한 구분과 규칙이 있는 법이니라.

친구는 지금 사람의 몸으로 그리고 수도수행자의 몸으로 또한 신(神)제자의 몸으로 다시 태어나고 입산(入山)을 했으니 철저히 배우는 자세의 마음가짐과 태도를 갖추어야 하느니라. 잘 알아들었는가?"

"예, 잘 알아들었습니다."

"그럼, 이제부터 책을 펴도록 하여라!"

"예."

나는 나이가 600살이나 된다는 백발노인 천등산(天登山) 산신령님과 옛날 옛적의 탑사(오래 전에 화재로 불타 없어지고 현재는 절터의 흔적으로 돌기둥만 덩그러니 남아 있음)에서 함께 수도 수행했던 도반 친구였다는 것이 믿어지지 않지만, 나는 그 말씀들을 받아들여 믿기로 합니다. 왜냐하면 ① 탑사의 흔적이 절터와 함께 돌기둥이 현재까지 남아있고 ② 약천샘 옹달샘이 그대로 존재하고 ③ 삿갓 쓴 스님과 큰칼 든 장군이 나이와 의복 차림새만 다를 뿐 행동과 얼굴이 내 모습과 똑같이 닮았고 ④ 내 운명을 정확히 맞추고 ⑤ 내 영혼이 내 몸속에서 그러하다고 대답을 하고 ⑥ 현재 산(山) 기도공부를 배우는 입장이기 때문에 천등산 산신령님의 말씀대로 그대로 믿기로 합니다.

나는 신통력으로 내 영혼의 전생(前生)을 알게 되고, 내 영혼의 운명과 내 몸뚱이 속에 주인으로 들어와 있는 내 영혼의 바램을 모두 알게 되었습니다.

그렇기 때문에 나는 앞으로 어떻게 살아야 할지 그리고 무엇을 해야 할지 삶의 목적과 방법이 확실해짐을 스스로 깨달아집니다.

지금, 이 글을 읽고 있는 독자분께 질문을 드립니다.

"당신은 누구입니까?"

당신의 몸속에 주인으로 들어와 있는 당신의 영혼이 누구인지 꼭 알아야 함을 진심으로 충고합니다.

당신의 영혼을 알면 전생을 알게 되고, 전생을 알면 인과의 법칙으로 현생의 운명을 정확히 알 수 있게 되기 때문입니다.

지금, 당신의 몸속에 주인으로 들어와 있는 당신의 영혼이 누구인지 반드시 꼭 알아둬야 함을 거듭 진심으로 충고합니다.

제12장
순리를 따르며 간소하게 산다

나는 지금 첩첩산중 깊고 높은 겨울철의 산(山) 속에서 나 홀로 산(山) 기도공부를 하며 도(道)를 닦고 있습니다.

올 겨울은 유난히도 춥고 눈도 많이 내립니다.

추운 겨울철 산(山) 속의 움막집 토굴은 아궁이도 없고, 온돌도 없고, 보일러도 없고, 전기난로도 없고, 전기장판도 없고, 화로도 없습니다.

식사는 아침과 저녁으로 하루 두 끼니만 생식(生食)을 하고 있습니다.

생쌀과 생콩을 물에 불려 두었다가 생솔잎 산미나리와 함께 먹고, 요즘 겨울철에는 약초뿌리와 칡뿌리를 캐먹기도 합니다.

이곳 첩첩산중 깊고 높은 산(山) 속의 토굴은 산 아랫마을로부터 약 4km 이상 떨어져 있고 산(山) 높은 곳에 위치하고 있기 때문에 전기시설을 할 수도 없고 또한 스스로 고행을 해야 하기 때문에 필요하지도 않습니다.

수도수행생활을 할 경우에는 반드시 불편함과 고행이 동반되어야 하고 항상 정신과 마음이 깨어있어야 합니다.

이곳은 전기가 들어오지 않으니 전기밥솥도 없고, 전자렌지도 없고, 냉장고도 없고, 세탁기도 없고, TV도 없고, 오디오도 없고, 라디오도 없고, 컴퓨터도 없고, 전화기도 없습니다. 또한 가스시설이 없으니 가스렌지도 없습니다. 또한 침대도 없고, 장롱도 없고, 소파도 없습니다.

문화문명의 혜택이라고는 조금도 없고 또한 필요하지도 않습니다.

스스로 선택한 수도수행의 생활이기 때문에 불편을 감수하면서 묵묵히 잘 적응해 살아가고 있습니다.

단 한 가지, 산(山) 기도 중에는 산(山) 밖으로 나갈 수가 없으니 몸이 아프거나 병이 들면 어쩌나 하고 조금은 걱정이 됩니다. 하지만 유서까지 써 놓고 유언까지 남기고 목숨을 하늘에 맡겨 버렸기 때문에 괜찮습니다.

이미 시간 개념도 잊어버렸습니다.

그냥 순리를 따르며 단순하고 간소하게 살아갑니다.

일체의 가구도 없고 가전제품도 없고 살림도구도 없으니 5평 크기의 원룸식 토굴이지만 주거공간은 넉넉합니다.

사람은 단순하게 살수록 또한 간소하게 살수록 정신과 마음의 여유가 생기고 또한 자유롭게 살아갈 수가 있습니다.

사람은 조금 불편함을 느껴야 건강에 좋으니, 짧은 거리는 걸어서 다녀야 하고 더울 때는 그 더위를 또는 추울 때는 그 추위를 겪으면서 인내할 줄 알아야 정신과 육체가 강인해집니다.

사람은 신체적으로 정신적으로 자유로워야 하고 진정으로 자유로워지려면 단순하고, 간소하고, 검소해야 합니다.

일을 많이 벌이면 자유로워질 수 없습니다.

신경 쓸 일이 많으면 행복해질 수 없습니다.

주거생활 공간이 너무 넓거나 살림살이가 너무 크고 많고 복잡하면 맨날 그것들을 쓸고 닦고 관리하느라 오히려 사람이 물건의 노예로 전락되어버립니다.

권력·돈의 허세와 명품·사치 허영심의 노예로부터 자유로 울 수 있는 사람이 되어야 합니다.

왜냐하면, 우리는 모두 행복을 추구하고 행복은 자유스러움에 있기 때문입니다.

나는 지금, 첩첩산중 깊고 높은 추운 겨울철의 산(山) 속에서 따뜻한 불도 없이 움막집 토굴에서 간소하게 자연인으로 살아가면서 나 홀로 고행을 하며 도(道)를 닦고 있지만 마음과 정신은 자유롭고 평안합니다.

다만, 요즘 겨울 날씨가 산(山)이 높기 때문에 너무나도 추워서 몸을 자주 씻지를 못하니 가끔 가려워 명상삼매에 방해를 조금 받을 뿐입니다.

나의 산(山) 속 일상생활이 명상삼매로 도(道)를 닦는 일인데 몸이 가려워 방해를 받습니다.

그렇기 때문에 오늘은 잠자리에서 일어나면서 '오늘은 꼭 몸을 씻어야 한다' 고 마음을 먹어 봅니다.

토굴 밖에는 산(山) 전체가 하얀 눈으로 덮여있습니다.

토굴 지붕도 하얀 눈 모자를 쓰고 있고, 돌탑도 하얀 눈 모자를 쓰고 있고, 나무도 하얗고, 모두가 하얗습니다.

날씨가 몹시 추우니 먼저 기(氣)체조로 몸을 따뜻하게 열을 냅니다.

나 홀로 살아가고 있는 산(山) 속인지라 그냥 옷을 홀랑 다 벗어버리고 알몸으로 옹달샘으로 갑니다.

산(山) 속의 하얀 눈밭에 발가벗은 남자가 걸어갑니다.

옹달샘은 꽁꽁 얼음이 얼어있습니다.

옹달샘 가에 놓아둔 늘 사용하는 돌멩이로 얼음을 깨부숩니다.

얼음이 둥둥 떠 있는 옹달샘 물을 한 바가지 떠서 먼저 손과 얼굴을 씻습니다.

다음으로 팔과 다리에 물을 적시고 가슴과 배에 물을 적시고나서 어금니를 악물고 근육에 힘을 주면서 얼음이 둥둥 떠 있는 얼음물을 한 바가지 가득 떠서 내 몸뚱이에 확– 끼얹었습니다.

"아흐– 차가워!"

맨손으로 몸을 문지르고 또 얼음물을 끼얹었고 또 몸을 문지르고 또 얼음물을 끼얹었습니다.

발가벗은 맨 몸뚱이에서 김이 무럭무럭 피어오릅니다.

살갗이 빨갛게 변하고, 몸뚱이가 달달– 떨리고, 이빨이 다각다각– 소리를 내고, 얼음물을 끼얹은 머리칼은 금세 얼어서 부석부석합니다.

더군다나 찬바람이 한 번 휘몰아치니 더 이상 참을 수가 없어 물기를 닦지도 못하고 후다닥– 토굴 속으로 뛰어 들어옵니다.

물기를 닦고 얼른 옷을 입고나서 동상에 걸리지 않기 위해 계속 몸을 움직이고 내공으로 기(氣)체조를 합니다.

눈 덮인 산(山) 속의 토굴 밖 옹달샘에서 얼음이 둥둥 떠 있는 차가운 얼음물로 한 목욕이지만 몸을 씻고나니 몸과 마음이 개운합니다.

산(山) 기도공부를 할 때에는 여름철이나 겨울철이나 항상 몸을 깨끗이 해야 하고 또한 가렵지 않아야 합니다.

특히, 명상기도를 할 때에는 가려움으로 인한 방해를 받지 않아야 합니다.

비록 눈 덮인 겨울 산(山) 속의 차가운 얼음물로 한 목욕이지만 내 몸뚱이를 씻게 해 준 옹달샘에 또 고마움을 느낍니다.

요즘은 겨울 날씨가 계속 맹추위로 영하 10도 정도의 영하권으로 내려가니 깊고 높은 겨울 산 속에서 추위로 인하여 명상삼매에 방해를 받습니다.

나는 불도 없는 겨울 산 속에서 '이 추운 겨울철을 어떻게 견디어 낼까?' 하고 궁리를 합니다.

이렇게도 궁리를 해보고 저렇게도 궁리를 해봅니다.

궁리하며 생각하는 중에 오늘 처음 보는 어린아이 동자신(童子神)이 불쑥 뿅-하고 나타납니다.

사람의 나이로 치면 10살쯤 되고 머리칼이 앞머리 부분만 조금 자라나 있고 초롱초롱한 눈망울을 하고 있습니다.

그 동자신(神)이 먼저 말을 건네옵니다.

"형아! 비닐을 이용해 봐!"

나는 어린아이 동자신(神)에게 꾸지람을 합니다.

"동자야! 너 쪼그만 꼬마가 왜 어른한테 반말이냐?"

그러자 오히려 초롱초롱한 눈빛을 더욱 빛내면서 말대꾸를 합니다.

"나 동자신(神)은 성장이 멈춰서 이렇게 어리지만 나이는 150살이고 또 신(神)이기 때문에 반말을 쓰는 거야."

"좋아, 그렇다 치고 왜 어른한테 형이라고 부르는 거냐?"

"형아는 나이는 어른이지만 아직 장가를 안 가서 형이라 부른 거야."

나는 계속 동자신(神)한테 당하면서 또 묻습니다.

"좋아, 그렇다 치고 너는 대체 누구냐?"

"이곳 천등산 산신동자(山神童子)야."

"그래, 무슨 비닐을 어떻게 해보란 말이냐?"

"형아가 토굴을 만들 때 비닐이 남아서 밑바닥에 여러 겹으로 깔아뒀지 않아?"

"아참 그렇지, 그런데 그것을 어떻게 알았지?"

"신(神)들은 사람들이 말하는 것과 행동하는 것을 어느 때고 어디서고 항상 지켜보고 있기 때문에 모두 다 알고 있어."

"그래, 그 비닐로 어떻게 해보라는 것이냐?"

"형아! 비닐자루를 만들어서 양쪽 끝을 묶고 얼굴만 내놓고 비닐자루 속에 들어가 있으면 안 추울 거야."

"아참 그렇겠군! 그럼 동자 말대로 해볼까."

"형아! 산(山) 기도공부 열심히 해!"

말이 끝나자마자 산신동자(山神童子)는 순간 뿅-하고 사라져버립니다.

나는 동자신(神)이 가르쳐준대로 해보기 위해 토굴 밑바닥의 자리를 걷습니다.

움막집 토굴을 지을 때에 땅바닥에서 올라오는 냉기와 습기를 막기 위해 땅바닥에 비닐을 깔고, 그 위에 마른 나뭇잎과 마른 풀잎을 깔고, 또다시 그 위에 비닐을 깔았습니다. 그러고나서 맨 나중에 담요를 자리로 깔았는데 그때에 비닐이 남아서 담요 밑에 여러 겹으로 접어서 깔아뒀던 것입니다.

나는 바닥자리 담요를 걷고 비닐을 꺼내어 2m 정도만큼 자릅니다.

시골농촌의 농사용 비닐은 이중으로 두 겹으로 되어 있습니다.

비닐을 손으로 비벼서 두 겹을 분리하고 한쪽 끝을 끈으로 묶고 공기를 넣으니 동자신(神)이 가르쳐준 대로 비닐자루가 됩니다.

"그래, 바로 이것이야!"

오늘은 명상기도에 들어가기 전에 먼저 용변을 보고 기도 준비를 다하고 나서 한쪽 끝을 묶은 비닐자루 속에 들어가 가부좌로 앉습니다. 그리고 얼굴과 머리만 밖으로 내어놓고 목 부위에서 다른 한쪽 끝을 끈으로 묶고 비닐자루 속에 들어앉아서 명상기도를 하니 아무리 겨울 날씨가 추워도 체온을 빼앗기지 않습니다.

나는 이러한 방법으로 눈 덮인 깊고 높은 겨울 산(山) 속에서 영하 −10도의 맹추위를 견디어냅니다.

신(神)이 가르쳐준대로 따라하니 추위로 인한 산(山) 기도공부의 장애가 해결됩니다.

보통 사람들은 산(山) 기도를 할 때에 대다수가 실패를 당합니다.

너무 추워서 또는 너무 무더워서, 너무나 배가 고파서, 너무나 외로워서, 너무나 무서워서, 너무나 지루해서, 또는 허주(잡귀신)가 들려 미쳐버려서 등등 구실과 핑계 그리고 잘못으로 인하여 대다수가 실패를 당합니다. 그러나 나는 그럼에도 불구하고 산(山) 기도를 계속하고 있습니다.

온갖 어려움을 다 이겨내고 있습니다.

앞으로도 온갖 어려움을 다 이겨낼 것입니다.

첩첩산중 깊고 높은 겨울 산(山) 속에서 나 홀로 산(山) 기도공부의 도(道)닦는 겨우살이가 정말로 춥고, 배고프고, 외롭고, 쓸쓸합니다.

너무나도 고통스럽습니다.

그러나 나는 고통을 인내하면서 계속 나아갑니다.

성공을 위해 강인한 의지력과 신념으로 계속 나아갑니다.

결코 나태하지 않고 멈추지 않고 계속 나아갑니다.

더 큰 성공을 위하여 더 높은 곳을 향해서….

제13장
생긴 모양에 따라 운(運)이 다르다

모진 추위의 겨울철이 지나갑니다.

이제 계절이 바뀌어 또다시 봄이 시작됩니다.

겨울 동안의 매서운 추위 속에서 죽은 듯 하던 나뭇가지 끝에 새움이 트기 시작하고 산수유 꽃이 피고 진달래꽃이 또 피어납니다.

자연의 섭리와 법칙은 참으로 오묘하고 정확합니다.

4계절의 변화가 뚜렷한 대한민국 한반도 우리 땅은 참으로 수도(修道)하기에 좋은 곳이라 생각합니다.

계절 변화의 자연현상이 생로병사, 성주괴공, 생주이멸의 참진리를 잘 가르쳐줍니다.

4계절의 뚜렷한 변화가 말없는 말과 들리지 않는 소리로 철학과 진리의 도(道)를 가르쳐주기 때문입니다.

개소리 닭소리 사람소리가 전혀 들리지 않는 첩첩산중 깊고 높은 이곳 천등산(天登山) 산 속에도 또다시 봄이 시작됩니다.

앞으로 오랜 세월을 이 산(山) 속에서 나 홀로 살아가야 하기 때문에 내 스스로 채소를 가꾸어보기로 합니다.

사람은 그 어떤 어려운 환경에 처할지라도 반드시 적응을 할 줄 알아야 하고 또한 스스로 자립심을 길러 반드시 자주독립의 자존을 할 줄 알아야 합니다.

나는 스스로의 생존을 위해서 잠깐씩 운동 삼아 토굴 아래편의 산비탈을 텃밭으로 사용하기 위해 개간을 합니다.

괭이로 땅을 파고 또 땅을 파 나갑니다.

여러 날 동안 계속하여 괭이로 산비탈을 텃밭으로 개간합니다.

나무뿌리와 풀뿌리를 골라내고 돌멩이를 골라내고 두렁과 이랑을 만들면서 산 속에 나의 텃밭을 만듭니다.

물이 흐르는 옹달샘 아래편의 습지에는 자연 야생의 산미나리가 자라고 있으니, 내가 만든 텃밭에는 배추씨·당근씨·오이씨·옥수수씨 등등 생식(生食)으로 먹을 수 있는 것으로 채소 씨를 심습니다.

비닐봉지로 물을 길어와 물을 뿌려주면서 잘 보살피니 싹이 나고 줄기와 잎이 나면서 내 작은 텃밭에 채소가 자라고 있습니다.

산 속의 텃밭에 푸른 채소가 탐스럽게 잘 자라고 있습니다.

산새들이 몰래 뜯어먹고 산토끼도 몰래 뜯어먹습니다.

싸릿대나무를 베어오고 칡넝쿨을 베어와 울타리를 만들어봅니다. 싸릿대나무로 울타리를 만들어 빙- 둘러쳐 놓으니 산토끼 녀석들은 막을 수 있으나, 산새들은 공중으로 침투하니 막을 수가 없습니다.

산새들은 조금만 뜯어먹으니 그냥 내버려둡니다.

그러면서 내년에는 텃밭을 더 크고 넓게 만들고 더 많은 채소를 가꾸어서 산토끼와도 함께 나누어 먹어야겠다고 큰마음을 내어봅니다.

사람의 마음은 작게 쓰면 한없이 작아지고, 좁게 쓰면 한없이 좁아지고, 크고 넓게 쓰면 한없이 크고 넓어집니다.

나는 도(道)를 닦으니 크고 넓게 마음을 쓰기로 합니다.

크고 넓은 마음으로 나 자신을 바꾸어 나아갑니다….

이제 계절이 바뀌어 또다시 신록의 초여름입니다.

깊고 높은 산(山) 속에서 나 홀로 도(道)를 닦으며 하루 한 개씩 돌을 주워와 쌓고 있는 돌탑의 높이가 이제 조금씩 올라갑니다.

산 아래편에 피어있는 아카시아 꽃향기가 바람을 타고 이곳까지 올라오니 산 전체가 아카시아 꽃향기로 너무나 향기롭습니다. 야생초의 풀 향기도 너무나 싱그럽습니다.

나는 요즘 풀 향기와 아카시아 꽃향기 속에서 백발노인 천등산(天登山) 산신령님께 한창 신나게 얼굴과 손금 그리고 머리·목·어깨·등·가슴·배·허리·엉덩이·팔다리·몸통 등등 사람의 생김새를 직접 보고 운(運)을 판단하는 '관상술' 공부를 배우고 있습니다.

산(山)신령님께 직접 '관상술'을 배워보니 정말로 사람의 운명은 얼굴과 손금 그리고 몸통 전체 각각 부위의 생김새에 따라 운(運)이 다르게 흐르고 또한 정확하게 나타나고 있음을 확인합니다.

사람은 태어날 때 인과의 법칙과 인연의 법칙에 따라서 운명(運命)이라는 것을 각각 타고나고, 또한 삶을 살아가면서도 운(運)이라는 것이 각각의 법칙에 따라서 정확하게 작용을 하기 때문에 자기 자신의 타고난 운명과 운(運)흐름의 예측을 정확히 미리 알아둬야 함을 가르쳐드립니다.

우리의 삶은 처음부터 끝날 때까지 사람을 만나고 또한 사람과 거래를 해야 하는 대인관계 속에서 살아가야 합니다.

그러하기 때문에 반드시 사람을 제대로 볼 줄 알아야 하고, 또한

사람을 제대로 볼 줄 알아야 손해를 당하지 않습니다.

사람을 제대로 볼 줄 알아야 이득을 얻고 성공을 합니다.

반드시 각각의 그 사람에 따른 운(運)을 읽을 줄 알아야 합니다.

수많은 책들 중에서 지금 이 글을 읽고 있는 당신은 삶을 살아가면서 최대의 행운을 만난 것입니다.

지금, 필자의 글을 읽고 있는 행운의 당신께 일생일대 최고의 선물을 드리도록 하겠습니다.

삶의 지혜로 사람을 제대로 볼 줄 아는 기술을 가르쳐드리겠습니다.

사람과 운(運)을 보는 방법의 실용관상술 중에서 '얼굴 관상술'의 핵심을 간단하게 조금만 가르쳐드리도록 하겠습니다.

이 부분은 책 본문의 글 속에 숨겨서 비밀로 살짝 가르쳐드리는 것이니 이 책을 구입한 독자분들만 몰래 꼭 배워두길 진심으로 바라는 바입니다.

이제부터 자기 자신과 가족 그리고 친구의 얼굴모습을 떠올리면서 또는 밑줄을 그으면서 천천히 이해를 하면서 읽어주시길 바랍니다.

사람 얼굴의 생김새는 상·하·좌·우가 반드시 균형과 조화를 이루어야 합니다.

만약, 얼굴의 어느 한 부위에 특징이 있으면 그 부위를 의미하는 특징적 운(運)이 반드시 나타나고 또한 작용하게 됩니다.

사람 얼굴의 생김새가 사각형인 사람은 대체로 실행력이 있고, 둥근 형이면 원만하고, 역삼각형이면 머리가 영리합니다.

사람은 이마가 잘 생겨야 복과 운이 따릅니다.

이마 위쪽의 양끝이 벗겨지면 두뇌가 명석하고, 이마가 직선으로 각이 지면 실행력이 강하고, 이마의 중앙이 튀어나오면 오만하고, 이마의 하부와 눈썹 뼈가 튀어나오면 투지력이 강합니다.

이마에 주름살 한 개가 수평으로 기다랗게 생기면 고집과 의지가 강하고, 이마에 주름살 세 개가 길고 가지런하게 생기면 정신력이 풍부합니다.

이마가 너무 낮거나, 너무 좁거나, 잔주름살이 헝클어져서 못생기면 대체로 복과 운이 안 따르고 고생이 많게 됩니다.

여성의 이마가 남성처럼 잘 생기면 기가 강해서 팔자가 사납게 되고, 여성의 이마에 흉터가 생기면 운이 나빠지고 남편복이 없게 됩니다.

특히, 공직자로 출세하려면 이마가 잘 생겨야 합니다.

눈썹은 눈보다 길고 가지런하고 청수해야 귀상이며 길상이고, 반대로 눈썹이 너무 짧거나, 중간에 끊어진 듯 하거나, 헝클어져 있거나, 혼탁하면 천상이고 흉상입니다.

눈썹이 길면 정이 많고, 눈썹이 짧으면 고독합니다. 눈썹이 일자형은 강직하고, 초승달형은 총명하고, 삼각형은 지략이 뛰어나고, 눈썹 끝이 치켜 오른형은 용맹하고, 눈썹 끝이 내리쳐진형은 나약합니다. 양 눈썹 사이가 넓은 사람은 마음이 느긋하며 속이 넓고, 양 눈썹 사이가 좁은 사람은 마음이 조급하며 속이 좁습니다.

특히, 두 눈썹의 높이가 크게 다르면 가정환경과 육친 운이 나쁘고 자기 본위적이고 처신의 태도가 나빠서 인생중년에 큰 실패와 고생이 따르게 됩니다.

눈빛이 살아있어야 성공 출세를 합니다.

눈은 맑고, 빛나고, 크기가 적당하고, 균형이 잡히고, 흑백이 분명하고, 안정감이 있어야 길상입니다. 반대로 눈이 혼탁하거나, 빛이 없거나, 힘이 없거나, 너무 크거나, 너무 작거나, 균형이 없거나, 흑백이 분명치 않거나, 살 기운이 흐르거나, 흰자위가 너무 많이 보이면 흉상입니다.

눈이 쌍꺼풀형이면 사치하고, 외꺼풀형이면 내실합니다.

눈 꼬리가 치켜 오르면 기가 세고, 내리쳐지면 기가 약합니다.

눈에 흰자위가 많이 보이면 성질이 나쁘고 흉액을 당하게 됩니다.

다툴 때에 눈을 까뒤집어 흰자위가 많이 보이게 하거나 또는 평소에도 흰자위가 많이 보인 사람은 그러하지 않도록 꼭 충고를 드립니다.

아래 눈꺼풀 와잠의 라인이 팽팽하게 부풀면 성격이 좋고 또한 이성적 성감이 좋습니다.

위 눈꺼풀에 주름살이 많으면 성욕이 강하고 바람기가 많습니다.

눈 꼬리 주름살이 뚜렷하게 상·하 두 갈래로 갈라지면 마음씨는 착하지만 부부별거와 이별이 따릅니다.

특히, 타고난 사주에 도화살과 끼가 들어있는 여성이 쌍꺼풀 수술을 하면 도화살과 끼 그리고 사치 허영심이 더욱 발동을 해서 결혼운이 치명적으로 나빠질 수 있으니 쌍꺼풀 수술을 하기 전에 반드시 운명전문 도사(道士)를 찾아가 꼭 운명상담을 받고 쌍거풀 수술 여부를 결정하시길 권유하는 바입니다.

눈에 붉은 핏줄이 한 가닥으로 기다랗다 눈동자를 꿰뚫으면 반드시 큰 사고를 당하거나 죽음이 따릅니다.

눈빛이 흐트러지면 영혼이 떠날 준비를 하니 죽음이 따릅니다.

특히, 눈 꼬리 근처에서 옆으로 머리털이 나있는 곳까지의 부위에 손톱

크기만한 딱 한 개의 '거무스레한 반점'이 생기면 98% 확률로 청춘에 홀아비가 되고 청상과부가 되어 인생살이가 고독하고 고생이 많게 됩니다(이 '거무스레한 반점'은 젊을 때 생기기 때문에 늙어서 생기는 저승반점하고는 구별이 됩니다).

눈 꼬리 근처에 손톱크기만한 딱 한 개의 '거무스레한 반점'이 생긴 사람은 반드시 젊은 나이에 배우자를 잃기 때문에 그 배우자를 '생명보험'에 즉시 가입시켜 두길 진심으로 충고합니다(98% 확률로 배우자 사망보험금을 타 먹을 수 있습니다).

귀가 잘 생겨야 수복운이 따릅니다.

귀가 크면 마음이 넉넉하고, 귀가 작으면 변덕이 많습니다. 귀가 단단하면 활동적이며 적극적이고, 엷으면 소극적이며 정서적이고, 가운데 부분이 튀어나오면 개성과 자기주장이 강합니다. 귀가 윤택하면 명예와 귀운이 따르고, 거무튀튀하고 어두운 색이면 빈천이 따르고 건강이 나쁩니다.

특히, 귀 아래편 귓불의 살집이 두툼하고 엷은 홍색으로 윤택하면 건강과 운세가 좋으니 귓불이 잘생긴 사람을 배우자감으로 선택하면 좋고, 귀고리 구멍을 여러 개 뚫은 여성은 수명운·재물운·남편운을 나쁘게 하니 이러한 여성을 아내감으로 선택하지 말 것을 충고합니다.

광대뼈가 솟으면 기력이 강합니다.

광대뼈가 앞으로 솟으면 양성적으로 기력이 강하고, 광대뼈가 옆으로 뻗치면 음성적으로 기력이 강합니다.

특히, 광대뼈가 살집이 없이 너무 튀어나오면 빈천이 따르고, 여성은 과부가 되기 쉬우니 이러한 사람을 배우자감으로 선택하면 안 됩니다.

코가 잘 생겨야 명예와 재물운이 따릅니다.

코는 적당한 크기로 곧고 깨끗하고 윤택해야 좋습니다. 그러나 코가 너무 크거나, 너무 작거나, 너무 높거나, 너무 낮거나, 너무 길거나, 너무 짧거나, 콧등이 움푹 꺼지거나, 코끝이 뾰족하거나, 콧날이 옆으로 휘거나, 콧등의 중간이 튀어나오거나, 콧등에 흉터가 생기거나, 콧방울이 너무 빈약하거나, 코가 지저분하면 나쁘고 흉상입니다.

코가 높으면 자존심이 강하고, 코가 낮으면 자존심이 약하고 코가 길면 고지식하고, 코가 짧으면 대충적이고, 코끝이 둥글면 소탈하며 원만하고, 코끝이 뾰족하면 고상 예민하고, 그리고 코가 너무 작거나 움푹 꺼지면 자존심과 주체의식이 약하고 결혼운이 나쁩니다.

콧등의 중간이 튀어나오면 투쟁적이고 상충하여 다툼이 많고 콧날이 옆으로 휘거나 또는 콧등에 흉터가 생기면 결혼운이 나쁘게 됩니다.

특히, 코끝이 둥글고 윤택하고 콧방울에 살집이 좋고 힘차게 잘 생기면 의지력과 재물운이 따르니 이러한 사람을 배우자감으로 선택하면 좋습니다. 그러나 반대로 콧날이 옆으로 휘거나 콧등에 흉터가 있거나 콧등이 튀어나온 사람을 배우자감으로 선택하지 말 것을 충고합니다.

또한 특히, 성격이 강한 여성과 고집이 센 여성이 코 성형수술로 코를 높이면 운명이 나쁜 쪽으로 뒤바뀔 수도 있으니 코 성형수술을 하기 전에 반드시 운명전문 도사(道士)를 찾아가서 꼭 운명상담을 받고 결정하시길 권유하는 바입니다.

인중이란 코밑의 도랑을 가리키는데 단정하고 길게 생기면 좋습니다.

그러나 인중 도랑이 너무 짧거나, 너무 가늘거나, 옆으로 휘거나, 거슬린 듯 굽거나, 흉터가 생기면 나쁘고 흉상입니다. 인중이 길면 호인이고 두령운과 장수운이 따르고, 인중이 짧으면 빈천하고 수명이 짧고, 인중 도랑이 옆으로 굽으면 거짓말을 잘하고 부부 이별운이 따르고, 인중에 검은 기색이 나타나면 반드시 죽음이 따릅니다.

법령주름살이란 콧방울의 위쪽 부위에서 시작하여 입 양쪽 옆으로 뻗어내린 주름살을 가리키는데 이 주름살은 나이가 들면서 점점 뚜렷하고 기다랗게 생겨야 합니다.

어른의 법령주름살이 넓고 기다랗게 잘 생기면 의지가 강하고 생활력과 사회 직업운이 좋음을 나타내지만, 반대로 어른의 법령주름살이 좁고 짧게 생기면 생활력과 사회 직업운이 나쁨을 나타냅니다. 어른의 법령주름살이 너무 짧거나, 너무 좁거나, 희미하거나, 끝이 입으로 들어가는 모양으로 생기면 흉상입니다.

법령주름살이 이중으로 생기면 일 고생이 많고 생활력이 강합니다.

특히, 법령주름살이 넓고 기다랗게 잘생긴 어른은 의지가 강하고 근면성실하고 직업운이 좋으니 믿어도 좋습니다.

입이 큰 사람은 생활력이 강하고 일복이 많고, 입이 작은 사람은 세심하고 소심합니다. 그리고 입술이 두툼하면 정이 많고, 입술이 엷으면 냉정합니다.

양쪽 입 끝이 미소지을 때처럼 항상 위쪽으로 올라간 모양으로 생긴 사람은 처세와 처신을 잘하고 운을 좋게 만들어갑니다. 그러나 반대로 양쪽 입 끝이 아래쪽으로 내리쳐진 모양으로 생긴 사람은 고집이 강하고 처신이 나쁘고 또한 천복을 흘러버리니 다툼과 실패가 따르고 부부이별이 따르게 됩니다.

특히, 입이 삐뚤어지거나 양쪽 입 끝이 아래쪽으로 내리쳐진 모양으로 생긴 여성을 아내감으로 선택하면 반드시 망하게 되니 꼭 조심하길 바라고, 이러한 여성은 자신의 입 모양을 스마일형으로 빨리 바꾸기를 진심으로 충고합니다.

볼은 적당히 두툼하고 윤택해야 부하운과 재물운이 따릅니다.

그러나 너무 두툼하게 생기면 고집불통이 되고, 움푹하게 들어가거나 주름살이 생기면 전반적으로 운세가 약합니다.

특히, 볼이 움푹하게 들어간 모습으로 생긴 사람을 배우자감으로 선택하지 말 것을 충고합니다.

턱이 잘 생겨야 생활의 안정과 말년운이 좋습니다.

턱은 적당히 둥그스름하고 튼튼하고 균형이 잡히고 깨끗해야 길상입니다. 그러나 턱이 너무 뾰족하거나, 너무 내밀거나, 너무 들어가거나, 너무 짧거나, 좌우 균형이 틀어지거나, 빈약하면 흉상입니다. 턱이 둥그스름하면 성격도 둥글며 원만하고, 턱이 네모형으로 각이 지면 실행적이고, 턱이 뾰족형은 예민하며 소심하고, 턱이 내민형은 적극적이며 정열적이고, 턱이 깎인형은 소극적이며 감정적이고, 턱 끝이 패인형은 집념과 정력이 강하고, 턱 끝이 울퉁불퉁형은 엄격하고, 귀 아래의 위턱이 불거진형은 과격하고, 턱이 튼튼하게 생기면 체력과 의지력이 강하고, 이중 턱 모양으로 생기면 생활의 안정과 재물운이 따릅니다.

턱은 적당히 둥그스름하면서 잘 생겨야 생활의 안정과 말년운이 좋게 됩니다.

특히, 턱 모양이 너무 뾰족하거나, 너무 짧거나, 위턱이 너무 불거진 사람을 배우자감으로 선택하지 말 것을 충고합니다.

또한 특히, 체력이 약한 사람과 의지력이 약한 사람이 턱 성형수술로 턱뼈를 깎아내어 턱을 작고 가늘게 만들면 더욱 허약해지고 가난하게 되고 말년운이 나쁘게 되니 턱 성형수술을 하기 전에 반드시 운명전문 도사(道士)를 찾아가서 꼭 운명상담을 받고 턱 성형수술 여부를 결정하시길 권유하는 바입니다.

예쁘게만 뜯어고친다고 반드시 운이 좋아지는 것은 결코 아닙니다.

술집에 다니는 화류계 여성들은 모두가 예쁘지만 운이 나쁘다는 사실을 분명히 알아야 합니다.

얼굴 성형수술을 하고자 할 경우에는 반드시 자기의 타고난 운명과 운(運)을 정확히 알고 해야 운(運)까지 함께 좋은 쪽으로 바꿀 수 있다는 진실을 분명히 가르쳐드립니다.

이제부터는 미용성형수술을 할 경우에 반드시 관상술적 '개운성형수술'을 더 중요시 해야 할 때입니다.

각각 개인의 사주팔자 운명과 운(運)이 다른데도 어느 탤런트 배우처럼 성형수술을 해달라거나 또는 성형외과의사의 일률적인 잘못된 기준이나 엉터리 제안에 절대로 속지 마시길 모든 여성들에게 진심으로 충고를 합니다.

사람의 얼굴을 볼 때에는 미(美)와 추(醜)를 보기보다는 복(福)과 운(運)을 더 중요시 보아야 하고, 사람을 선택할 경우에는 복운(福運)이 좋은 사람을 선택해야 함을 가르쳐드리는 바입니다.

또한 남성들이 여성을 선택할 경우에는 얼굴보다는 몸매를, 몸매보다는 피부를, 피부보다는 마음씨를, 마음씨보다는 복(福)이 있는 여성인지 또는 운(運)이 좋은 여성인지를 잘 보고 선택을 잘해야 합니다.

반평생을 믿고 함께 살아가야 할 배우자를 선택할 경우에는 정말로 신중 또 신중해야 함을 진심으로 거듭 충고합니다.

동양 사람의 얼굴 기색은 엷은 자색, 엷은 홍색, 엷은 황색은 좋음을 나타냅니다. 그러나 얼굴에 누르스름하게 뜬 황색이 생기면 큰 질병이 따르고, 어두운 암청색이 생기면 큰 근심이 따르고, 어둡고 붉은 암적색이 생기면 큰 사고가 따르고, 하얗게 뜬 백색이 생기면 큰 슬픔이 따르고, 어둡고 검은 암흑색이 생기면 죽음이 따릅니다. 이러한 기색(氣色)이 얼굴의 어느 부위에 발현하면 그 부위와 그 기색에 해당하는 운(運)이 반드시 따르게 되니, 항상 세면할 때나 화장을 하고 지울 때 자기 자신의 얼굴을 잘 살피는 지혜가 꼭 필요함을 가르쳐드리는 바입니다….

나는 지금 첩첩산중 깊고 높은 천등산(天登山) 산 속에서 나 홀로 산(山) 기도공부를 하면서 도(道)를 닦고 있습니다.

오늘은 기도발이 너무나 잘 받아 공부 진도가 많이 나아갑니다.

기도공부를 끝마치고 명상삼매 상태인 천기초월명상에서 깨어나는데 몸이 굳어서 꼼짝할 수가 없습니다. 너무 오랜 시간을 가부좌로 앉아있어서 몸뚱이가 그대로 굳어버렸습니다.

나는 그대로의 상태에서 의식으로 팔의 혈을 눌러 팔을 풀고, 그리고 서서히 팔을 움직여 가부좌로 굳어 있는 다리를 내 손으로 다리의 혈을 눌러 다리를 풀고, 서서히 허리를 풀고 몸을 움직여봅니다.

그러고나서 막 일어서려는데 이게 웬일입니까?

가랑이 사이 사타구니와 엉덩이가 축축하게 젖어있습니다. 하도 오랜 시간을 명상삼매 상태로 앉아있어서 생리현상으로 자신도 모르게 오줌을 쌌나봅니다.

찜찜한 기분으로 엉거주춤하면서 일어서는데 이번에는 뱃속에서 꾸르르-하고 배고픔의 천둥소리가 납니다.

바지를 벗고 속옷도 벗고 아랫도리만 발가벗은 모습으로 어색하게 걸으며 옹달샘으로 갑니다.

우선 물 한 바가지를 떠서 벌컥-벌컥- 들이키며 굶주린 배를 물로 채웁니다.

옹달샘 물로 시장끼부터 달래고 아랫도리를 씻으면서 명상삼매 천기초월명상에 들어있던 시간을 어림잡아 계산해보니 이틀 동안을 꼼짝도 않고 절구통 바위처럼 가부좌로 앉아있었던 것입니다. 아마도 기도발이 잘 받아서 명상삼매에 너무 깊이 들어갔었나 봅니다.

명상삼매 천기초월명상에 깊이 들어가면 모든 것이 정지하고 시간과 공간의 벽이 없어지고 나 자신까지도 없어져버립니다.

명상삼매에 깊이 들어가면 바로 곁에서 대포를 쏘고 천둥이 쳐도 그 소리가 안 들리고, 잠시 동안이라고 생각하는데도 10시간, 20시간이 금세 지나가 버립니다.

이 글을 읽고 있는 독자분 중에도 재미있는 게임이나 놀이 등등의 무슨 일에 깊이 몰두하여 푹 빠져있을 때는 다른 생각이 안 나고 다른 소리도 안 들리고 배고픈 줄도 모르고 하던 경험을 한두 번쯤은 겪은 적이 있었으리라 생각합니다.

이처럼 명상삼매에 깊이 들면 고요정적 속에서 모든 것이 정지하고 시간과 공간의 개념이 모두 없어져버립니다.

나는 첩첩산중 깊고 높은 천등산(天登山) 산 속의 토굴 안에서 깊은 명상삼매의 천기초월명상법으로 인간계와 신(神)계 간의 경계의 벽을 뚫고 들어가 나이가 600살인 천등산(天登山) 산신령님으로부터 직접 가르침의 방법으로 '관상술'을 배웠습니다.

천기(天氣)공부의 한 과목으로 들어있는 관상술은 인생살이에서 활용범위와 실용가치가 매우 높다고 생각합니다.

우리의 삶은 처음부터 끝날 때까지 사람을 만나고 또한 사람과 거래를 해야 하는 대인관계 속에서 살아가야 합니다. 그러하기 때문에 성공 출세하려면 또한 이득을 보려면 사람을 제대로 볼 줄 알아야 하고, 또한 우리의 삶은 태어날 때부터 죽을 때까지 운(運)이 작용하기 때문에 관상술로 사람의 타고난 운명과 운(運)을 알아내야 합니다.

어느 개인의 운명감정 또는 운명예언을 점(占)칠 경우에 객관적 판단기준의 자료가 될 수 있는 것이 바로 얼굴과 손금 그리고 몸통 전체의 생김새입니다.

얼굴과 손금 그리고 몸통 전체의 생김새에는 그 사람 개인운명의 고유 암호가 정확하게 나타나 있다는 진실을 분명히 가르쳐드리는 바이니 독자분들은 '얼굴관상술' 만이라도 꼭 배워두고 그리고 많이 활용하시길, 또한 이 책을 잘 보관하면서 늘 참고하시길 진심으로 충고드리는 바입니다.

한번 배워서 평생 사용할 수 있는 기술이라면 꼭 배워둘만한 가치가 있고, 책 1권 구입의 적은 비용과 2~3일에 배울 수 있는 것이라면 투자효용의 법칙에서 최고의 투자가 될 것입니다.

"세상은 아는 만큼 보이고, 아는 것은 곧 힘이 됩니다."

제14장
보이지 않는 운(運)이 우리를 다스린다

　나는 지금 첩첩산중 깊고 높은 천등산(天登山) 산 속에서 산(山) 기도공부를 하며 천기학(天氣學)을 배우고 있습니다.

　나이가 600살인 산(山)신령님으로부터 천기초월명상법으로 관상술을 배우고, 또한 명리학을 배우고 있습니다.

　천간 · 지지 · 음양 · 오행 · 상극 · 상생 · 삼합 · 육합 · 삼형 · 자형 · 상충 · 상파 · 상해 · 원진 · 귀문관 · 상문 · 조객 · 역마 · 화개 · 도화 · 백호 · 12신살 · 대장군 · 삼살 · 방위살 · 생기 · 복덕 · 천의 · 유혼 · 절체 · 절명 · 귀혼 · 화해 · 천록 · 안손 · 식신 · 증파 · 오귀 · 합식 · 진귀 · 퇴식 · 관인 · 복단 · 공망 · 주당 · 용신 · 격국 · 대운 · 육갑 · 육효 · 육임 · 구성 · 둔갑 등등을 배우고 또 배워 나아갑니다.

　시간을 잊고 날짜를 잊고 계절을 잊고 세월을 잊고 살아갑니다.

　토굴 밖 숲 속의 나무를 보면서 계절의 변화를 알고 세월의 흐름을 짐작할 뿐입니다.

계절이 바뀌고 또 바뀌고 서너 번 바뀌어 추운 겨울이 되었습니다.

겨울철은 '생로병사 · 생주이멸 · 성주괴공' 우주 자연의 법칙에 따라 사 · 공 · 멸에 해당하니 겨울철이 되면 모두가 사(死)하고 멸(滅)하고 공(空)하게 됩니다.

즉, 우주 자연의 만물은 태어나면 자라고 늙고 죽는다는 것이고, 만들어지면 사용되고 닳고 소멸된다는 이치입니다.

우주 자연의 만물과 만사가 다 이러할진데 사람도 죽을 때가 되면 당연히 죽어야 하고 또한 죽습니다.

'생자(生子)는 필멸(必滅)이라.' 즉, 살아있는 것은 반드시 죽게 된다는 자연의 이치입니다.

첩첩산중 깊고 높은 겨울철의 산(山) 속에서 앙상한 나뭇가지를 바라보며 우주 자연의 원리와 섭리 그리고 순리를 깨치면서 우리 인간의 죽음을 생각해봅니다.

인간은 누구나 우주 자연의 원리와 섭리가 작용하는 운명의 법칙에 따라 운(運)때가 되어 저승사자가 명부를 들고 데리러오면 누구든지 따라가야 하고, 또한 하늘의 명부에서 이름을 빼버리면 죽을 수밖에 없거나 또는 죽어야 합니다.

그러할 때 그 사람 한평생 인생살이의 성공과 실패의 기준은 죽음을 준비한 사람과 죽음을 준비하지 못한 사람으로 나눌 수 있고, 죽을 때에 원한이나 미련이 있고 또는 없고가 될 것입니다.

"가장 성공적인 삶은 가장 잘 죽는 것입니다."

죽을 때에 또는 죽음을 맞이할 때에 원한이나 미련이 없이 편안하게 잘 죽는 죽음을 일컫습니다.

정말로 편안한 마음과 모습으로 잘 죽을 줄 알아야 합니다.

보람있는 삶을 살거나 섭리와 순리를 깨치면 편안한 마음과 모습으로 잘 죽을 수 있습니다.

원한이나 미련이 없이 편안하게 잘 죽어야 그 사람의 영혼이 좋은 곳으로 갈 수가 있게 되고, 영혼이 좋은 곳으로 잘 돌아가야 그 자신과 가족 또는 자손들에게 오래도록 좋게 됩니다.

인간으로 태어난 사람은 어떻게 살든지 간에 죽을 때에는 절대로 원한이나 미련이 없이 편안하게 잘 죽어야 함을 분명히 가르쳐드립니다.

그러나 꿈속에서라도 저승사자를 무서워하는 사람이나, 저승사자에게 안 끌려가려고 하는 사람이나, 삶에 미련을 가진 사람이나, 죽음에 억울함을 느끼는 사람이나, 죽음이 무서운 사람 등등은 분명히 인생을 잘못 살아온 사람들입니다.

그리고 그렇게 죽음을 맞이하는 사람의 죽음, 죄를 많이 지은 사람의 죽음, 교통사고와 화재사고 등등의 각종 사고로 죽는 죽음, 그리고 각종 암 또는 뇌졸중·에이즈·희귀병·뇌사상태·각종 불치병 등등 눈을 뜨고서 서서히 한 많게 죽는 죽음, 상문살·동토살·급살 등등으로 갑자기 죽는 죽음은 전생(前生)의 삶과 현생(現生)의 삶을 잘못 살아서 그 인과응보로 벌을 받는 것입니다.

이렇게 전생(前生)의 삶과 현생(現生)의 삶을 잘못 살아서 인과응보로 그 벌을 받아 죽는 죽음은 또다시 내생(來生)으로 이어지니, 그렇게 죽는 죽음의 그 영혼은 일정기간 구천을 헤매는 유령 귀신(鬼神)으로 전락되고 지옥으로 떨어지게 됩니다.

이 대목에서 필자는 운명학 분야에서 세계 최초로 학설화 이론으로 정립한 '운명작용이론'을 공개하면서 이 글을 읽는 독자분들께만 천기(天氣)의 비밀을 또 가르쳐드리고자 합니다.

태어날 때 신체적 불구자로 태어나거나 또는 소아마비·뇌성마비 등등에 걸리거나 또는 어릴 때 죽는 죽음과 비명횡사 등등의 큰 불운과 큰 불행은 자기 영혼의 전생업보와 핏줄내림의 조상업보 때문이라는 것입니다.

그리고 어릴 때 죽은 영혼이나 젊어서 죽은 영혼은 본래 수명의 나이가 될 때까지 일정기간의 세월 동안은 절대로 저승세계를 못 들어간다는 것입니다.

즉, 10살쯤이나 20살쯤의 어린 나이 또는 젊은 청춘에 교통사고, 화재사고, 익사사고, 불치병 등등의 비명횡사로 죽음을 당하거나 또는 자살로 죽게 되면 약 50~60년 동안 그 영혼은 저승세계를 못 들어가고 중음세계인 구천세계를 떠돌아다니다가 본래 수명의 나이가 되어야 저승세계로 들어갈 수 있다는 것입니다.

한편, 사람으로 태어나서 나이가 60살 이상을 살고 천수를 잘 누리다가 노환이나 편안히 죽는 죽음을 맞이한 영혼은 곧바로 저승세계로 잘 들어갈 수 있으니, 이렇게 잘 죽은 영혼에게는 49제·천도제·진오기굿·씻김굿·추도식 등등 그 어떤 종교의식도 필요 없다는 것입니다.

혹시, 이 글을 읽고 있는 독자분 중에는 무녀(巫女) 또는 법사나 스님에게 조상점(占)을 쳐 보거나 또한 천도제·진오기굿·씻김굿·조상굿 등등의 굿이나 제를 올리는 경험을 해 본 사람도 있을 것입니다.

원한 많은 자기 조상을 풀어주는 굿 또는 제를 여러 번 해주었는데도 자꾸 반복된 원한 많은 조상의 나쁜 얘기가 또 나오는 것은 어린 나이 때 또는 젊은 나이 때 또는 억울하고 한 많게 죽은 영혼은 본래 수명의 나이가 될 때까지는 아무리 굿이나 제를 해주어도 저승세계를 못 들어가고 해원천도가 안 된다는 하늘의 법칙이 있기 때문입니다.

이러한 사실현상적 '비밀이론'은 필자가 세계 최초로 연구 발표한 바 있고, 이 책에도 또다시 글자로 적시해서 공개발표를 하고 있습니다.

필자의 이러한 이론과 학설 그리고 이 책의 내용에 대해서 이의가 있거나 이 책의 내용에 잘못을 발견한 심령학자나 점술가 또는 스님·목사·신부님 등등의 종교인이 있으면 누구든 언제라도 이의제기를 해주길 바랍니다.

이 책 내용의 필자의 글들은 사실과 진실 그리고 진리만을 직감직필로 수정 없이 단번에 쓰고 있음을 거듭 밝혀드리는 바입니다.

이 글을 읽고 있는 독자 여러분은 지금까지 눈으로 볼 수 있는 것만 믿으려고 할 것이고 또한 많은 사람들도 그러할 것입니다. 그러나 눈에 안 보이는 운(運)이 눈에 보이는 것들을 살아있게도 하고, 죽이기도 하고, 다스리기도 하고, 조종까지도 하고 있다는 진실을 알아야 한다는 것입니다.

생명과 영혼을 가지고 태어난 우리 인간은 운명(運命)이라는 것을 가지고 태어나고, 운명이라는 눈에 보이지 않는 힘은 법칙에 따라서 작용을 하게 되니 모든 사람은 ① 자기 영혼의 전생업작용 ② 자기 핏줄의 조상업작용 ③ 자기 핏줄의 동기감응작용 ④ 풍수지리의 환경작용 ⑤ 음양오행의 역리작용 등등이 인과응보와 관계성의 법칙에 따라서 항시 쉬지 않고 작용을 한다는 필자의 '운명작용이론'입니다.

이 비밀이론 중에서 자기 핏줄의 조상업작용과 자기 핏줄의 동기감응작용은 핏줄이라는 '천륜 법칙' 때문입니다.

핏줄이라는 천륜의 법칙은 정확한 하늘법칙으로 진리입니다.

법칙과 진리는 변할 수도 없고 변해지지도 않습니다.

핏줄은 천륜의 하늘법칙으로 작용을 하기 때문에 조상님과 후손 그리고 부모님과 자식 간의 핏줄적 유전현상과 핏줄적 관계성현상이 살아있는 사람과 죽은 자 간에 핏줄의 법칙으로 반드시 작용을 한다는 것입니다.

이러한 핏줄의 법칙을 '핏줄동기감응작용법칙' 이라고 필자는 논문에서 명명을 하였습니다.

이러한 '핏줄동기감응작용법칙' 이 가장 강하게 작용하는 분야는 풍수지리학의 음택인 조상 산소 묘터입니다.

자기 조상님 묘터의 좋고 나쁨이 살아있는 후손에게 기(氣)와 운(運)으로 정확하게 작용한다는 것입니다.

좋은 땅 명당자리에 조상님 산소를 잘 만들면 신기하게도 발복을 하게 되니 풍수지리학을 믿는 사람들은 대복(大福)과 대운(大運)을 잡으려고 지금도 좋은 땅 명당자리를 찾아다니고 있고, 특히 고위직의 관료와 정치인 그리고 부자들은 명당터 몇 평에 수억 원 또는 수십억 원씩 비밀거래를 하기도 합니다.

경제논리에서 명당터 몇 평에 수억 원 또는 수십억 원을 투자해서라도 그 이상의 복(福)과 운(運)을 만들어내면 이득을 보기 때문입니다.

필자도 운(運)때에 맞추어 수년 전에 우리 조상님의 묘소를 고향 생가가 있는 마을 옆 '삼태산 와우형' 자리로 새로이 이장을 해서 잘 모셔드렸습니다.

필자도 필자의 선영을 '삼태산 와우형' 자리로 새로이 이장을 하고 난 후, 즉시 발복이 되어 부동산투자와 주식·펀드투자로 큰돈을 벌어서 서울의 대형집합상가들의 회장까지 되고 그리고 이젠 명예를 위하고 국가와 민족차원의 자선공익사업을 위하여 체험적 자서전까지 직접 저술하면서 엄청난 명당 발복의 꿈을 이루었습니다.

이처럼 땅은 모두가 똑같은 땅이 아니고 묘터와 집터도 기운(氣運)이 다르기 때문에 모두가 똑같은 터가 아닙니다.

땅 1평에 1억 원짜리가 있고 또는 1천원짜리도 있으나 명당터는 1평에 10억 원짜리도 있음을 가르쳐드리는 바입니다.

이 책은 일반 독자층을 대상으로 하기 때문에 명당과 집터 · 빌딩터 · 공장터 · 가게터 · 묘터 등등의 풍수지리에 대해서는 '터 문제'가 있거나 '터 감정'을 요청해오는 인연 닿는 특별한 분들에게만 훗날 별도의 개별 기회를 꼭 약속드리면서 일반 독자분들을 위해 우리가 살아가면서 많이 나타나고 있는 현상적 진리를 예로 들면서 하나씩 또 가르쳐드리고자 합니다.

이러한 핏줄작용법칙이 두 번째로 강하게 작용하는 쪽은 질병과 불운 그리고 수명 등등의 '핏줄내림운(運)현상'이라는 것입니다.

핏줄적으로 아버지 할아버지 대(代)의 조상 중에서 간암 · 폐암 · 위암 · 대장암 등등의 불치병 암으로 죽은 조상이 있으면 그 후손이나 살아있는 가족 중에서 똑같은 현상의 질병이 또 나타납니다.

핏줄적으로 아버지 할아버지 조상 중에서 뇌혈관질환 · 심장병 · 고혈압 · 중풍 · 당뇨병 · 정신병 · 각종 희귀병 등등의 난치병이나 불치병으로 죽은 조상이 있으면 그 후손이나 살아있는 가족 중에서 똑같은 현상의 질병이 또 나타납니다.

핏줄적으로 아버지, 할아버지, 조상 중에서 난봉꾼 · 사기꾼 · 도박꾼 또는 마약 · 술 등등의 중독자가 있으면 그 후손이나 살아있는 가족 중에서 똑같은 현상이 또 나타납니다.

핏줄적으로 어머니 할머니가 자궁암 · 난소암 · 유방암 · 갑상선암 · 췌장암 등등의 난치병 · 불치병으로 죽거나 또는 사치와 허영심 · 바람끼가 있으면 그 딸이나 손녀 중에서 똑같은 현상이 또 나타납니다.

핏줄적으로 어머니 할머니가 청상과부가 되거나 이혼녀가 되면 그 딸이나 손녀 중에서 똑같은 현상의 청상과부나 이혼녀가 또 나타납니다.

핏줄적으로 어머니 할머니가 점쟁이 무녀(巫女)였으면 그 딸이나 손녀 중에서 또 무녀가 생기고, 평생동안 신(神)끼 때문에 삶의 고통을 당하게 됩니다.

핏줄적으로 조상이나 가족 중에서 교통사고 · 화재사고 · 익사사고 · 추락사고 · 폭발사고 · 집나가 죽은 객사 등등의 각종 사고로 비명횡사 죽음을 당하거나 또는 술 · 마약 · 도박 등등의 중독자가 되거나 또는 막다른 최후수단의 자살 등으로 원한 많게 죽게 되면 그 후손이나 살아있는 가족 중에서 똑같은 현상의 사고와 불운이 또 나타납니다.

그리고 핏줄적으로 아버지 할아버지가 사업가이면 그 후손 중에 또 사업가가 생겨나고, 아버지 할아버지가 법조인이면 그 후손 중에 또 법조인이 생겨나고, 아버지 할아버지가 예술인이면 그 후손 중에 또 예술인이 생겨나고, 아버지 할아버지가 교육자이면 그 후손 중에 또 교육자가 생겨나고, 아버지 할아버지가 기술자이면 그 후손 중에 또 기술자가 생겨나게 됩니다.

그리고 핏줄적으로 아버지 할아버지 조상님이 장수한 집안은 그 후손도 장수하는 사람이 많게 되고, 아버지 할아버지 조상님이 단명한 집안은 그 후손도 단명하는 사람이 많게 됩니다.

그리고 핏줄적으로 남자는 아버지(父)계를 따라서 대체로 나타나고, 여자는 어머니(母)계를 따라서 대체로 나타납니다.

이처럼 유전인자적 핏줄내림 속에는 운(運)내림이 함께 한다는 비밀적 진리와 진실을 가르쳐드리는 바입니다.

이처럼 핏줄내림현상과 핏줄동기감응작용현상은 거의 정확합니다.

핏줄내림 속의 운(運)내림 현상 진리는 '초과학' 영역입니다.

필자가 이론정립으로 학설화시키고 있는 '운명작용이론'은 아직까지의 현재 과학으로는 그 증명이 불가능한 초과학입니다.

국제 프로젝트사업으로 완성한 게놈지도나 또한 유전자변형과 조작은 아무리 발전을 해도 물질과학에 불과할 뿐입니다.

물질과학이 아무리 발전을 해도 과학으로 영혼을 만들 수는 없는 것이기 때문에 핏줄내림업의 현상적 진실을 막아낼 수는 없습니다.

핏줄내림 속의 운(運)내림 현상 진리는 초과학의 영혼과 혼령 사이의 천륜적 천기작용법칙이기 때문에 그 어떤 과학자도 문외한이 될 수밖에 없습니다.

물질과학을 연구하는 과학자나 또는 어느 분야의 박사는 그 분야에만 과학자이고 박사이지 다른 분야에는 바보 문외한 일수도 있습니다.

필자는 영혼과 혼령을 연구하는 심령세계와 운명학을 연구하는 운명감정분야에서는 독보적 실력을 갖추고 있는 박사 위의 도사(道士)입니다.

박사 학위는 인간이 수여하지만, 도사 학위는 하늘이 수여를 합니다.

이 글을 읽고 있는 독자분과 모든 사람들은 이제부터 일반적인 과학과 초과학을 구별할 줄 알아야 합니다.

현재의 과학수준으로는 그 증명을 해 낼 수도 없고 또한 할 수도 없는 초과학분야 영혼 · 혼령 · 신(神) · 운명 등등과 관련해서는 모두가 경외심과 겸손함을 가져주시길 바라는 바입니다.

지금 필자는 이 글을 써 내려가면서 답답함을 느낍니다.

필자의 답답함을 솔직히 말씀드리면, 필자가 알고 있는 진실과 진리를 글로 표현하는데 전문글쟁이가 아니기 때문에 다소 서툴다는 것입니다. 그러나 서투른 글 솜씨이지만 이 글들은 대필을 시키지 않고 이 사람 도사가 직감직필법으로 수정 없이 단번에 쓰면서 사실과 진실 그리고 진리를 세상에 말하고자 하는 것입니다.

이 책은 필자가 실제 체험한 천기누설 자전이야기이지만, 이야기를 전개하면서 중간 중간에 알박기로 신령세계와 천기의 비밀작용들을 비밀로 가르쳐드리면서 흥미와 함께 정말로 잘살기 위한 방법적 기술을 가르쳐주는 인생전략서임을 밝혀드립니다.

인생을 살아가면서 삶의 방법과 운명을 바꾸어줄 수 있는 동기부여의 이 한 권의 책과의 만남은 커다란 행운입니다.

열심히 노력한다고 해서 또는 욕심을 부린다고 해서 모두가 성공 출세를 하고 부자가 되는 것은 결코 아닙니다.

태어날 때 복(福)을 못타고 태어나고 살아가면서 운(運)까지 나쁘면 아무리 욕심을 부린들, 아무리 노력을 한들, 안 되는 사람은 안 되는 것입니다.

그렇기 때문에 '운명작용이론'의 비밀법칙을 꼭 알아야 합니다.

이 세상은 보이지 않는 운(運)이 보이는 것들을 모두 다스리고 있습니다.

이것은 진실이고 진리입니다.

진실과 진리는 바꿀 수도 없고 바뀌어지지도 않는 것입니다.

필자는 이 책으로 '운명작용이론'을 공개 발표하면서 인연 닿은 독자분들께 운명정보를 제공해 드리고자 합니다.

필자는 이 책 한 권에 1억 원의 값을 부여합니다.

필자의 주장에 '그렇다'고 공감을 하신 독자분은 반드시 성공·출세를 하게 되고 또한 부자가 되고 행복한 삶을 살게 될 것입니다.

"세상은 아는만큼 보이고, 아는 것은 곧 힘이 됩니다."

그렇습니다.

새로운 지식습득과 진리의 발견은 정말 값진 것입니다.

필자는 실제체험의 입산수도 득도해탈의 자전이야기를 펼쳐 나아가면서 이 책에 사실과 진실 그리고 진리만을 기록할 것이며, 이렇게 책으로 만남도 귀한 인연이라고 생각하고 또한 이 책을 구입해주신 것에 대한 보답으로 이 글을 읽고 있는 독자분들을 반드시 성공·출세 시켜드리고 부자가 되게 해드리고 행복하게 해드릴 것입니다.

필자와 인연이 닿은 사람에게는 반드시 그렇게 해 드릴 것입니다.

제15장
1억 원짜리 만큼의 정보를 가르쳐준다

대우주 자연의 원리와 섭리가 일정한 법칙과 리듬에 따라 각각의 사람에게 운명과 운(運)으로 나타나고 그리고 그 운명은 운세 · 운수 · 운때로 작용을 하니 이것을 우리는 사주팔자라고 합니다.

즉, 각 사람의 태어난 생년 · 생월 · 생일 · 생시의 네 가지 기둥사주를 여덟 글자로 풀어서 길 · 흉 · 화 · 복의 타고난 운명을 일컫습니다.

운명예언과 점(占)을 칠 때는 잘 치고 못 치고의 실력 차이가 있을 수 있으나 점(占)을 잘 치는 도사(道士)를 찾아가면 족집게처럼 잘 맞추기도 하여 얼굴 한 번 보고 그 사람의 전생과 현생 그리고 내생까지 정확히 맞추기도 합니다.

일반인들이 인생상담을 받으러 갈 경우에 또는 미래운명을 점(占)보러 갈 경우에는 본인이 직접 찾아가면 더 정확히 볼 수 있습니다.

또한 점(占)을 볼 경우에는 그때그때의 신수점(占)보다는 평생 운명흐름의 운명점(占)을 더 중요시해야 하고, 지나간 과거보다는 앞날의 미래를 더 중요시해야 함을 꼭 참고하시길 바랍니다.

일반적으로 점(占)을 볼 때에 그 방법으로는 ① 명리학·역술·철학으로 보는 방법 ② 얼굴·손금·몸뚱이·목소리·기색 등등의 관상으로 보는 방법 ③ 방울·부채·동전·쌀·휘파람 등등의 수단으로 접신을 해서 신통으로 보는 방법 ④ 타로·화투·카드 등등을 배워서 보는 방법 ⑤ 별자리로 보는 방법 등등 여러 가지 방법이 있고, 시대와 지역 그리고 상황에 따라 다를 수 있습니다.

점(占)이란 이러한 다양한 방법들로 잘 맞추면 되는 것이고, 잘 맞춰서 우리의 삶에 유용하게 잘 활용을 하면 됩니다.

점(占)을 보는 목적은 앞날의 미래운(運)을 알기 위해서이고 또한 좋고 나쁜 운(運)을 미리 알아내어 준비와 대비를 잘 하기 위해서입니다.

이러한 행위의 최종 목적은 모두가 잘살기 위해서입니다.

잘살기 위해서라면 우리는 자기의 타고난 사주팔자 운명(運命)을 정확히 알아야 하고 또한 알고 있어야 합니다.

그렇다면, 사람의 운명(運命)은 어떻게 만들어지고 작용할까요?

생명과 영혼을 가지고 태어나는 우리 인간은 천기의 비밀법칙에 따라 ① 자기영혼의 전생업작용 ② 자기핏줄의 조상업작용 ③ 핏줄적 동기감응작용 ④ 환경적 풍수지리작용 ⑤ 음양오행의 역리작용 등등이 각 사람의 운명으로 정확하게 작용하여 각각의 운세·운수·운때로 나타나고 있는 것입니다.

천기(天氣)가 각 사람의 운명(運命)으로 작용할 경우에는 인과의 법칙과 인연의 법칙 그리고 변화의 리듬법칙이 항시 존재하고, 우주 자연의 현상은 하늘 법칙에 따라서 지금도 돌고 또 돌고 있음을 가르쳐드리는 바입니다.

다만, 눈에 보이는 변화의 움직임만 보느냐 아니면 눈에 보이지 않는 변화의 움직임까지 볼 수 있느냐의 엄청난 차이가 있을 뿐입니다.

공기가 눈에 안 보인다고 해서 공기가 없는 것이 아닙니다.

기(氣)가 눈에 안 보인다고 해서 기(氣)가 없는 것이 아닙니다.

운(運)이 눈에 안 보인다고 해서 운(運)이 없는 것이 아닙니다.

영혼이 눈에 안 보인다고 해서 영혼이 없는 것이 아닙니다.

신(神)이 눈에 안 보인다고 해서 신(神)이 없는 것이 아닙니다.

보통사람들의 눈에는 안 보인다고 하여 또는 자기의 눈에는 안 보인다고 하여 분명히 존재하고 있는 것을 없다고 하면 안 되는 것입니다.

사람들은 과학으로 증명을 해보라고 어리석은 말을 하기도 하지만 과학으로 증명해 보일 수도 또한 증명할 수도 없는 분야도 있는 것입니다.

과학은 계속 발달과 발전을 해 나아가고 있고, 또한 지식도 새로운 이론과 학설이 나오면서 계속 수정과 발전을 해 나아가고 있습니다.

영혼과 신(神) 그리고 천기(天氣)와 운명작용현상은 분명히 존재하고 지금도 계속 작용을 하고 있지만, 현재의 과학수준으로는 결코 증명을 할 수 없는 '초과학' 영역이라는 것입니다.

이러한 초과학의 많은 일들이 현상 진리로 계속 일어나고 있기 때문에, 인생살이의 경험을 해 본 결과 우리는 이러한 것들을 그냥 지나치거나 결코 무시할 수 없는 것입니다.

그렇기 때문에, 우리는 수백년 또는 수천년을 살아오면서 경험을 통해서 얻은 경험철학을 늘 참고로 삼을 줄 알아야 하며 또한 금기시하기도 해야 합니다.

수백 년 또는 수천 년 동안 이어져 내려오고 있는 우리 동양의 신비경험

철학을 참고삼을 줄 아는 지혜가 꼭 필요합니다.

훌륭하신 어른의 말씀 한마디를 듣고 그 말씀 한마디가 또는 좋은 책을 읽고 그 귀중한 글귀 하나가 우리의 삶을 바꿀 수도 있습니다. 필자도 신(神)들의 가르침에 따라 삶이 송두리째 바뀌었습니다.

지금 이 글을 읽고 있는 행운의 독자분께 우리가 삶을 살아가면서 진짜로 중요한 삶의 경험으로 검증된 체험지식정보를 가르쳐드리겠습니다.

경험으로 검증된 체험지식만큼 확실한 것이 또 있겠습니까?!

또다시, 다음 글들을 색연필과 볼펜으로 표시를 하고 암기를 하면서 반드시 머릿속에 새겨 두고 평생동안 참고하시길 바랍니다.

- 나이가 9수와 삼재수에 걸릴 때는 조심을 하라.
- 큰 사고 큰 손해 큰 질병은 나쁜 운때에 당한다.
- 나쁜 운때에는 엎친 데 덮치니 더욱 조심을 하라.
- 이사를 갈 경우에는 방위를 가려서 손 없는 방향으로 가라.
- 대장군 방위와 삼살 방위는 꼭 피해서 이사를 가라.
- 날짜를 택일할 경우에는 반드시 생기복덕일을 택일하라.
- 돌 · 백일 · 결혼 · 회갑 · 칠순 잔치는 생기복덕일을 택일하라.
- 착공식 · 준공식 · 개업식 행사는 생기복덕일을 택일하라.
- 손 있는 나쁜 날짜와 손있는 나쁜 방위는 반드시 피하라.
- 새 집 짓고 새 무덤 쓰고는 3년 동안을 조심하라.
- 이장하고 이사하고는 1년 동안을 조심하라.
- 묘를 쓸 경우에는 좌향을 꼭 맞추어라.
- 묘를 쓸 경우에는 명당의 혈 자리를 찾아라.

- 묘터는 뒤쪽을 잘 살피고, 집터는 앞쪽을 잘 살펴라.
- 부동산 투자는 먼저 지역을 살피고 다음으로 개별물건을 살펴라.
- 부동산 투자는 먼저 땅을 살피고 다음으로 건물을 살펴라.
- 부동산 투자는 미래 전망을 잘 예측하라.
- 집을 살 경우에는 조망 · 햇볕 · 주위환경 · 교통을 잘 살펴라.
- 가정집을 지을 경우에는 생토 위에 지어라.
- 집을 지을 경우에는 좌향을 꼭 맞추어라.
- 가정집을 지을 경우에는 안방 · 주방 · 화장실을 잘 배치하라.
- 가정집의 현관문은 대문과 일직선으로 만들지 말라.
- 현관문을 들어설 때 정면에 큰 거울이나 안방을 두지 말라.
- 서쪽 대문이나 북쪽 대문을 만들지 말라.
- 도깨비 터에는 가정집을 짓지 말라.
- 집터 울안에 지붕 용머리보다 더 높은 큰 나무를 두지 말라.
- 집터 울안의 큰 과실나무는 주인을 망하게 한다.
- 상업하는 가게터는 목 좋은 곳을 선택하라.
- 상업하는 가게터는 큰길의 우측 편을 선택하라.
- 상업하는 가게터는 비탈진 곳을 피하라.
- 수맥이 통과하는 위에 건축물을 짓지 말라.
- 거실 또는 안방은 집의 중심점에 만들어라.
- 안방은 반드시 그 집의 가장이 사용하라.
- 가장은 반드시 가장 큰 방을 사용하라.
- 집주인은 반드시 가장 큰 공간 또는 가장 중요한 층을 사용하라.
- 자식을 만들 때는 부부합방의 생기복덕일을 사용하라.

- 칠성줄로 귀하게 태어난 자식은 이름을 팔아주어라.
- 칠성줄로 태어난 사람은 개고기를 먹지 말라.
- 칠성줄로 태어난 사람은 칠성줄을 이어가라.
- 신(神)끼를 타고난 사람과는 결혼을 하지 말라.
- 신(神)끼가 있는 사람은 배우자를 망하게 한다.
- 신(神)끼를 타고난 사람은 신살과 업살로 평생을 고생한다.
- 사주에 살(殺)이 많은 사람은 업(業)으로 평생을 고생한다.
- 사주에 살(殺)이 많은 사람은 반드시 업살소멸을 해주어라.
- 핏줄내림병에 걸리면 반드시 핏줄운내림을 소멸시키라.
- 핏줄내림우환이 발생하면 즉시 핏줄운내림을 소멸시키라.
- 수명이 짧은 사람은 저승사자에게 대수대명을 해주어라.
- 제왕절개로 아이를 낳을 때는 좋은 사주를 택일하라.
- 결혼을 할 때는 반드시 궁합을 잘 맞추어라.
- 궁합을 볼 경우에는 원진살 · 상충살 · 상파살을 피하라.
- 후천적 궁합보다는 자기의 타고난 결혼운이 더 중요하다.
- 겉궁합보다는 속궁합이 더 중요하다.
- 자궁살 · 고독살 · 재혼살 · 과부살 여성과 결혼을 하지 말라.
- 역마살 · 처첩살 · 중혼살 · 수옥살 남성과 결혼을 하지 말라.
- 결혼을 할 경우에는 조상핏줄운내림까지 잘 살펴라.
- 결혼을 할 경우에는 핏줄유전병내림까지 잘 살펴라.
- 혼인을 할 경우에는 상대편의 집안내력까지 잘 살펴라.
- 여자 하나 잘못 들어오면 집안을 망친다.
- 시집 한 번 잘못 가면 여자인생 망친다.

- 결혼 한 번 잘못하면 진짜 인생 망친다.
- 자식 하나 잘못 낳으면 평생근심 따른다
- 이름을 지을 때는 부모와 아이의 운명을 함께 보고 지어라.
- 이름을 지을 때는 의미가 좋은 글자 이름을 지어라.
- 이름을 지을 때는 부르기 좋은 이름을 지어라.
- 이름을 지을 때는 운을 좋게 하는 이름을 지어라.
- 이름을 지을 때는 복을 불러들이는 이름을 지어라.
- 꿈 한 번 잘 꾸고 꿈 풀이를 잘하면 행운을 잡는다.
- 좋은 꿈과 나쁜 꿈은 반드시 구별하라.
- 이름 꿈과 숫자 꿈은 반드시 기억하라.
- 초상치례 잘못하면 줄초상 일어난다.
- 상문살 한 번 잘못 끼면 한 달 재수 망친다.
- 빚보증서 한 번 잘못 쓰면 평생인생 망친다.
- 인생진로 잘못 잡으면 평생 동안 방황한다.
- 아기를 못 낳으면 마지막 방법으로 삼신께 빌어라.
- 종교를 잘 선택하면 삼생과 삼족이 구원받는다.
- 종교를 잘못 선택하면 노예로 전락되어 손해만 당한다.
- 신앙으로 섬기는 종교는 영혼에 따라 각자가 다르다.
- 성공을 하려면 소질에 맞는 잘할 수 있는 것을 선택하라.
- 성공을 하려면 운세와 운때를 알아야 한다.
- 성공을 하려면 미래예측을 잘해야 한다.
- 돈을 벌려면 자기운명의 금전운부터 살펴라.
- 사업을 시작하려면 자기운명의 재물운부터 살펴라.

- 투자를 하려면 자기운명의 성공운부터 살펴라.
- 삶을 잘 살려면 타고난 사주팔자 운명(運命)부터 알라.
- 효행을 하지 않으면 조상 도움 못 받는다.
- 효도를 하지 않으면 죽은 후에 벌받는다.
- 세상의 이치는 전생부터의 자업자득이요 인과응보이다.
- 성공 · 출세 · 부자가 되려면 운명을 알고 운때를 잘 잡아라.
- 인생살이는 운 7 · 기 3이다….

등등 필요와 금기 그리고 비밀적 현상 진리가 오랜 세월 동안 삶의 경험 철학으로 이어져 내려오고 있으니, 우리는 경험철학을 인생살이의 지침으로 삼을 줄 알아야 하고, 또한 반드시 삶의 고등교양 상식으로 꼭 알아둬야 함을 진심으로 가르쳐드립니다.

교통사고로 죽은 장소에서 또 교통사고로 사람이 죽거나 다치고(큰 사고로 사람을 죽인 자동차는 또 큰 사고를 일으키기 쉬우니 그런 자동차를 잘못 구입하거나 계속 사용하면 아주 나쁩니다), 집터가 쎈 집 또는 나쁜 사건이 발생하거나 또는 망한 집에 이사해 들어가면 또 나쁜 일을 당하기도 합니다.

특히, 나쁜 사건이 발생했거나 또는 주인을 망하게 한 경매부동산은 대부분 지박령 귀신이 붙어있기 때문에 지박령 귀신을 처리하지 못하면 또 주인을 망하게 하고 또 나쁜 사건을 발생하게 합니다. 그래서 경매부동산을 아무나 함부로 잘못 구입하면 아주 나쁘다는 진실을 가르쳐 드립니다. 이제부터는 반드시 부동산등기부를 확인해보고 주인이 여러 번 바뀐 부동산은 대부분 지박령 귀신이 붙어있는 재수 없는 물건이니 이러한 재수 없는 집을 구입하면 아주 나쁘다는 진실을 가르쳐드립니다.

이제부터 독자분들은 비밀적 현상진리를 제대로 알아야 합니다.

똑같은 사람으로 태어나서 똑같은 공부를 하는데 어떤 사람은 공부를 잘 하고 어떤 사람은 공부를 못합니다. 그리고 어떤 사람은 취직을 잘 하는데 어떤 사람은 취직을 못하고, 어떤 사람은 성공 출세를 하는데 어떤 사람은 성공 출세를 못합니다. 또 어떤 사람은 부자가 되는데 어떤 사람은 가난하고, 어떤 사람은 무병장수하는데 어떤 사람은 불치병에 걸리거나 사고를 당하거나 요절단명으로 죽음을 당하기도 합니다.

이러한 비밀작용현상들이 지금도 계속 일어나고 있는데 그냥 무시할 수 있다고 생각하십니까?!

아무리 노력을 하고 욕심을 부려도 성공 출세와 부자는 아무나 될 수가 없습니다.

머리가 좋다고 해서 머리 좋은 사람이 모두가 성공 출세하지도 못하고, 또는 얼굴이 예쁘다고 해서 예쁜 여성들 모두가 결혼을 잘 하는 것도 아닙니다.

부잣집 자식으로 태어나서 초년·중년까지는 부모 덕으로 잘 살다가도 패가망신 거지가 되어버린 사람도 있고, 또는 가난한 집 자식으로 태어나서 초년까지는 고생하다가도 중년쯤 나이가 들면서 '인생역전'으로 부자가 된 사람도 있습니다.

그렇습니다.

그렇다면 우리는 이제부터 운명(運命)이란 것을 제대로 알아야 합니다.

운명(運命)이란 인과의 법칙으로 분명히 타고나기도 하지만, 운(運)이란 살아서 움직이기 때문에 예정 진행 중인 것에 작용을 가해서 그 방향을 바꿀 수도 있다는 것을 가르쳐드리고 싶습니다.

그러나 방향을 바꾸어 내려면 방법을 제대로 알아야 합니다.

그래서 천기(天氣) 비밀법칙의 비밀을 알아야 하는 것입니다.

필자는 이 책으로 '운명작용이론' 을 공개 발표하고 있습니다.

필자가 지금껏 학설화시키고 있는 '운명작용이론' 을 알고, 그리고 실행을 하는 사람은 누구나 성공 출세를 하고 부자가 되어 행복하게 잘 살아갈 수 있습니다.

지금 이 글을 읽고 있는 당신은 성공 출세를 하고 싶고, 또한 부자가 되고 싶고, 그리고 행복하기 위해서 이 글을 읽고 있습니다.

필자가 당신을 꼭 그렇게 만들어 드리겠습니다!!

우리 인간은 태고적 원시시대 때부터 해 · 달 · 별 그리고 자연의 모든 생김새와 징조들을 보면서 점(占)을 쳐왔고, 각 사람의 별자리 · 태어난 사주 · 얼굴 · 손금 · 체상 · 사는 집터 · 영업하고 있는 가게터 · 빌딩 건물터 · 공장터 · 조상님의 묘터 등등의 터운과 핏줄내림운까지 살펴서 점(占)을 치고 있습니다.

점(占)을 치는 행위는 인류가 탄생할 때부터 인류가 멸망할 때까지 처음부터 영원토록 항시 공존하는 특수 분야이고 또한 특별한 사람만이 할 수 있습니다.

이것은 옛날에도 그렇고 오늘날에도 그러하고 훗날에도 그러할 것이며 나라와 민족마다 모두가 있고 다만 방식만 조금씩 다를 뿐입니다.

그리고 아무리 시대가 바뀌어도 또한 물질문명이 발달하고 과학이 발전하여도 해 · 달 · 별이 존재하는 한 우주 자연의 원리와 섭리는 바뀌지 않고 오늘도 기운(氣運)으로 작용하면서 우리 인간의 삶에 운명 · 운세 · 운수 ·

운때로 나타나고 있는 것입니다.

그래서 필자는 사람들에게 진실과 진리를 제대로 볼 줄 아는 지혜를 가지라고 늘상 가르쳐드립니다.

물위에 떠있는 얼음은 10분의 1정도만 눈에 보일 뿐입니다.

물 속에 잠겨있는 엄청난 크기의 얼음이 진짜인 것입니다.

이처럼 보이는 세계보다는 보이지 않는 세계가 더 크고 더 중요하다는 진실을 분명히 가르쳐드리는 바입니다.

필자가 당신에게 냉철한 비교질문을 하나 하겠습니다.

지금껏 이야기를 한 이러한 비밀적 진실과 진리를 모르는 사람과 또는 위 내용의 이러한 비밀적 진실과 진리를 고등교양 상식으로 알고 있는 사람이 잘살기 위한 삶의 경쟁을 한다면 과연 누가 더 잘살 수 있을까요?

잘살기 위해서는 항상 지식습득을 해야 하고 또한 학습을 해야 하며 그리고 반드시 행동을 해야 합니다.

그렇습니다.

이 한 권의 책은 모든 것을 다 주어도 결코 바꿀 수 없는 인생전략의 가장 귀중한 단 한 권의 책이 되어줄 것입니다.

공감을 하십니까?!

공감을 하신 독자만 데리고 책으로의 여행을 계속합니다.

마음의 문을 활짝 열고 따라 오시길 바랍니다.

제16장
악마의 방해와 시험을 통과한다

다시 천등산 산(山) 기도의 상황현실로 들어갑니다.

나는 지금 첩첩산중 깊고 높은 천등산(天登山) 산 속에서 도(道)를 닦고 있습니다.

계절이 바뀌고 또 바뀌고 여러 번 바뀌어갑니다.

오늘도 깊은 명상삼매에 들어가 천기초월명상으로 이승과 저승간의 경계의 벽을 뚫고 신(神)령계의 세계로 들어갑니다.

오늘도 어제처럼 삿갓 쓴 스님과 큰칼 든 장군이 백발노인 산(山)신령님을 모셔옵니다.

두꺼운 책을 손에 들고계신 백발노인 산신령님께서는 어제처럼 오늘도 내가 쌓아올리고 있는 돌탑 위에 높이 걸터앉으시고, 삿갓 쓴 스님과 큰칼 든 장군은 나와 똑같이 하여 내 곁에 앉습니다.

한창 신나게 천기(天氣)공부를 하는 중에 산신령님께서 목이 마르다고 하시기에 나는 물을 뜨러 옹달샘으로 갑니다.

옹달샘으로 걸어가다가 무심코 뒤를 돌아보니 내가 그대로 토굴 안에 명상삼매로 앉아있는 것입니다. 순간 놀라고 하도 신기해서 토굴 안에 앉아있는 나를 보기도 하고, 물을 뜨러 가는 나를 보기도 하고, 둘이 된 나를 번갈아 보면서 갸우뚱거리며 바가지에 옹달샘 물을 떠옵니다.

둘인 나를 번갈아 보며 물을 떠오다가 한눈을 팔고 발이 돌부리에 걸려 넘어지려는 순간, 장군이 나를 부축하고 물바가지는 이미 백발노인 산신령님의 손에 들려있습니다.

이 모든 상황을 가부좌로 앉아 천기초월명상의 명상삼매에 들어있는 또 다른 내가 모두 지켜보고 있습니다.

"나도 이제 유체이탈을 하는 건가?

나도 이제 신통술과 도술을 부리는 건가?"

나는 방금 전 상황을 분석하면서 생각을 해봅니다.

개소리 닭소리 사람소리가 전혀 들리지 않는 첩첩산중 깊고 높은 천등산(天登山) 산 속의 토굴에서 한 번도 산 밖을 나가지 않은 두문불출로 한 5년쯤 도(道)를 닦으니 내 모습은 머리칼이 길게 자라서 등허리까지 내려오고, 수염도 길게 자라서 앞가슴까지 내려오고, 다 헤진 누더기 옷차림을 하고 있습니다.

꿈속이 생시인지 생시가 꿈속인지 구분이 없어지고, 명상이 평상시인지 평상시가 명상인지 구분이 없어집니다.

산(山) 속에서 한 5년쯤 토굴 기도로 도(道)를 닦으니 앉아서 만리를 보고, 서서 구만리를 볼 수 있는 등 별의별 신기한 일들이 일상처럼 벌어지고 있습니다.

지금은 7단계의 시험까지 통과를 하고 기도공부에 가속도가 붙어서 진도가 잘 나아갑니다.

　하지만, 처음 산(山) 기도를 시작할 때는 경계의 벽을 뚫는 통신(通神)을 하기까지의 고통과 그 후 단계 단계의 장애와 시험을 통과하면서의 고행이 계속 되어왔습니다.

　오랜 세월 동안 인적이 끊겨 개소리 닭소리 사람소리가 전혀 들리지 않는 첩첩산중 깊고 높은 산(山) 속에서 오직 나 혼자만 살고 있는데 기이한 여러 가지 일들이 벌어지곤 합니다.

　캄캄한 어두운 밤중에 토굴 밖의 숲 속에서 응아-응아-하고 울어대는 어린 아기의 울음소리, 깔-깔-거리고 웃어대는 젊은 여자의 웃음소리 그리고 산고양이 울음소리와 소쩍새의 울음소리는 머리칼이 쭈뼛쭈뼛 거꾸로 서는 무서움과 애간장을 녹이는 구슬픔을 느끼게 합니다.

　또한 한밤중 저승세계가 가장 많이 열리는 시간 때 밤 12시경에 천신(天神)기도를 하기 위해 옹달샘으로 정한수 물을 뜨러 갈 때 또는 100m거리쯤 멀리 떨어져있는 화장실 뒷간을 캄캄한 어두운 밤중에 다녀올 때에 머리칼을 풀어헤치고 하얀 소복차림의 여자 귀신이 불쑥 나타나면 정말로 머리칼이 거꾸로 섭니다.

　그리고 신안(神眼)과 영안(靈眼)이 열리면서부터는 밤낮 구분이 없이 어느 때고 혼령들의 모습과 신(神)들의 모습이 보이니 시도 때도 없이 섬뜩섬뜩합니다.

　죽은 혼령들의 모습은 사람으로 살면서 ① 가장 성공할 때의 모습 ② 평상시의 삶의 모습 ③ 죽을 때의 모습 등등으로 상황과 필요에 따라 달리해서 보여지고 또한 나타납니다.

목이 잘려 피가 철철 흘러내리는 목 없는 귀신, 대나무 죽창에 찔려서 피를 흘리고 다니는 귀신, 총 맞은 자리에 구멍이 뻥 뚫리고 피를 흘리고 다니는 귀신, 농약을 마시고 구역질을 하면서 흰 거품을 흘리고 다니는 귀신, 목에 밧줄을 매달고 혀를 늘어뜨리고 다니는 귀신, 온 몸에 불이 훨훨 타서 뜨겁다고 소리소리 지르며 뛰어다니는 귀신, 춥다고 덜덜 떨고 다니는 귀신, 배고프다고 손을 벌리고 다니는 귀신, 시집 못 가서 발가벗고 다니는 처녀귀신, 따돌림받고 굶어 죽은 할멈귀신, 히죽거리며 돌아다니는 미친 귀신, 하얀 소복차림에 눈에 쌍심지를 켜고 다니는 원한귀신 등등이 불쑥불쑥 보입니다.

또한 신(神)령님의 모습도 직접 보입니다.

눈이 하나뿐이거나, 머리가 두 개이거나, 다리가 세 개이거나, 팔이 여러 개이거나, 머리에 뿔이 생겨있거나, 눈이 왕방울만큼 크거나, 키가 하늘높이 만큼 커다랗거나, 어깨쭉지에 날개가 달려있거나, 머리는 사람이고 몸통은 짐승의 모습 등등 기이한 모습을 하고 있기도 합니다.

그리고 천둥·번개·폭풍·회오리가 칠 때 신(神)들의 성난 모습이 눈을 뜨고서 생생히 직접 보이기도 합니다.

때로는 하늘의 신(神)령님들께서 귀신(鬼神)들에게 명령을 내려 나의 산(山) 기도공부를 시험하기도 합니다.

그러나 무슨 시험 무슨 시험해도 추위와 배고픔 그리고 외로움의 시험이 가장 힘들고 고통스럽습니다.

그렇기 때문에, 산(山) 속에서 도(道)닦는 공부는 100일을 넘기기가 힘이 듭니다. 그러나 나는 벌써 5년 동안을 버텨내고 있습니다.

이처럼 한 사람의 도사(道士)가 만들어지기까지는 엄청난 신(神)들의 시험과 오랜 세월의 고통과 인내가 따르는 수행수도생활을 해야 하는 것입니다.

산(山) 속에서 도(道)닦는 공부는 단계의 별의별 시험을 다 겪으면서 반드시 통과를 해야 합니다.

단계 단계의 시험을 통과하면서 공부와 도(道)의 정도가 점점 높아가게 됩니다….

계절이 바뀌고 또 계절이 바뀌어 나아갑니다.

이제 앉아서 만리를 보고, 서서 구만리를 내어다봅니다.

그러나 어느 정도의 신통력을 지니다보니 나쁘고도 나쁜 교만심이 생기면서 점점 나태해집니다.

오늘도 하루가 그냥 지나갑니다.

요즘 며칠 동안은 계속 명상삼매에 깊이 들지를 못하니 천기초월명상이 안되어 산(山)신령님으로부터 개인교습을 받지 못하고 있습니다.

교만심의 정신해이로 인한 마장에 걸려서 8번째 단계의 시험에 걸리고 말았습니다.

마음은 명상상매에 들어가야 한다고 하면서도 정신이 해이해져 잘 되지가 않습니다. 내 스스로 내 점(占)을 쳐보니 신(神)들의 마장에 딱 걸려들었습니다.

이쯤에서 신(神)들의 마장에 걸리면 대부분 미쳐버리거나, 병신 또는 폐인이 되어버리기도 하는 등 엄청난 고생을 치러야 합니다.

나는 결코 내 삶을 이렇게 두 눈 뻔히 뜨고 또다시 실패할 수는 없습니다. 정상이 저기쯤 보이는데 여기서 중도 포기는 절대로 있을 수 없습니다.

나는 몸부림을 치고 울부짖으며 다시금 원인을 분석하고 계획과 실행을 수정하면서 초심의 원칙으로 돌아갑니다.

처음 입산했을 때처럼 다시금 약쑥을 뜯어와 짓이겨 쑥물을 만들어 약쑥물 목욕을 하고, 향을 부수어 물에 담그고 향물을 우려내어 향물 목욕을 합니다. 또한 기도처 주위에 약쑥을 태워 약쑥 연기를 피우고, 굵은 소금을 사방으로 뿌리고, 맑은 물 청수를 사방으로 뿌립니다.

매일 여러 번씩 몸을 씻고 매일 기도처를 정화합니다.

다시금 싸릿대나무 회초리를 준비합니다.

회초리를 손에 들고 팔을 어깨너머로 높이 들어 올려 내 등짝을 내 손으로 내리치면서 교만으로 해이해진 마음과 정신을 다잡아보려고 무진 애를 씁니다.

혹시나 부정이 타서 그런가 하면서 부정풀이도 해봅니다.

또다시 내 스스로 내 점(占)을 쳐보니 역시 신(神)들의 마장에 단단히 걸린 것을 알겠습니다.

"운(運)이 좋을 때는 아무리 딴 짓거리를 해도 잘 나아가지만, 운(運)이 나쁠 때는 아무리 노력을 해도 잘 안되고 오히려 더 꼬이고 엎친 데 덮치기도 합니다."

하늘이 벌을 내리거나 또는 시험을 할 경우에는 꼭 나쁜 운(運)때를 고르니, 대부분 나쁜 운(運)때에 손해·실패·사고발생·이혼·구설수·망신살·관재수·좌천·명퇴·큰 질병·죽음 등등을 당하게 됩니다. 그렇기 때문에 운세와 운수 그리고 운때를 미리 알고서 사전에 그 대비와 대응을 잘해야 합니다.

나는 지금 사전대비를 못하여 하필이면 나쁜 운(運)때에 신(神)들의 마장에 걸려 정말 미쳐 버릴 만큼이나 괴롭고 고통스럽습니다.

해이된 정신과 마음을 다잡아 보려고 내 팔뚝을 내 이빨로 물어뜯으며 몸뚱이에 긴장을 주면서 또다시 시도를 해봅니다.

연 이틀 간격으로 오른쪽 팔뚝을 물어뜯고, 왼쪽 팔뚝까지 물어뜯으면서 몸뚱이에 긴장감을 점점 가중하다가 결국에는 내 이빨로 내 팔뚝의 살점을 뜯어내고야 맙니다.

양쪽 팔뚝을 메리야스 속옷을 찢어서 감싸고 묶어놓으니, 무더운 여름날 자기 이빨에 살점이 뜯겨나간 상처가 덧나서 퉁퉁 붓고 농이 생기고 짓무르기 시작합니다.

삶의 고통은 육체의 고생보다 마음고생이 더욱 힘듭니다.

나는 지금 신(神)들의 마장으로 인해 너무나 지쳐있습니다.

하루 한 끼니씩 생식(生食)으로 먹는 음식까지 끊고 단식을 합니다.

나는 지금 너무나도 후회가 막심합니다. 교만심이 나쁘다는 것을 깜박했던 것입니다.

나쁜 운(運)때에 대한 사전대비를 하지 못했습니다. 항상 깨어있지를 못하고 방심의 빌미를 준 것입니다.

한 번의 실수와 한때의 교만심이 이러한 엄청난 댓가를 요구하고 있습니다.

나쁜 운(運)때에 신(神)들의 계획된 마장의 시험에 걸려들었기 때문에 이런 방법을 써보고 저런 방법을 써보지만 제대로 통하지가 않습니다.

"오! 내 인생이 여기서 끝나버리다니, 유서까지 써놓고 산(山) 기도를 들어왔는데…"

나로서는 이제 최후의 방법을 쓸 수밖에는 없습니다.

노력하는 것은 잘살려고 하는 것이고, 잘살려고 하는 것은 행복하기 위해서이고, 궁극의 행복은 마음과 영혼의 평안함이니 이제 생각과 바램을 바꾸어버립니다.

"차라리 초월을 해버리자!"

"차라리 잘 죽는 죽음을 선택해버리자!"

"내 영혼을 해탈의 평안함으로 이끌어버리자!"

"나의 환생은 해탈 자유를 얻기 위함이었으니까…."

나는 이제 집착의 끈을 놓아버리려고 합니다.

기진맥진한 육신을 이끌고 기어가다시피하여 옹달샘으로 갑니다.

옹달샘 물로 마지막 목욕을 하고, 빨아둔 새 옷으로 갈아입고, 길게 자란 머리칼과 수염을 정갈하게 쓰다듬고, 평안한 얼굴 표정을 짓고, 그리고 가부좌의 명상할 때 모습으로 앉아서 내 영혼을 좋은 곳으로 인도하고자 스스로 의지적 죽음의 의식을 치릅니다.

나는 해탈열반경과 함께 천국극락왕생 진언을 계속 외우고 또 외웁니다.

"내 영혼아! 내 영혼아! 태어남과 죽음을 초월해버리자. 태어남도 죽음도 없는 해탈열반 자유로 가자꾸나. 하늘나라 9품 연화대로 극락왕생을 하자꾸나. 극락왕생진언-옴 마리 다리 훔바탁 사바하! 해탈열반자유! 해탈열반자유! 해탈열반자유! …."

이렇게 가부좌로 앉아서 내 영혼을 내 의지에 따라 하늘나라의 최고 높은 9품 연화대로 극락왕생을 시킬 수만 있다면, 스스로 해탈열반의 경지로 끌어올려서 영원한 자유와 자재를 이룰 수만 있다면, 그렇게만 살 수 있다면 가장 성공하는 삶이려니 또한 정말로 가장 멋스럽게 죽음을 맞이하는 것이려니 생각하면서 해탈열반경과 극락왕생 진언을 계속 외웁니다.

나는 나의 자유의지에 따라서 죽음을 선택하고 그리고 좌탈입망 방법의 가부좌로 앉아 경문과 진언을 밤낮으로 외우면서 가장 잘 죽는 죽음을 실행하고 있습니다.

이제 서서히 나의 의식이 가물가물해집니다.

나는 신(神)들의 마장에 걸린 지 21일 만에 가부좌로 앉아서 좌탈입망의 모습으로 스스로 죽어버립니다.

"아! …."

내 영혼은 몸뚱이를 빠져나가 길을 떠나갑니다.

다른 사람들은 죽을 때 저승사자가 데리러 오기도 하고 또는 조상님이 마중을 나오기도 한다는데, 나에게는 저승사자도 나타나질 않고 조상님도 나타나지 않습니다.

내 영혼은 끝없는 길을 계속 걸어갑니다.

이윽고 커다란 강이 눈앞에 나타납니다.

나는 '저 강만 건너면 되는구나!' 하고 생각하면서 강을 막 건너려고 하는 순간 하늘에서 눈부신 흰빛이 내 앞으로 쭉– 뻗어옵니다(신령(神靈) 세계의 빛은 ① 흰색 빛 ② 파란색 빛 ③ 붉은색 빛의 3종류로 크게 나누고 빛의 색깔과 밝고 어두움에 따라 구분을 할 수 있으니 눈부시게 밝은 흰색 빛을 최상급의 신령이라 합니다).

나는 하늘에서 내게로 비춰온 눈부신 흰 빛 속으로 들어갑니다.

'이 눈부신 흰 빛은 천국극락 하늘나라로 인도하는 빛이구나!' 하고 나는 생각하면서 흰 빛을 타고 하늘나라로 올라갑니다.

12궁 33천의 하늘나라로 올라가니 금은칠보로 장식한 궁궐이 나타납니다.

궁궐을 바라보니 궁궐 앞에 '제석궁'이란 현판이 황금색 빛깔로 빛나고 있습니다.

황금색으로 빛나는 궁궐 현판을 유심히 바라보니 언젠가 본 듯한 모습입니다.

내가 전생(前生)에 살던 하늘나라의 그 제석궁입니다.

나는 반가운 마음으로 제석궁의 대문을 확– 밀치고 들어섭니다.

궁궐 안 맞은편 정면의 높은 자리에 앉아 계시는 '제석천왕님' 께서 뇌성 같은 큰 소리로 호통을 치십니다.

"그대는 천등산으로 다시 돌아가도록 하라! 10단계까지의 시험을 통과해서 6신통 8해탈을 꼭 이루도록 하라! 아직, 하늘나라에 올 때가 아니니라! 그대의 몸뚱이에 악령이 들어가기 전에 속히 천등산으로 다시 돌아가도록 하라! …."

나는 하늘나라 제석궁까지 올라갔다가 제석천왕님의 호통소리만 듣고, 다시 수도처인 천등산으로 되돌아옵니다.

아직도 내 몸뚱이는 토굴 안에서 가부좌의 모습으로 그대로 앉아있습니다.

악령과 귀신들이 몸뚱이에 들어가지 못하도록 하늘의 신장들이 갑옷을 입고 창검을 들고 내 몸뚱이를 지키고 서 있습니다.

기다란 머리칼과 기다란 수염에 다 헤져 꿰맨 누더기 옷을 입고, 메리야스 천으로 양쪽 팔뚝을 감싸 묶은 모습으로 기진맥진한 모습으로 앉아 있습니다.

내 영혼은 득도해탈과 초월자유를 이루기 위해서는 몸뚱이가 있어야 도(道)를 계속 닦을 수 있기 때문에 또다시 몸뚱이 속으로 쑥– 들어갑니다.

또다시 삿갓 쓴 스님과 큰칼 든 장군이 나타납니다.

삿갓 쓴 스님이 처음 보는 약초를 손에 들고 보여주면서 약초가 있는 곳의 지형을 가르쳐줍니다.

큰칼 든 장군이 나를 부축하고 산신령님도 나를 부축하여 일으켜줍니다.

나는 삿갓 쓴 스님과 큰칼 든 장군 그리고 산신령님과 신장들의 부축과 도움으로 기진맥진한 몸을 이끌고 가서 약초를 뜯어옵니다. 뜯어온 약초를 짓이겨 팔뚝 상처에 싸매고 그리고 약초 즙을 몇 모금 마시면서 기운을 차려봅니다.

신(神)들의 시험에 의지적 죽음이란 최후방법의 초강력 대응법을 쓰니 또 한 단계의 시험을 통과시켜줍니다.

나는 죽음을 경험하면서 정신해이와 교만심이 얼마나 나쁜가를 뼈저리게 후회하며 이제부터는 철저히 경계를 합니다.

값비싼 댓가를 치르면서 정진과 겸손을 배웁니다.

(현재 필자의 팔뚝에는 이때의 상처로 인한 흉터가 남아 있음을 증명합니다.)

제17장
도술부적으로 운(運)을 바꾼다

계절이 바뀌고 또 바뀌면서 세월이 흘러갑니다.

시간 개념을 잊어버리고 살아가니 자연의 변화를 보면서 세월의 흐름을 짐작합니다.

하루 한 개씩 돌을 주워와 쌓고 있는 돌탑이 이제는 내 키의 두 배 높이가 됩니다.

가까운 곳에 있는 돌은 다 주워와 버렸으니, 돌 한 개를 주워오려면 멀리까지 가서 주워와야 합니다.

쌓고 있는 돌탑이 높이 올라갈수록 나의 도(道)도 함께 올라갑니다.

이젠 평상시가 명상이고 명상이 평상시로 되면서 평상시와 명상의 구분이 없어집니다.

신령님으로부터 직접 개인교습을 받는 가르침은 명상삼매로 들어가 천기초월명상 속에서 이루어지고, 신(神)들의 계시와 공수 말씀은 어느 때고 주어집니다.

평상시 아무 때나 신(神)들의 모습이 보이고 음성이 들립니다.

평상시에도 의식의 집중만 하면 보이지 않은 것을 볼 수 있고, 들리지 않은 것을 들을 수 있으니 모든 존재물의 현상과 운(運)을 다 알아낼 수 있습니다.

산(山) 속에 들어앉아서 바깥세상을 볼 수 있고, 지구 반대편과 우주 공간도 볼 수 있습니다.

먼 옛날의 과거도 볼 수 있고 먼 훗날의 미래도 볼 수 있습니다.

"신통력은 시간과 공간을 초월합니다."

이러한 특수능력은 선지자적 예언의 능력입니다.

선지자적 신통능력은 특별한 사람만 할 수 있고, 신통능력을 지니면 우주만물의 운명(運命)을 다 알아 낼 수 있습니다.

우주만물의 운명(運命)은 모두 다 예정되어 있기 때문에 먼 옛날의 뛰어난 예언자 노스트라다무스·소강절·도선 같은 사람이 있었습니다.

그들은 예정되어 있는 하늘의 운명예정을 시공을 초월해서 미리 알아내어 예언서와 비밀기록으로 남겨놓았을 뿐입니다.

필자도 나아가 더 나이가 들면 죽기 전에 반드시 운명감정책자와 머나먼 훗날의 미래운(運)을 예언서로 남겨놓을 계획입니다.

이러한 일들은 '미리예정된운명(運命)'이란 것이 있기 때문에 최고신통력을 가진 특수한 사람은 가능하다는 것입니다.

신통력의 특수능력으로 하늘의 문서들을 몰래 들여다보니 엄청난 비밀문서들이 하늘창고에 가득 진열해 있었습니다.

필자는 하늘창고의 비밀문서들을 신안(神眼)으로 직접 보았기 때문에 이러한 일들을 확신하면서 믿고 또한 얘기를 할 수 있습니다.

필자가 천기(天氣)공부와 운명작용이론을 통해서 확실하게 터득한 것은 우주만물은 각각의 운명(運命)으로 분명히 예정되어 있다라는 것입니다.

이와 같이 사람의 운명(運命)도 각각 예정이 되어 있고 또한 타고납니다.

그렇기 때문에 우리는 운명정보를 미리 알아내어 적절한 대비와 대처를 잘하면 운명의 방향을 바꿀 수도 있고 또한 나쁜 운을 피할 수도 있다라는 것입니다.

그렇습니다.

그렇기 때문에 성공 출세를 하고 싶고 부자가 되고 싶고 그리고 행복을 소망하는 사람이라면 자기의 타고난 운명(運命)정보부터 정확히 알아둘 필요가 있습니다.

모든 것은 원인을 알아내어 그 원인만 잘 해결하면 결과가 다르게 나타납니다.

진행 중인 모든 것은 힘을 가하면 그 방향을 바꿀 수 있는 것처럼, 사람의 운명(運命)도 분명히 타고나기도 하지만 바꿀 수도 있습니다. 그러나 타고난 운명을 모르거나 또는 그냥 놔두면 타고난 그대로 진행을 하게 되고, 또한 타고난 그대로 살아가게 된다는 것입니다.

성공 출세와 부자 그리고 행복은 그냥 아무나 이룰 수 없습니다.

성공 출세를 하고 부자가 되어 행복을 누리려면 '운명작용이론' 을 알아야 하고 그리고 반드시 '개운' 을 할 줄 알아야 합니다.

우리는 타고난 운명(運命)과 운(運) 그리고 운세·운수·운때 등등을 미리 알아내어 사전준비를 잘해야 하며 또한 나쁜 운에 대해서는 사전 대비와 대처를 잘해야 함을 진심으로 충고하는 바입니다….

다시, 천등산 산(山) 속의 상황현실로 들어갑니다.

나는 천등산에 입산(入山)하여 한 번도 산(山) 밖을 나가지 않는 두문불출의 토굴생활 산(山) 기도공부를 7년 동안이나 하면서 천기(天氣)공부 과목으로 들어있는 '부적술'을 배웁니다.

요즘은 '부적도술 신령님'으로 둔갑한 산신령님께 부적도술을 배우고 있습니다.

신령님은 상황과 필요에 따라 다른 모습으로 둔갑술을 부리기도 합니다.

부적의 힘은 배우고 있는 나 자신도 참으로 놀랍고 신기할 뿐입니다.

그림도 아니고 글씨도 아닌 하늘의 글자(天文)인 비밀암호 또는 비밀기호로 우주 자연의 모든 것들을 움직이고 다스릴 수 있으니 말입니다.

신(神)이 가르쳐준 부적술로 또 다른 신(神)을 조종할 수 있고 또한 운(運)도 바꿀 수 있기 때문입니다.

나는 천등산(天登山) 산 속에서 부적도술 신령님으로부터 직접 전수 받은 부적도술을 명상삼매 중의 천기초월명상으로 유체이탈을 해서 인간세상으로 나가 직접 실험실습을 해봅니다.

부적도술 신령님으로부터 직접 전수 받아 배운 '도술부적'으로 온갖 귀신(鬼神)과 나쁜 살(殺)기운들을 해결합니다.

특히 암 · 심장병 · 뇌졸중 · 뇌사상태 · 정신병 등등의 불치병으로 죽거나, 또는 극단적인 방법의 자살 · 교통사고 등등으로 원한 많게 죽은 혼령들이 일반적인 천도제 · 조상굿 · 진오기굿 등등을 여러 번 해주어도 통하지를 않고, 원귀 · 악귀 · 요귀가 되어서 그 집안의 후손이나 가족 또는 원한의 대상자를 오랜 세월 동안 괴롭히고 해코지를 하고, 또는 빙의현상 · 신들림현상 · 정신이상 · 큰 사고 · 큰 실패 · 큰 손해 · 불치병 · 계속된 가난 등등의 나쁜 현상이 나타날 경우에 최후 방법으로 '도술부적'을 사용합니다.

원한 많은 혼령과 귀신들을 '도술부적'으로 붙잡아 호롱병 속에 가두거나 또는 혼령소멸을 시켜버리니 깨끗이 해결이 되는 것입니다.

원한 많은 조상과 혼령은 해원천도를 시켜드리는 것이 원칙이지만, 대다수의 원한 조상이나 원한 귀신은 해원천도가 잘되지를 않습니다. 그렇기 때문에 고도기술의 법력과 도술로 최후 방법을 써야 할 경우도 있음을 밝혀드리는 바입니다.

그러나 법력과 도술이 신통치 않은 사람이 원귀·악귀·요귀를 다루려고 하면 오히려 죽음을 당할 수도 있으니 함부로 흉내내지 말 것을 경고합니다.

특히, '도술부적'은 원한 귀신(鬼神)과 나쁜 살(殺)을 다룰 때 잘 먹혀들고, 또한 산소 탈이 생겼을 때, 상문살이 끼어서 재수가 없을 때, 구설망신살이 뻗칠 때, 남녀 또는 부부 사이에 원진살과 상충살이 끼어서 사이가 나쁠 때, 나이가 9수와 삼재수에 걸릴 때, 꿈자리가 사나울 때, 빙의현상의 정신이상으로 도박중독·약물중독·술중독·게임중독·섹스중독 등등의 중독증에 걸리거나 또는 환상·환청·공상·헛소리·우울증·자폐증 등등이 생길 때, 그리고 이사를 잘못 가서 우환이 생길 때, 집터·가게터·빌딩터·공장터 등등이 주인과 맞지 않거나 또는 지박령 귀신이 붙어있거나 해서 우환이 발생하고 손해를 당할 때, 갑자기 사람이 쓰러지는 급살을 맞을 때, 동토살이 발동할 때, 신끼가 발동할 때, 일생일대의 큰 시험이나 큰 성공과 출세를 딱 한 번 도모하고자 할 때, 사람이 행방불명되거나 가출을 할 때, 전생업살을 소멸시켜서 운(運)을 바꾸어 정말로 잘살고 싶을 때 등등의 경우에 '도술부적'을 사용할 수 있습니다.

저승사자까지도 물리칠 수 있는 비방이 '도술부적'입니다.

도술부적을 사용할 경우에는 그때그때의 정확한 운(運)과 상황에 꼭 맞는 '방편도술'을 함께 잘 사용하면 도술부적의 비방은 신비하리만큼 효험이 있다는 진실을 자신 있게 밝혀드리는 바입니다.

이처럼 엄청난 효험과 실용가치를 지닌 부적술을 잘못 이해하고 또한 잘못 활용하고 있는 현실이 참으로 안타까울 뿐입니다.

필자는 이 글을 읽고 있는 독자분께만 진실 하나를 비밀로 가르쳐드리고자 하니 꼭 참고해주시길 바랍니다.

부적이란 하늘의 비밀암호 또는 비밀기호이기 때문에 부적은 천기(天氣)를 알고 운용할 줄 아는 부적도술 신통력을 지닌 그 능력자가 천기(天氣)를 모은 신통력(神通力)으로 직접 그려야 하고 그리고 노란색 종이 또는 흰색 종이에 반드시 붉은 색 경면주사로 직접 그려야 신비한 힘을 발휘하게 된다는 것입니다.

그러나 혹시, 점(占)보러 갔을 때 미리 준비해둔 부적이나 또는 다음에 찾으러오라고 하는 부적은 만물상에서 대량으로 구입해뒀다가 일반손님에게 상업적으로 되팔아먹는 가짜 부적일 수 있으니 그러한 가짜에 조심하길 바랍니다.

부적이 꼭 필요한 사람은 점(占)을 볼 때 손님이 지켜보는 앞에서 신통력으로 직접 그릴 줄 알고, 또한 손님이 지켜보는 앞에서 신통력으로 직접 그려주는 부적만이 진짜 부적이니 반드시 진짜 부적을 구입하고 사용하시길 바랍니다.

도사(道士)가 사람이 보는 앞에서 신통력(神通力)으로 직접 그려주는 도술부적은 진짜이고, 진짜 도술부적은 기(氣)와 운(運) 그리고 명(命)까지도 바꿀 수 있기 때문에 대학병원에서도 못고치는 각종 빙의성 질환과 핏줄내림병을 치유할 수 있고, 연애운과 결혼운을 좋게 할 수 있고, 가게장사운과 사업운을 좋게 할 수 있고, 일생일대의 가장 중요한 입시시험과 기능시험 · 기술시험 · 예능시험 · 행정고시 · 사법고시 · 외무고시 · 중개사 · 법무사 · 감정평가사 · 회계사 · 세무사 · 변리사 등등의 시험운을 좋게 할 수 있고, 그리고 터 신(神)을 움직여서 집매매 · 건물매매 · 가게매매 · 땅매매 등등을 잘되게 할 수 있고, 가출자와 행불자를 집으로 되돌아오도록 할 수 있고, 각종 귀신(鬼神)의 장난으로 발생한 돌발충동적 성욕 · 섹스중독 · 도박중독 · 게임중독 · 도벽중독 · 알코올중독 · 울화증 · 우울증 · 환청증 · 환상증 등등을 치유할 수 있고, 이사 방위살 · 동토살 · 상문살 · 급살 등등을 잡을 수 있고, 신(神)끼를 잡을 수 있고, 저승사자를 움직여서 생명이 위급한 사람의 수명연장까지도 해낼 수 있음을 거듭 밝혀드립니다.

신통력(神通力)으로 직접 그린 도술부적은 정말로 신비한 힘을 발휘한다는 진실을 가르쳐드리는 바입니다.

필자는 이 책에 사실과 진실 그리고 진리만을 기록하고 있습니다.

진짜 도술부적이 정말로 필요한 사람들은 직접 확인해 보시길 진심으로 바라는 바입니다.

진실적 증명을 분명히 약속드리는 바입니다.

제18장
하늘나라의 옥황선녀를 만난다

입산수도(入山修道) 7년째의 봄과 여름 동안은 내내 부적도술을 배우면서 첩첩산중 깊고 높은 천등산(天登山) 산 속에서 나 홀로 도(道)를 닦고 있습니다.

머리칼은 길게 자라서 등허리까지 내려오고, 수염도 길게 자라서 앞가슴까지 내려오고, 다 헤진 누더기 옷에 눈빛만 신비하리만큼 빛을 내고 있습니다.

원시 자연인 같은 모습을 하고 그냥 그대로의 자연 속에서 무위자연법(無爲自然法)으로 자연과 함께 더불어 살면서 나 홀로 도(道)를 닦아 이제 독성(獨成)으로 나아갑니다.

이제 도(道)의 9단계까지 올라서니 신선(神仙)처럼 살아갑니다.

도(道)의 9단계까지 오르니, 눈을 감고 있어도 무엇이든 볼 수 있고 의식의 집중만으로 시간과 공간을 초월해서 멀고 먼 옛날 일이나 또는 미래 앞날의 일도 다 알 수 있습니다.

의문을 가지면 곧바로 스스로 답을 다 알 수 있는 엄청난 지혜의 혜안(慧眼)과 신안(神眼)이 열리게 되었습니다.

훤히 밝은 대낮에 신(神)들의 모습이 그냥 보이고 아무 때나 필요 의지에 따라 신(神)들과 대화를 나누기도 합니다.

혹시, 독자분 중에는 영매 역할로 무녀(巫女)가 신점(神占)을 치거나 조상굿을 할 때 신(神)들림 상태가 되어 행동과 목소리가 바뀌고, 때로는 눈으로 본 것처럼 맞추기도 하는 모습을 목격한 사람이 있을 것입니다. 이처럼 신(神)들림의 영매적 신통력이든 또는 산(山) 속에서 도(道)를 닦은 도사(道士)의 신통력이든 특별한 사람은 신(神)을 볼 수 있습니다.

그러나 자기 자신의 자유의지에 따라 도력(道力)으로 신(神)을 다스릴 수 있느냐, 또는 다스리지 못하고 오히려 구속이 되느냐 하는 엄청난 능력의 차이가 있을 뿐입니다.

무녀(巫女)들은 대체로 신(神)들로부터 자유롭지 못하지만, 도사(道士)들은 대체로 신(神)들로부터 자유롭게 됩니다.

나는 이제 도(道)의 9단계까지 오르니, 어느 정도 신(神)을 다스릴 줄 알게 되고 귀신(鬼神)을 마음대로 처리할 줄 알게 되었습니다.

나는 이제 신통력과 도술의 능력까지 지니게 되었습니다.

나는 지금 첩첩산중 천등산(天登山) 깊고 높은 산(山) 속에서 초월자유인의 모습으로 나 홀로 도(道)를 닦고 살아갑니다.

오늘은 한창 여름철의 날씨가 너무나 무더워 토굴 밖 나무그늘 아래에서 웃통을 벗은 채 돌탑과 돌 제단을 향해 가부좌로 앉아 잠시 쉬고 있습니다.

초목이 우거진 숲 속에서는 매미가 맴맴맴- 노래를 부르고 산새들도 노래를 부릅니다.

옹달샘도 물이 넘쳐흐르면서 졸졸졸– 노래를 부르고, 나뭇가지도 노래를 부르고, 풀 잎사귀도 노래를 부르고, 하늘에 흘러가는 흰 구름도 노래를 부르고, 대지도 노래를 부르고, 우주 만물이 모두 노래를 부릅니다.

들리지 않는 소리까지 들을 줄 알게 되고 보이지 않는 모습까지 볼 줄 알게 되니 모든 우주만물이 신기하고 경이로울 뿐입니다.

나는 지금 신안(神眼)과 영안(靈眼) 그리고 혜안(慧眼)과 도안(道眼)이 열린 눈과 귀로 우주 자연을 보면서 또한 우주 자연의 교향곡을 들으면서 지극히 평안한 마음으로 나무 그늘에 앉아 잠시 쉬고 있습니다.

깊고 높은 산(山) 속에 신선(神仙)처럼 앉아있습니다.

이제 휴식을 취했으니 명상에 들어가려고 지그시 눈을 감으려고 하는 찰나, 신기한 일이 벌어집니다.

하도 신기하고 놀라운 일들이 늘 일어나기 때문에 웬만한 일은 상관치도 않건만 지금 이 상황은 그냥 넘길 일이 아닙니다.

날씨가 너무 무덥고 나 홀로 깊고 높은 산(山) 속에 있기 때문에 웃통을 벗은 채로 나무 그늘 아래에서 가부좌로 앉아 이제 막 명상에 들려고 하는데 난데없이 하늘에서 천상의 아름다운 음악 소리가 들려옵니다.

나는 눈을 감으려다 말고 고개를 들어 하늘을 올려다봅니다.

하늘에서 아름다운 천상의 음악 소리와 함께 일곱 색깔 무지개가 내가 앉아있는 곳을 향해 쫙– 내리 뻗어옵니다.

그러더니 내 옆의 옹달샘으로 쑥 들어갑니다.

비도 오지 않는 햇빛이 쨍쨍한 날씨에 일곱 색깔 무지개가 생기는 것입니다.

내 옆의 옹달샘과 하늘 사이에 무지개다리가 생겼습니다.

산(山) 속 생활 7년 동안에 이렇게도 아름다운 무지개는 난생 처음 봅니다.

나는 그대로 앉아서 무지개의 황홀경을 바라봅니다.

천상의 음악 소리와 무지개의 황홀경에 빠지면서도 이번에는 또 무슨 일이 벌어지려나 하고 생각합니다.

나는 지금 멀쩡한 눈과 귀로 황홀경에 있습니다.

조금을 기다리니 하늘에서 조그마한 여자아이가 무지개를 타고 스르르- 내려옵니다.

사람의 나이로 치면 7살쯤 되어 보이는 여자아이의 모습은 머리칼은 머리 위 양쪽 모서리에 방울처럼 둘둘 말아서 묶고, 옷차림새는 얇게 하늘거리고, 손에는 예쁜 부채를 하나 들고 있습니다.

초롱초롱한 눈으로 인사를 하면서 사뿐히 내 앞에 내려섭니다.

나는 하늘에서 무지개를 타고 내려온 예쁜 여자아이 선녀(仙女)에게 먼저 물어봅니다.

"하늘 무지개를 타고 내려온 너는 누구냐?"

"하늘나라의 천상선녀(天上仙女)야."

"무슨 연유로 이곳에 내려왔느냐?"

"옥황선녀님 심부름으로 내려왔어."

"무슨 심부름이냐?"

"옥황선녀님이 곧 내려온다고 먼저 내려가서 전해 달랬어."

"옥황선녀가 이곳에 내려온다고?!"

나는 하늘나라 천상 높은 곳 옥경궁의 옥황선녀(玉皇仙女)가 이곳 천둥산에 내려온다는 기별을 전해 듣고는 우선 경계의 의심부터합니다.

남자 홀로 살고 있는 첩첩산중에 하늘나라의 옥황선녀가 내려온다기에 하늘나라의 옥황선녀도 여자인데 혹시, 또 나를 시험해보려고 하늘 신령계에서 모사를 꾸미는 것은 아닐까?

"아무리 옥황선녀를 내세워 미인계를 써도 어림도 없지, 어디 한 번 올 테면 와봐라!"

나는 의심의 경계를 더욱 단단히 합니다.

조금을 기다리니 하늘에서 더 크고 더 아름다운 천상의 음악 소리가 들려옵니다.

하늘에서 7명의 칠 선녀가 일곱 색깔 무지개를 타고 스르르- 하늘-하늘- 내려옵니다.

여러 명의 선녀들을 거느리고 하늘나라 천상 옥경궁의 우두머리 옥황선녀가 앞장을 서서 이곳 천등산으로 내려옵니다.

눈이 부실 정도로 예쁜 하늘 천상의 옥황선녀가 내려옵니다.

깊은 산(山) 속 옹달샘 옆의 나무 그늘 아래 웃통을 벗은 채로 신선(神仙)처럼 가부좌로 앉아있는 내 앞에 옥황선녀와 선녀들이 사뿐히 내려섭니다.

너무 너무나 아름답고 예쁜 옥황선녀가 내 앞에 서 있습니다.

옥황선녀의 모습은 사람의 나이로 치면 24살쯤의 성숙한 여인의 모습으로 머리칼의 일부는 생머리로 길게 늘어뜨리고, 일부는 위로 올려서 두 개의 커다란 둥근 고리모양을 하고, 능수버들처럼 가냘픈 몸매와 허리에 관능미가 넘치고, 옷차림새는 얇게 하늘거립니다.

옥황선녀는 한 손에는 부채를 또 다른 손에는 여의봉을 들고 너무나도 맑고 예쁜 눈으로 미소를 지으며 먼저 인사를 해옵니다.

"장군님! 소녀 인사드리옵니다."

나는 잠시 의아해하며 당황을 합니다.

나를 전생의 신분이었던 장군이라 부르고 자기를 소녀라 말하는 선녀 중의 우두머리격인 옥황선녀이기에 당황할 수밖에 없습니다. 진짜 옥황선녀인지 아니면 꼬리가 아홉 개 달린 천년 묵은 구미호 불여우인지 모를 일입니다. 그리고 함께 따라온 저 선녀들은 떼거리로 몰려다니면서 남자의 혼을 빼버리는 불여우들인지도 모르기 때문에 구분의 확신이 설 때까지 나는 단단히 경계를 합니다.

나는 마지막 단계의 시험에 걸려들지 않기 위해 바늘구멍의 틈이라도 경계하면서 시치미를 떼고 대꾸를 합니다.

"그대는 누구신데 자기를 소녀라 하고 나를 장군이라 부르시는가?"

"장군님! 소녀를 몰라보시는지요?"

"나는 그대가 누구인지 모르겠소."

"소녀는 옥황선녀이옵고 장군님은 전생에 제석궁의 칠성장군님이셨으며 소녀의 낭군님이셨습니다."

나는 내 앞에 서 있는 여인이 너무 너무나 예쁘고 상냥하여 도대체 이 여인이 천년 묵은 구미호 불여우인지 아니면 진짜 옥황선녀인지를 확인하기 위해 계속 시치미를 잡아떼면서 대꾸를 합니다.

"그것은 전생(前生) 때의 일들인데 이 상황에서 어쩌란 말이오?"

"장군님의 공부가 거의 완성되어 간다고 하여 너무도 보고 싶어 하늘의 규칙을 어기고 잠시 내려왔사옵니다."

"나는 그대가 진짜 옥황선녀인지 아니면 천년 묵은 구미호 불여우인지 그것부터 먼저 알아야겠소."

나는 이 상황에서 초월명상으로 들어갈 수는 없기 때문에 나의 전생영혼인 큰칼 든 장군을 불러내어 물어봅니다.

나의 분신 큰칼 든 장군은 '진짜 옥황선녀가 맞다' 고 대답을 해주면서 옥황선녀에게로 다가가더니 뜨거운 포옹을 하는 것입니다.

곁에 있던 산신령님과 동자도 '진짜 옥황선녀가 맞다' 고 가르쳐줍니다.

나는 '진짜 옥황선녀가 맞는가보다' 라고 판단을 내리지만, 혹시 신(神)들의 마지막 시험일지도 모르니 조심은 해야지 하면서 경계를 풀지는 않습니다.

옥황선녀가 다시금 내게로 말을 건네옵니다.

"장군님! 소녀도 인간으로 환생하여 장군님과 다시 만나고 싶사옵니다."

"그대는 내 공부를 방해 말고 어서 돌아가도록 하시오!"

"아니 되옵니다. 소녀는 장군님께서 인간계로 내려오신 이후로 지금까지 오랜 세월을 기다려왔사옵니다."

"그대가 하늘나라에서 전생에 내 낭자였다고 하여도 지금 그대는 신(神)이고 나는 사람이니 신(神)과 사람의 사랑은 이루어질 수 없는 법이오. 그러하니 그냥 돌아가도록 하시오!"

"장군님! 신(神)과 사람의 사랑은 이루어질 수 없사오나 우리의 사랑은 이루어질 수 있사옵니다."

"어떻게 이루어질 수 있다는 말이오?"

"장군님이 사람으로 환생하셨으니 소녀도 사람으로 환생하면 되옵니다."

"그대가 지금 사람으로 환생하여 성숙한 여인이 될 때쯤이면 나는 이미 할아버지가 될 텐데 그것은 안 되는 말이오."

"장군님! 어린 아기 사람으로 직접 태어나지 않고 성숙한 예쁜 여자를 골라 몸만 빌려서 환생을 하면 되옵니다."

"그렇다면, 여자 무녀(巫女)의 몸을 빌려서 나를 다시 만나겠다는 생각이시구먼?"

"그렇사옵니다. 장군님께서 이곳 천등산에서 도(道)를 다 닦고 하산(下山)을 하시게 될 것이옵니다. 하산을 하고 그로부터 1년이 되면 지금의 소녀모습을 쌍둥이처럼 꼭 빼닮은 예쁜 처녀를 서울에서 만나게 될 것이옵니다. 그때에 그 처녀를 거두어 주시면 되옵니다. 꼭 그렇게 해주셔야 하옵니다!…."

옥황선녀는 내 눈에 도장이라도 찍듯 자기 모습을 자세히 보여주고는 하산(下山) 1년 후에 서울에서 꼭 만날 것을 일방적으로 알려주고는 다시 선녀들을 거느리고 하늘 무지개를 타고 하늘로 올라갑니다.

옥황선녀와 선녀들이 하늘 높이 올라가자 하늘 무지개는 땅에서부터 서서히 사라져버립니다.

나는 산(山) 속의 옹달샘 옆 나무 그늘 아래에 그대로 가부좌로 앉아 옥황선녀가 사라져버린 하늘을 올려다보며 이렇게 중얼거립니다.

'인연법이 있으니 훗날에 또 만나겠지, 서울에서….'

(필자는 훗날 이때의 옥황선녀와 꼭 빼닮은 여인을 서울에서 실제로 만나고 또한 성숙한 여인으로 환생한 옥황선녀와 사랑을 나누면서 남녀관계와 부부문제 그리고 자궁살풀이 · 낙태아기자궁지박령천도 · 성불감증치유 · 회춘방중술 등등의 비법을 많이 알게 되었음을 증명합니다.)

전생(前生)의 업(業)과 인연 따라 만나고 헤어질지라도 또다시 현생에서 짝으로 만난 인연은 너무나도 소중한 것입니다.

모든 사람은 자기의 짝으로 만난 배우자 또는 애인과 연인에게 정말 잘 해주길 진심으로 당부드립니다.

소중한 인연으로 만났으면 이기적인 권리와 자기 주장만을 내세우기 전에 짝으로서의 의무에 더욱 충실하고, 꼭 의리와 신뢰를 지키고, 반드시 생활과 경제의 자주 자존을 꼭 해내면서 상호 지극한 사랑으로 행복하게 잘 살아가길 진심으로 당부드립니다.

그러나 인연이 끝나서 어쩔 수 없이 헤어진 짝에게는 헤어지게 된 연유가 무엇이었던 간에 절대로 미운 마음 또는 원한 마음을 갖지 말고 또한 악담의 말도 하지 말고 반드시 성공출세하고 부자가 되어 헤어질 때보다 더욱 잘 살아가길 당부드립니다.

지나가버린 과거보다 앞으로의 삶이 더욱 중요하기 때문입니다.

제19장

생식으로 산열매와 산삼을 먹는다

계절이 바뀌어 이곳 산(山) 속에도 수확의 가을철입니다.

오늘은 망태기를 짊어지고 산(山)열매를 따러갑니다.

오랜 세월 동안 나 홀로 천등산(天登山) 깊고 높은 산(山) 속에 살면서 기도처를 중심으로 생활반경 이내의 산중턱 마당바위까지 산길을 만들어 놓았습니다.

산꼭대기까지도 산길을 만들어놓았고, 저쪽 작은 봉우리까지도 산길을 만들어놓았습니다.

이곳 천등산(天登山)은 고흥반도에서 가장 높은 산이고, 반도 남쪽의 남해바다 해안가에 불쑥 솟아있습니다.

한반도의 백두대간이 남쪽으로 뻗으면서 지리산 노고단에 기(氣)를 뭉치고, 한 줄기 기맥이 계속 남쪽으로 내려오면서 불교계 조계종의 최고 승보 사찰인 송광사와 태고종의 최고 총림사찰인 선암사가 자리 잡고 있는 조계산을 만들고, 그리고 계속 남쪽으로 고흥반도를 따라 내려오면서 남해바다 바닷물을 만나 용호(龍虎)가 합작으로 이곳 천등산(天登山)을 만들어놓으니 엄청난 기(氣)가 하늘로 솟구칩니다.

필자는 이 책을 통하여 풍수지리학계와 여러 사람들에게 지금까지 숨겨진 비밀 한 가지를 공개하고자 합니다.

이곳 천등산(天登山 : 하늘로 오르는 산)의 바로 앞에는 또 하나의 높은 산인 유주산(고흥군 도화면 구암리 소재)이 남해바다 해안가에 나란히 우뚝 솟아 있습니다.

그 유주산의 산꼭대기에는 높이 6m, 가로세로 6m 정도의 커다란 돌탑이 납작한 돌만 사용하여 정사각형 모양으로 만들어져있다는 것입니다.

이 고을에서는 이 돌탑을 한반도 가장 남쪽에 위치한 봉화대라고 합니다. 하지만 필자가 신(神)들께 확인을 해보니 이 돌탑은 본래가 신(神)들께 제사를 올리는 신단(神壇)이라고 합니다.

한반도 중심선의 남쪽 땅 끝 남해바다 해안가 높은 유주산에 우리나라에서 자연석으로 쌓아올린 가장 커다란 신단(神壇)이 왜 이곳에 있을까? 우리나라의 우주선 발사대가 왜 이곳 근처에 생길까? 우리나라의 남쪽 땅 끝에 위치한 이곳의 지명이 왜 고흥(高興)일까? 관심이 있는 분들은 천등산의 기(氣)흐름과 유주산 꼭대기에 납작한 돌로 쌓아올린 엄청난 크기의 커다란 신단(神壇)을 꼭 한 번 답사하여 직접 확인해보시길 바랍니다.

유주산 산꼭대기에는 우리나라에서 가장 큰 신단(神壇)이 있다는 사실을 글로 적시하여 공개를 해드리는 바입니다….

나는 가을철의 쾌청한 날씨에 경치도 구경할 겸 망태기를 짊어지고 천등산 산꼭대기로 올라갑니다.

천등산 산꼭대기에 올라와 사방을 한 바퀴 둘러봅니다.

산꼭대기 위에서 남쪽을 바라보니 유주산 너머로 망망대해의 남해바다와 다도해 해상국립공원이 보이고, 서쪽을 바라보니 녹동항구와 비봉산이 보이고, 그리고 남서쪽 사이로 소록도 · 거금도 · 시산도 · 지죽도 등등의 섬들이 보이고, 북쪽을 바라보니 고흥읍과 봉황산 · 말봉산이 보이고, 동쪽을 바라보니 팔영산과 나로도가 저 멀리 보입니다.

천등산 산꼭대기에서 사방을 한 바퀴 빙 둘러 경치를 구경하고 저쪽 작은 봉우리로 향하면서 산길을 따라 걸어갑니다.

7년 동안의 오랜 세월을 이곳 산(山) 속에서 살다보니 능선과 골짜기의 지형을 손바닥 들여다보듯 구석구석까지 모두 알고 있습니다.

어디에 가면 무슨 열매가 있고 또 어디에 가면 무슨 약초가 있는지 모두 다 압니다.

저쪽 작은 봉우리를 향하여 산길을 따라 가면서 지난해에 그곳 골짜기에서 산머루와 산다래 그리고 으름 열매를 많이 따와서 잘 먹었기 때문에 올해도 또 그쪽으로 갑니다.

수풀을 헤치며 골짜기로 들어갑니다.

칡넝쿨이 이리저리 얽혀있고 머루넝쿨과 으름넝쿨 그리고 다래넝쿨이 나뭇가지 사이에 얽혀있습니다.

나는 망태기에 작은 포도송이처럼 생긴 산머루 열매를 따서 담고, 작은 바나나처럼 생긴 으름 열매를 따서 담고, 산다래 열매도 따서 망태기에 담습니다.

산열매를 이삼일 먹을 만큼만 잘 익은 것으로 골라 따서 망태기에 담아 짊어지고 토굴로 돌아옵니다.

토굴로 돌아오는 길에 휘파람 소리와 함께 산신동자신(神)이 불쑥 나타 납니다.

"형아! 가르쳐 줄까? 말까?"

"동자야! 무슨 일인데 선택을 하라는 거냐?"

"형아가 사탕 사준다고 약속을 하면 또 중요한 것을 가르쳐 줄텐데."

"그래, 사탕 사줄 테니 말을 해보거라!"

(어린아이 동자신(神)은 사탕을 좋아하고 어른 신(神)은 술을 좋아하며 모든 신령님은 생화(生花) 꽃을 좋아합니다. 그리고 신(神)과의 약속은 반 드시 지켜야 합니다.)

"형아! 약속을 했으니 이쪽으로 따라 와봐!"

산신동자가 나를 따라오라고 하더니 저만치 보이는 숲 속의 작은 바위 쪽으로 나를 데리고 갑니다. 앞서 걸어가고 있는 산신동자가 바위아래에서 멈춰 서더니 또 말을 건네옵니다.

"형아! 이 근처에 보물이 있는데 그것이 뭐~게?"

"동자야! 사탕을 사준다고 약속했으니 그냥 가르쳐주거라."

"형아! 보물이 있는 장소까지 왔으니 뚝딱 점(占)을 쳐봐."

나는 산신동자가 자꾸 보물이 있다고 해서 의식을 집중하여 신안(神眼) 을 열고 주위를 살펴봅니다.

서서히 신안(神眼)으로 주위를 살펴보니 양지 바른 곳의 나무 아래에 산 삼(山蔘)이 보입니다.

나는 의식의 집중을 풀고 산신동자한테 보물을 찾았노라고 말을 합니다.

"동자야! 그 보물이라는 것이 산삼이 맞지?"

"형아! 산신할아버지께서 오늘 일러주라고 해서 가르쳐준 거야."

"동자야! 항상 고맙구나."

"형아! 사탕 사준다는 약속은 꼭 지켜야 해!"

할 말이 끝나자 산신동자는 순간 뿅-하고 사라집니다.

나는 조금 전에 신안(神眼)으로 보았던 지점에서 빨간 열매가 달려있는 산삼(山蔘)을 발견합니다. 주위를 자세히 둘러보니 5그루나 자라고 있습니다.

나는 그 중에서 가장 큰 것으로 하나만 조심스레 캐어 산열매가 담겨있는 망태기에 함께 넣고 토굴로 돌아옵니다.

이곳 산(山) 속에는 나 혼자만 오랜 세월 동안 살고 있고 또한 산삼(山蔘)이 있는 곳의 위치도 나 혼자만 알고 있으니, 가끔 필요할 때 하나씩 캐 먹기로 하고 나머지 4그루는 그냥 그대로 놔둡니다.

나는 이곳 천등산(天登山)에서 가끔 산삼(山蔘)을 캐먹습니다. 지금까지 약 20뿌리나 캐 먹었습니다.

가끔씩 산신동자신(神)이 불쑥 나타나서 산삼(山蔘)이 있는 곳을 가르쳐 줍니다. 또한 귀한 약초도 늘 가르쳐줍니다.

가을철의 산(山)은 온갖 산열매가 무르익으니 먹을 것이 풍성합니다.

옹달샘이 있는 토굴 주위의 산 아래쪽 숲 속에는 자생하고 있는 밤나무가 많습니다. 밤알을 따러 나무에 올라가지 않아도 익으면 밤송이가 저절로 벌어지면서 잘 익은 밤알이 땅에 떨어지니 그냥 주워만 오면 됩니다.

낙엽 사이에 숨어버린 밤알은 다람쥐 몫으로 내버려두고, 눈에 보이는 것만 주워 와도 충분히 먹고도 남습니다.

나는 산(山) 속에서 도(道)를 닦으며 생식(生食)을 하기 때문에 요즘처럼 가을철에는 산 속에 있는 온갖 산열매로 늘 끼니를 해결하고 있습니다.

온갖 열매가 풍성하고 온갖 단풍이 울긋불긋 하니 몸도 마음도 여유롭고 풍족함을 느낍니다.

우리의 삶이 가을철의 산(山)만 같으면 좋으련만 하고 작은 소망을 가져 보기도 합니다.

젊을 때는 이상과 꿈을 이루기 위해 강인한 의지와 신념으로 살고, 나이가 들 때는 자연법칙의 순리를 따라서 지혜롭게 살라고 말하고 싶습니다.

우리의 인생살이는 평균수명으로 볼 때에 70~80년을 살아가야 하는 장거리 달리기 마라톤 경주와 같기 때문에 우리는 분명한 삶의 목표와 계획에 따라서 살아야 하고, 하늘의 법칙을 알고 순리를 따르며 도리로 살아야 한다고 생각합니다.

그렇습니다.

우리의 인생살이는 약 80년을 살아가야 합니다. 조금 늦고 또는 조금 빠르고의 차이는 별 의미가 없습니다. 올바른 방향으로의 인생진로와 합리적 사고의 선택만 잘하면 누구나 성공할 수 있음을 진심으로 가르쳐드리는 바입니다.

제20장
삶에서는 선택을 잘해야 성공을 한다

선택을 잘해야 성공을 할 수 있습니다.

우리는 삶을 살아가면서 끝없는 선택을 해야 합니다.

그러나 선택을 잘 하려면 운명과 운(運)을 알아야 합니다.

운명은 분명히 타고나기도 하지만 또한 바꿀 수도 있습니다.

운명을 좋은 쪽으로 바꾸려면 ① 타고난 자기의 운명을 정확히 알아야 하고 ② 자기의 운세 · 운수 · 운때 등등 운(運)흐름을 정확히 알아야 하며 ③ 타고난 운명과 운(運)흐름에 가장 맞는 선택을 잘해야 만이 성공 출세를 하고 부자가 되고 행복할 수 있습니다.

인생살이에서 선택은 정말로 중요합니다.

선택 한 번 잘못하면 평생 동안 후회할 수도 있습니다.

자기 자신의 운명과 운(運)에 가장 적합한 선택을 잘하는 것이 가장 중요하다는 것을 분명히 충고드립니다.

이쪽 길을 가면 좋을까 또는 저쪽 길을 가면 좋을까? 공부 쪽으로 나아가는 것이 좋을까 또는 운동 쪽으로 나아가는 것이 좋을까? 인문계열을 진학하면 좋을까 또는 자연계열을 진학하면 좋을까? 취업을 하면 좋을까 또는 계속 진학을 하면 좋을까? 회사에 취직을 하면 좋을까 또는 개인 사업을 하면 좋을까? 소속된 직업이 좋을까 또는 자유직업이 좋을까? 사무직이 좋을까 또는 영업직이 좋을까? 내근직이 좋을까 또는 외근직이 좋을까? 전업주부가 되는 것이 좋을까 또는 경제사회활동을 하는 것이 좋을까? 끝까지 전업주부가 될 수 있을까 또는 중간에 돈 벌러 나가게 될까? 결혼을 일찍 하면 좋을까 또는 늦게 하면 좋을까? 결혼생활을 계속 하는 것이 좋을까 또는 이혼을 하는 것이 좋을까? 첫 번째 배우자가 좋을까 또는 두 번째 배우자가 더 좋을까? 사별을 당하게 될까 또는 이혼을 당하게 될까? 보험에 가입해 두는 것이 좋을까 또는 가입하지 않는 것이 좋을까? 질병보험에 가입하는 것이 좋을까 또는 상해보험에 가입하는 것이 좋을까? 유산상속을 받을 수 있을까 또는 받을 수 없을까? 후계자로 나아갈 수 있을까 또는 나아갈 수 없을까? 후계자로 나아가는 것이 좋을까 또는 자주독립하는 것이 좋을까? 후계자로 성공할 수 있을까 또는 성공할 수 없을까? 자식에게 유산을 남겨주는 것이 좋을까 또는 남겨주지 않는 것이 좋을까? 자식에게 유산을 남겨 줄까 또는 사회에 환원할까? 자식에게 돈을 줄까 또는 자주독립심을 줄까? 부동산에 투자할까 또는 주식에 투자할까? 상가에 투자할까 또는 아파트에 투자할까? 건물을 보고 투자할까 또는 땅을 보고 투자할까? 직접 주식에 투자할까 또는 간접 펀드에 투자할까? 지금 하면 좋을까 또는 다음에 하면 좋을까? 이 사람을 만나면 좋을까 또는 저 사람을 만나면 좋을까? 지금 시작하면 좋을까 또는 다음에 하면 좋을까? 언제 어떻게 하는 것이 가장 좋을까?

등등 한평생을 살면서 우리는 끝없는 선택을 해야 합니다.

이러한 선택을 해야 할 경우에 반드시 ① 복(福)이 있는지 또는 없는지 ② 운(運)이 좋은지 또는 나쁜지 ③ 운세가 강한지 또는 약한지 ④ 수명이 장수할 것인지 또는 단명할 것인지 ⑤ 타고날 때에 빈 · 부 · 귀 · 천 어느 쪽 운명(運命)으로 타고났는지 정도는 반드시 알고서 선택을 잘해야 성공 출세를 하고 부자가 되고 행복할 수 있습니다.

머리가 좋다고 해도 또는 욕심이 많다고 해도 또는 노력을 열심히 한다고 해도 운명을 모르거나 운(運)이 나쁘거나 수명이 짧으면 아무것도 성취할 수 없습니다.

지금 이 시간에도 많은 젊은이와 사람들이 사고를 당하거나 또는 죽음을 당하고, 손해를 당하고, 투자사기를 당하고, 실패를 당하고, 불치병에 걸리고, 이혼을 당하고, 또한 노숙자로 전락되어 거리로 내몰리고 있습니다.

인생살이의 실패를 당하지 않으려면 자기 자신의 타고난 운명과 운(運)을 제대로 알아야 함을 분명히 충고드립니다.

오늘날처럼 불확실 시대에서 살아남으려면 운명과 운(運)을 알고 예측을 해내야 하며 목표와 계획에 따른 전략적 생각과 전술적 행동이 꼭 필요하다는 것을 분명히 가르쳐드리는 바입니다.

우리는 인생을 살아가면서 수많은 선택을 해야 합니다.

수많은 선택 중에서 가장 중요한 선택은 결혼과 혼인입니다.

결혼은 정말로 일생일대의 가장 중요한 선택입니다.

결혼을 잘하면 자기 인생의 절반은 성공하는 것이 되지만, 결혼을 잘못하면 자기 인생의 절반 이상이 고통받고 고생하고 불행하게 되기 때문에 삶을 실패하게 됩니다.

특히 여성에게는 결혼을 잘하고 또는 잘못하고의 차이가 자기 인생 성패의 80~90%까지 차지합니다.

이렇게 중요한 결혼 선택을 아무렇게나 결정한다면 정말로 어리석고 무모하다고 할 수밖에 없습니다.

머리핀 한 개를 사면서도 이리저리 따져보고 고르면서 자기 인생의 가장 중요한 결혼을 선택하면서 자기 자신이 태어날 때 타고난 자기의 결혼운도 알아보지 않거나, 또한 잘살 것인지 못살 것이지 궁합도 알아보지 않는다면 자기 인생에서 가장 큰 실수를 범하게 될 수도 있음을 분명히 충고드립니다.

이 세상에는 수많은 지식과 정보들이 있습니다.

수많은 정보들 중에서 '운명정보'가 가장 중요하다고 생각합니다.

귀중한 삶을 살면서 운명에 관한 정확한 정보를 미리 알고 있으면 선택 결정을 하는데 많은 도움이 될 것이라고 확신을 합니다.

이 글을 읽고 있는 여성들에게 진심으로 말하고 싶습니다.

우리의 삶은 성인이 되어 결혼을 하고부터의 삶이 진짜 삶입니다.

진짜 삶이라 할 수 있는 결혼생활이 불행하거나 실패한다면 시집을 잘 가기 위한 노력들 즉, 남자와 남편에게 예쁘게 보이려고 얼굴 성형수술을 한들, 유방 확대수술을 한들, 대학 졸업장과 학사·석사·박사 학위를 가진들 다 무슨 소용이 있겠습니까?

여성들은 태어나면서 타고난 각자의 사주팔자에 '결혼운'을 미리 정확히 알고 있어야 하고, 배우자감을 만나면 반드시 '궁합'도 보아야 함을 분명히 가르쳐드립니다.

특히, 혼인과 결혼을 선택할 경우에는 반드시 양쪽 집안의 '핏줄내력' 도 잘 살펴야 함을 또한 가르쳐드립니다.

핏줄내력을 살필 경우에는 ① 대체로 수명이 장수하는 집안인지 또는 단명 하는 집안인지? ② 직계 가족 중에 난치병 또는 불치병으로 죽은 사람이 있는지? ③ 직계가족 중에 현재 신체와 정신이 이상한 사람이 있는지? ④ 직계가족 중에 교통사고 · 화재사고 · 추락사고 · 익사사고 등등 비명횡사로 죽은 사람이 있는지? ⑤ 직계가족 중에 자살로 죽은 사람이 있는지? ⑥ 직계가족 중에 사기꾼 · 술꾼 · 도박꾼 · 바람둥이 등등이 있는지? ⑦ 직계가족 중에 젊은 홀아비 · 젊은 청상과부 · 이혼자 등등이 있는지를 반드시 잘 살펴야 합니다.

상대 배우자의 직계 조상부모가 그러할 경우 그 자녀도 그렇게 될 가능성은 70% 정도가 되고, 자기의 전생업보다 핏줄업이 더 많이 영향을 받으면 그 자녀도 그렇게 될 가능성이 99% 정도까지 나쁘게 된다는 진실을 가르쳐드립니다.

이 얼마나 무서운 운명작용이론의 운명정보제공입니까?!

지금 이 글을 읽고 있는 독자분은 행운을 만난 것입니다.

수많은 책들 중에서 이 책을 만난 것은 정말 행운입니다.

지금 이 글을 읽고 있는 독자분께서는 자기 자신과 자녀의 타고난 운명(運命)을 반드시 꼭 한 번 점검해 볼 필요가 있음을 가르쳐드립니다.

금생(今生)에 사람으로 자기가 태어날 때 전생업이 강한지 또는 핏줄업이 강한지 분명히 알아둘 필요가 있고, 복(福)을 타고 태어났는지 또는 업(業)을 타고 태어났는지 분명히 알아둘 필요가 있음을 거듭 충고드립니다.

사람 각각 개인의 결혼운은 자기 전생의 업작용과 자기 부모 핏줄의 업작용의 하늘법칙으로 태어날 때 정확히 타고납니다.

자기 자신의 타고난 운명에 결혼운이 조혼운으로 나타나 있으면 일찍 결혼을 하면 좋고, 만혼운으로 나타나 있으면 늦게 결혼을 하면 좋습니다.

또한 점쟁이가 늦게 결혼을 하라고 충고해 줄 경우는 결혼운이 나쁘게 타고난 사람이기 때문에 늦게 해야만 더 좋으니 반드시 참고할 줄 알아야 합니다.

각각 사람 개인의 결혼운은 태어날 때 정확히 타고납니다.

사주팔자 운명 속에 결혼운이 재혼살 또는 중혼살로 나타나 있으면 반드시 두 번 결혼을 하게 되고, 청상과부살로 나타나 있으면 젊은 나이에 남편을 잃고 청상과부가 되고, 고독공방살로 나타나 있으면 빈방을 홀로 지키게 되니 고독하게 됩니다. 그리고 창녀살로 나타나 있으면 화류계로 나아가 몸뚱이를 팔게 되고, 도화살로 나타나 있으면 끼가 많아 방종방탕을 하게 되고, 결혼운때를 어기거나 혼기를 놓치게 되면 반드시 불행하게 됩니다. 또한 이부종사할 사람이 일부종사를 하거나 일부종사할 사람이 이부종사를 하면 오히려 불행하게 되기도 합니다.

이처럼 결혼운을 나쁘게 타고난 사람과 결혼운때를 어긴 사람은 궁합을 아무리 잘 맞추어도 불행하게 되고, 또한 결혼운을 나쁘게 타고난 사람이 궁합까지도 나쁘면 반드시 결혼생활이 불행하게 된다는 것을 분명히 가르쳐드립니다.

또한 그 사람의 타고난 결혼운을 정확히 모르고 궁합만 봐주면 그 궁합은 반드시 빗나가게 된다는 진실도 거듭 가르쳐드립니다.

지금까지의 궁합 보는 방법은 엉터리가 많았습니다.

궁합을 틀리지 않으려면 반드시 각각 개인의 타고난 결혼운(運)과 핏줄내림운(運)까지 자세히 살피고, 속궁합까지 잘 살펴서 '종합운명감정'을 한 후 정확히 판단 내려야 함을 진심으로 가르쳐드리는 바입니다.

지금 이 글을 읽고 있는 독자분들은 정말로 명심해야 합니다.

사주팔자 운명은 절대로 속일 수 없고, 빗겨갈 수도 없고, 빗나가지도 않기 때문에 인생살이는 행여나 또는 혹시나 하는 요행은 절대로 통하지도 않고 통할 수도 없다는 것을 밝혀드립니다.

우리는 인생살이 중 가장 중요한 선택이라고 할 수 있는 결혼을 잘해야만이 진정으로 성공·출세·행복할 수 있습니다.

결혼을 정말로 잘하려면 이 세상에 태어나면서 자기의 운명으로 타고난 결혼운을 미리 정확히 알고 있어야 하고, 궁합을 꼭 맞춰보아야 하고, 남녀 두 사람의 직계 조상 핏줄내림운까지 그리고 미래의 자녀운과 자식복까지 정확히 예측해야 함을 분명히 강조합니다.

우리는 모두 각각 개인의 타고난 운명과 운(運)흐름을 정확히 알고 있어야 운명에 대한 전략을 세울 수 있고 준비와 대비를 잘할 수 있음을 거듭 강조합니다.

삶을 잘 살아가려면 반드시 준비와 대비를 잘해야 합니다.

그렇습니다.

이 모든 것을 자세히 정확하게 알고자 하는 사람은 실력과 능력을 갖춘 운명전문 도사(道士)를 찾아가 평생에 꼭 한 번 '운명감정'을 받아 둘 필요가 있음을 진심으로 가르쳐드리는 바입니다.

"인생살이는 사후대책보다는 사전준비가 중요합니다."

사랑하는 나의 독자분들은 이제부터 자기 자신의 미래 앞날을 위해서 자신의 타고난 운명과 운(運)을 미리 정확히 알아내고, 그리고 ① 목표 ② 계획 ③ 실행이라는 사고방식의 전략적 생각으로 반드시 성공 출세 부자가 되어 행복하시길 진심으로 기원드리는 바입니다.

이 글을 읽고 있는 독자분들은 이제부터 생각을 바꾸십시요!

당신이 누구이든 또는 무엇을 하든지간에 이제부터는 반드시 ① 목표 ② 계획 ③ 실행이라는 삶의 방법으로의 '전략형 인간' 이 되어야 함을 강조합니다.

잠시 읽는 것을 멈추고 따라해 보십시요!

입으로 소리를 내어 수십 번씩 또는 수백번씩 반복을 하면서 자기 자신에게 자기 암시를 시키십시요!

전략형 인간이 되자.

전략형 인간이 되자.

전략형 인간이 되자….

이제부터는 반드시 미래 전략형 인간이 꼭 되어야 합니다.

반드시 전략형 인간이 되어야 성공 출세를 할 수 있고 부자가 될 수 있으며 행복을 누릴 수 있습니다.

정글법칙의 무한경쟁사회에서 살아남고 또한 더욱 잘살려면 정확한 미래예측과 전략형 인간이 되어야 함을 분명히 가르쳐드립니다.

반드시 전략형 인간이 되시길 거듭 충고드리는 바입니다.

제21장
내 가슴에 왕(王)자 부적을 넣는다

다시 천등산 산(山) 속의 상황현실로 들어갑니다.

나는 오늘도 어제처럼 옹달샘에서 물 한 그릇 떠와 돌 제단 위에 정한수를 올리고, 촛불을 켜고, 동서남북 사방으로 시계방향 오른쪽으로 돌면서 절 한 번씩을 올립니다.

토굴 안으로 들어와 커다란 투명창문을 사이에 두고 토굴 속에서 돌탑과 돌 제단을 향해 정성스럽게 큰절 3번을 올리고 기도공부를 하기 위해 조용히 방석 위에 앉습니다.

두 다리는 오므려 포개어 가부좌로 앉고, 허리는 쭉 펴서 반듯하게 세우고, 두 손은 마주 포개어 배꼽 아래 단전 앞에 두고, 두 눈은 지그시 감고, 마음은 편안히 하고, 호흡은 처음에는 깊고 길게 하다가 차츰 고르게 하고, 생각은 눈썹과 눈썹 사이의 명궁 앞이마와 우주 공간에 두고, 의식을 가만히 가라앉힙니다. 몸과 마음 그리고 의식이 아주 편안해지면서 고요해집니다.

점점 더 깊이 명상기도에 집중하면서 몰입해 들어갑니다.

하늘의 천기(天氣)를 직통으로 통하며 내 몸속의 기혈이 모두 일시에 뚫리기 시작합니다.

천기(天氣)가 기경맥을 타고 내 몸속으로 들어오면서 손끝과 발끝 그리고 머리끝에서부터 몸의 중심쪽으로 찌르르-하고 강하게 흘러들어 옵니다.

고감도의 전율이 쫙-하고 온 몸에 퍼집니다.

명궁 앞이마가 멍-해지면서 뜨거워집니다.

몸뚱이가 공중에 붕- 뜨는 무중력을 느낍니다.

엄청난 기(氣)흐름의 쾌감과 황홀감이 찾아옵니다.

한바탕 기(氣)흐름의 소용돌이 반응이 끝나면서 무한대의 고요정적으로 이어지고 이내 시간과 공간이 없어집니다.

나는 이제 초월명상(超越瞑想)에 들면서 내 의식체는 자유로이 경계의 벽을 뚫고 신(神)들의 세계로 들어갑니다.

처음 산(山) 기도를 시작할 때는 이 과정이 엄청나게 힘이 들고 오랜 세월이 걸렸지만, 한 번 벽을 뚫고 나서부터는 세월이 흐르면서 경험을 통한 요령이 생겨 이제는 간단히 초월명상에 들 수가 있습니다.

나는 지금까지 7년 동안의 산(山) 기도로 천기(天氣)공부를 마무리하기 위해 신(神)들의 세계로 들어갑니다.

오늘은 산신령님이 여느 때와는 다른 모습을 하고서 근엄하게 먼저 말씀을 하십니다.

"제자야! 오늘은 천지인(天地人)의 삼합일로 특별한 날이니 이곳 천등산에서 천년에 한두 번 정도 일어나는 이상한 현상이 발생할 것이니라. 오늘 공부는 쉬도록 할 테니 돌아가서 오시(낮 12시경)에는 정신을 바짝 차려야 할 것이니라."

이렇게 말씀을 하시고는 그냥 사라져버리십니다.

나는 초월명상을 풀고 토굴 밖으로 나옵니다.

하늘을 올려다보면서 천기(天氣)를 직접 살피니 서쪽 하늘에서부터 시커먼 검은 구름이 서서히 몰려오고 갑자기 바람이 불기 시작합니다.

점점 더 검은 구름이 하늘을 덮고 바람이 거세게 불어닥칩니다.

이젠 하늘이 온통 검은 구름으로 뒤덮이고, 바람은 더욱 거세게 불면서 돌풍으로 변합니다.

나는 산신령님께서 천년에 한두 번 정도의 이상한 현상이 일어날 것이라고 해서 내 몸뚱이를 토굴 밖의 커다란 소나무에 밧줄로 단단히 묶고, 계속 하늘을 올려다보면서 직접 천기(天氣)를 관찰합니다.

산(山) 전체가 어두운 밤처럼 캄캄해집니다.

하늘을 올려다보고 있는 내 몸뚱이에 소름이 돋으면서 정체불명의 두려움을 느끼고 천지(天地)가 온통 정체불명의 공포로 휩싸입니다.

하늘과 땅 그리고 산(山) 전체가 어두운 밤처럼 더욱 캄캄해지면서 무엇인가 금방 터질 것만 같습니다.

이윽고, 서쪽 하늘에서 번갯불이 번쩍-하고 빛을 내더니 잠시 후 천둥소리가 우르르 꽝-하고 천지가 뒤흔들리는 뇌성이 칩니다. 그러자 곧 후드득- 소리와 함께 굵은 빗방울이 퍼붓더니 금세 폭풍으로 돌변합니다.

나 홀로 살아가고 있는 첩첩산중 깊은 산(山) 속인지라 덜컥 겁이 납니다.

서쪽 하늘에서 시작한 번갯불과 천둥소리가 점점 가까워오더니 이젠, 바로 머리 위에서 번갯불이 또 번쩍-하면서 엄청난 큰소리의 천둥소리가 머리 위에서 우르르 꽝-하고 천지를 뒤흔듭니다.

거세게 불어대던 폭풍이 난데없이 회오리바람 기둥을 만듭니다.

회오리바람 기둥은 공포의 화신처럼 무엇이든 닥치는 대로 하늘 높이 빨아올리면서 파괴를 합니다.

커다란 소나무에 밧줄로 묶여있는 내 몸뚱이가 소나무와 함께 요동을 치는가 싶더니 움막집 토굴을 하늘 높이 빨아올려서 날려버리고 옹달샘 물을 하늘로 빨아올립니다.

하늘과 옹달샘 사이에 회오리바람 용오름현상의 물기둥이 하늘 높이 생기면서 천년 동안이나 옹달샘 속에 살고 있다던 커다란 구렁이가 물기둥을 타고 하늘로 승천을 합니다.

하늘의 번개신(神)과 천둥신(神)이 번갯불과 천둥소리로 땅의 업구렁이신(神)이 하늘에 못 올라오도록 막아섭니다.

천년 묵은 업구렁이신(神)은 두 갈래의 혀끝에서 불을 내뿜으며 하늘로 승천하려고 서로 싸움을 벌이고 있습니다.

(필자는 신안(神眼)으로 천둥 번개와 폭풍 토네이도 속에서 성난 신령들의 모습을 생생히 보았고 지금도 늘상 봅니다.)

사생결단으로 하늘과 땅의 신(神)들이 싸우고 있습니다.

낮 오시가 지나가면서 업구렁이신(神)이 힘에 밀리고 있습니다. 하늘과 옹달샘 사이에 하늘높이 만들어진 회오리바람 물기둥 용오름을 타고 하늘로 승천을 하려던 업구렁이신(神)이 피눈물을 뿌리면서 서서히 땅으로 떨어지고 맙니다.

구렁이가 하늘로 승천을 하려면 또다시 천년을 기다려야 합니다.

구렁이가 신(神)들끼리의 싸움에서 패하자 천둥·번개·비바람이 모두 잠잠해지기 시작합니다.

나는 날씨가 개이자 커다란 소나무에 묶여있는 밧줄을 풀고 옹달샘으로 달려갑니다.

옹달샘 가까이 가니 옹달샘 속에 살고 있는 업구렁이신(神)이 깊숙이 모습을 감추고는 기진맥진한 음성으로 말씀을 건네옵니다.

"제자야! 천년 동안의 내 소원 한 가지만 들어주겠는가?"

"업구렁이신이여! 말씀을 해주실런지요?"

"옛날 옛적에 지존이라고 하는 나한(羅漢)이 나를 구렁이로 만들어서 이곳 옹달샘에 가두어놓고 옹달샘 옆의 큰 바위 밑에다 부적비방을 해 두어서 아직까지 하늘로 승천을 못하고 있느니라. 옹달샘 옆 큰 바위 밑에 비방으로 해둔 그 부적을 파내어 없애 줄 수 있겠는가?"

"나한님이 그렇게 하셨다면 무슨 연유가 있을 텐데 그 연유를 가르쳐주실런지요?"

"제자야! 나는 옛날 옛적에 이 고을에서 제일 부자였느니라. 그때 절에 계신 도(道)가 높은 지존이라는 나한이 부자가 가난한 사람들을 위해서 베풀지도 않고 또한 착한 일 선행도 하지 않는다고 내가 죽는 날 나를 잡아다가 이렇게 구렁이로 만들어 이곳 옹달샘 속에 가두어놓았느니라. 그동안 이곳에서 천년을 살면서 도(道)닦고 산(山) 기도하는 신(神) 제자들에게 신통력과 재물 재수를 베풀면서 인간으로 살 때의 욕심부리고 잘못한 죄를 많이 뉘우쳐왔느니라."

"천년 동안이나 벌을 받고 또한 많이 뉘우치고 착한 일을 많이 베풀었다고 하셨으니 이 산(山) 주인이신 산신령님께 여쭙고 나서 판단을 내리겠습니다."

옹달샘에서 업구렁이신(神)과 대화를 나누고 있는 사이 이미 산신령님께서 오셔서 말씀을 들으며 지켜보고 있습니다.

나는 천등산 산신령님께 여쭙습니다.

"산신령님! 옹달샘 속에 살고 있는 업구렁이신(神)의 부탁을 들어줘도 되는지요?"

"제자야! 이제는 들어줘도 되느니라. 그동안 신통력을 가진 큰 제자를 찾기 위해 오랜 세월 동안 이곳에서 기다려왔느니라."

나는 다시 업구렁이신(神)께 여쭙습니다.

그리고 업구렁이신(神)은 특히 재물을 다스린다고 했으니, 나는 이참에 신(神)과 거래를 한 번 해보려고 합니다.

사람은 어떤 존재하고든 또는 누구하고든 협상과 거래를 잘할 줄 알아야 성공 출세 부자가 될 수 있습니다.

나는 감히 신(神)과 거래를 벌입니다.

"업구렁이신이여! 옹달샘 옆 큰 바위 밑에 비방을 해둔 부적을 꺼내어 없애주면 나에게 큰 것으로 무엇을 주실런지요?"

"제자야! 이 세상에서 최고의 신통관상술과 큰 재물을 얻을 수 있는 재수를 주겠노라. 하지만 한 가지 조건이 있으니 도(道)를 공부하는 제자는 절대로 재물을 쫓지 말고 재물이 부수입으로 따라오게끔 하고 또한 신(神)들이 재수로 준 재물은 착한 일에 쓰도록 해야 할지니, 제자가 그렇게 하겠다고 약속을 하면 이 업구렁이신(神)도 약속을 하겠노라."

"약속을 드리겠습니다. 비방을 해둔 부적은 어떤 모양인지 그리고 꺼내서 어떻게 하면 되는지요?"

"비방을 해둔 부적은 금(金)으로 되어 있으며 부적의 앞면에는 구렁이를 가두는 능력의 글자가 새겨있고, 뒷면에는 특수한 능력을 발휘하는 글자가

새겨있느니라. 앞면의 글자는 바위에 갈아서 없애버리고, 뒷면의 글자는
제자의 앞가슴에 똑같은 모양으로 새겨 넣도록 하여라!"

"부적 뒷면에 새겨진 글자는 무슨 글자이고 또한 어떤 능력이며 그리고
어떻게 사람의 가슴에 똑같은 모양으로 새겨 넣으라는 말씀이신지요?"

"우주만물의 기운(氣運)과 신(神)을 움직일 수 있는 특별한 기호와 함께
임금 왕(王) 글자가 새겨진 부적이니라. 똑같은 모양으로 제자의 앞가슴에
새겨 넣어야 할지니 그 방법은 부적을 꺼내어주고 나면 스스로 그 답을 얻
을 수 있을 것이니라."

"숨겨둔 부적을 꺼내어주면 이후에 업구렁이신(神)께서는 어떻게 되는
지 말씀해주실런지요?"

"또다시 수백 년을 기다려 천지인(天地人) 삼합 날짜에 하늘로 승천하게
될 것이니라. 비방을 해둔 부적의 힘으로부터 풀려나면 그렇게 될 수 있느
니라. 그리고 훗날 제자가 이곳 천등산을 하산(下山)한 후에도 가끔씩 이
곳 천등산 옹달샘을 찾아오면 찾아올 때마다 한 가지씩 꼭 재수를 줄 것이
니라."

"그 모든 말씀들이 틀림이 없는지요?"

"신(神)들은 거짓말을 하지 않느니라."

"잘 알겠습니다."

나는 업구렁이신(神)과 약속을 다짐받고나서 옹달샘 옆 큰 바위 밑을 괭
이로 파기 시작합니다.

산신령님이 증명을 서주시고 또한 옆에서 가르쳐주십니다.

어른 키만큼의 깊이로 땅을 파니 바위 밑에 네모로 생긴 조그마한 돌 상
자가 나타납니다.

돌 상자를 꺼내어 뚜껑을 열어보니 어린아이 손바닥만한 크기의 금(金)으로 만든 둥그런 판 모양의 부적이 들어있습니다. 실제로 확인이 되니 너무나 놀랍습니다.

이 부적 하나가 욕심 많은 부자를 구렁이로 만들어버리고 또한 천년 동안이나 가두어 둘 수 있다니 말입니다.

나는 업구렁이신(神)이 가르쳐준 대로 그 부적의 앞면을 바위 돌에 갈고 갈아서 부적 글자를 지워버립니다.

부적 글자를 지워버리자 옹달샘 속에서 황금색 금두꺼비들이 뛰어나오더니 내 몸에 마구 달라붙습니다.

나는 금두꺼비들에게 말을 건넵니다.

"금두꺼비들은 누구이고 무슨 연유로 이렇게 옹달샘 속에서 뛰어나와 내 몸에 달라붙는가?"

"우리들은 업두꺼비들이고 업구렁이신(神)이 이제부터 제자를 따라다니면서 재수를 도와주라고 해서 도와주려고 그러는 거야."

나는 참으로 신기하기도 하구나 하고 생각하면서 어떻게 해야 부적 뒷면에 새겨진 임금 왕(王) 글자 부적을 똑같은 모양으로 내 가슴에 새길 수 있을까 하고 여러 날 동안 궁리를 합니다.

신(神)들의 싸움 통에 날아가 버린 토굴의 지붕 수리를 다 끝내고 오늘도 토굴 안에서 방석 앞에 놓아둔 부적을 또 바라보고 있습니다.

그런데 이상한 일이 눈앞에서 벌어지고 있습니다.

두꺼비들이 금(金)으로 만들어진 손바닥 크기 만한 둥그런 판 모양으로 생긴 부적을 등에 업고 또한 받쳐들고 하면서 돌 제단 위의 촛불이 켜있는 쪽으로 옮겨갑니다.

돌 제단 위에 촛불을 켜는 촛불방은 비바람이 불어도 촛불이 꺼지지 않도록 납작한 돌과 황토 흙 반죽으로 좌·우·뒤·윗면은 모두 막고 앞면 한쪽만 터놓았습니다.

여러 마리의 두꺼비들이 부적을 돌 제단 위로 옮기고 다시 촛불이 켜있는 윗면의 납작한 돌 위에 얹어놓습니다.

나는 그 광경을 계속 신안(神眼)으로 지켜보다가 드디어 답을 얻습니다.

"그렇지! 부적이 금(金)으로 되어 있으니까 불에 달구어 내 앞가슴의 살에 지지면 똑같은 모양으로 흉터가 생기면서 내 몸속에 그대로 새겨 넣을 수가 있겠구나!"

나는 천등산(天登山) 옹달샘 옆 큰 바위 밑에 천년 동안이나 숨겨놓은 금(金) 부적을 불에 달구어 내 앞가슴에 낙인을 찍듯 임금 왕(王) 글자 부적을 그대로 새겨 넣습니다.

천등산(天登山) 산신령님과 신(神)들이 지켜보는 앞에서 신(神)의 가르침대로 그대로 이행을 합니다.

이러한 모험적 행위는 신(神)과 신통력에 대한 내 스스로의 믿음과 신념을 확신하기 때문입니다.

필자는 이 글을 읽는 독자분들께 확신으로 말씀 드립니다.

스스로의 신념과 의지력은 엄청난 능력을 발휘하게 되고, 신(神)에 대한 믿음은 불가능을 가능케 한다는 것을!

"나는 할 수 있다. 나도 해 낼 수 있다"라고 자기 암시를 하면서 스스로의 신념과 의지력으로 도전을 하고 불타는 열정과 끝까지 버티는 끈기력을 가지면 이 세상 무엇이든 할 수 있고 또한 성공할 수 있습니다.

나약한 사람은 이 핑계 저 핑계를 구실 삼아 행동을 하지 않거나 또는 쉽게 포기를 합니다.

그러나 강인한 사람은 '그럼에도 불구하고' 라고 하면서 모든 어려움을 극복하고 성공을 합니다.

지금 이 글을 읽고 있는 독자분이여!

이제부터 당신은 어떤 사람이 되시겠습니까?

'그럼에도 불구하고' 라는 강인한 사람이 되시길 바랍니다.

(필자의 앞가슴 한복판에는 이때 천등산에서 새겨 넣은 임금 왕(王) 글자 부적이 현재까지도 선명하게 5cm 정도 크기로 남아 있음을 증명합니다.)

제22장

깊은 산(山) 속 옹달샘을 보호한다

계절이 또 바뀌어 산(山) 기도 생활 8년째입니다.

처음 입산(入山)할 때 산신령님께서 산(山) 기도 기간을 10년 정도라고 말씀하시더니 8년 전에 해주시던 그 말씀이 주변 환경변화를 볼 때 적중할 것 같습니다.

미래운명은 수십 년 전에 또는 수백 년 전에 또는 수천년 전에 이미 모두 예정되어서 예정된 운명의 프로그램대로 진행되고 있다는 신령님의 가르침이 점점 더 신뢰가 갑니다.

지금까지 신령님의 가르침은 모두 다 들어맞고 있습니다.

나는 신령님의 가르침에 따라 천기(天氣)를 공부하면서 모든 존재물의 이름과 그 이름에 따른 기운(氣運)작용도 배웠습니다.

내가 산(山) 기도공부를 하고 있는 이곳 천등산(天登山)의 이름을 풀이하면 '하늘로 오르는 산' 이란 좋은 의미와 뜻을 나타내고 있습니다.

이처럼 이름에는 그 이름에 따른 기운이 형성되고 또한 운명으로 정확히 작용한다는 것입니다.

그렇기 때문에 기업·회사·빌딩·상품·가게 등등의 이름을 짓는 '상호작명'과 사람의 이름을 짓는 '성명작명'은 굉장히 중요합니다.

이름은 처음 지을 때 정말로 잘 지어야 하고, 잘 지은 이름은 평생 동안의 기운(氣運)을 좋게 만들어갑니다.

사용하고 있는 이름이 나빠서 운이 나쁠 경우에는 반드시 '개운법'으로 즉시 개명을 해주어 좋은 이름으로 바꿔야 합니다.

그러나 사람얼굴의 골격형성이 완성될 쯤의 나이 14살 이상의 사람은 이름을 바꿔준다고 해서 운명이 바뀌는 것은 결코 아닙니다.

14살 이상 나이를 먹은 사람은 개명보다는 팔자 운명 속의 업살소멸 '개운법'이 더욱 효과적임을 가르쳐드립니다.

타고난 팔자 운명 속의 업살소멸은 도사(道士)만 도술법으로 소멸할 수 있고 도술이 없는 일반 점(占)쟁이는 업살소멸을 해내지 못합니다. 도사(道士)만이 도술로 업살소멸을 해낼 수 있다는 것입니다.

이름은 처음부터 잘 짓는 것이 중요하고 따로 불러주는 이름도 정말로 중요합니다.

예술인과 연예인의 예명이나 또는 스님과 무당의 법명을 짓는 것도 정말로 중요하니 반드시 잘 지어야 합니다.

(필자는 그동안 수많은 사람들의 운명감정을 해주면서 수많은 상호와 사람들의 이름을 지어주었고, 그리고 유명 예술인과 연예인 심○진, 김○수, 김○아, 김○희, 박○진, 이○연, 이○희, 송○아, 전○연, 최○지, 고○라 등등 수많은 유명인들의 '예명'을 지어주었으며, 영화배우 손예진의 예명도 지

어주면서 당시 매니지먼트회사에게 최고 유명 연예인이 될 것이니 잘 키우라고 정확한 예언까지 해주었음을 증명합니다.)

이처럼 이름을 잘 짓는 작명은 정말로 중요합니다.

특히, 오래된 옛 지명은 이미 그 이름에 따른 기운이 작용을 하고 있는 것이니 나는 이곳 천등산(天登山)에서 최고의 득도와 해탈을 이루고 반드시 하늘로 오르게 될 것입니다.

지금 이 글을 읽고 있는 독자분 중에 도(道)를 공부하는 사람이나, 신(神)을 공부하는 사람이나, 신(神)을 대상으로 깊은 신앙생활을 하고 있는 사람들은 이 책의 이야기 현장이고 또한 필자가 산(山) 기도 공부를 한 '전라남도 고흥군 도화면'에 소재한 천등산(天登山) 답사를 꼭 한 번 해보시길 진심으로 권유합니다.

고흥반도의 남쪽 남해안에 위치하고 있는 천등산(天登山)은 도화면·풍양면·포두면 등등 3개 면으로 나뉘어져 있고 산꼭대기가 그 분기점이 되고 있습니다.

그런데 이곳 천등산(天登山)이 산불예방과 철쭉꽃 관광지 개발이란 명분으로 도화면 신호리 탑사골과 풍양면 사동리 뱀사골 사이에 자동차가 통행할 수 있는 임도 산길이 뚫리고 있습니다. 현재는 공사를 하고 있는 모습이 직접 눈의 시야에는 보이지 않지만, 앞쪽 산골짜기 저 멀리 능선너머 아래편과 뒤쪽 산 고개 너머 저 멀리 반대쪽 아래편의 양쪽 끝에서부터 중장비들에 의해 나무들이 베이고 땅이 파헤쳐지는 모습들이 신안(神眼)으로 다 보입니다.

이로 인해 이곳 천등산(天登山) 산신령님께서 엄청 진노하고 계십니다.

나무들도 쓰러지면서 비명소리를 지릅니다.

산짐승들이 자기들의 생활터전을 침범한다고 시위를 합니다. 온갖 생물들이 일방적 파괴의 괴력에 총궐기를 합니다.

그렇지만 사람들은 이를 보지 못하고 듣지를 못하고 있습니다.

나는 너무나도 안타까움을 느끼고 있습니다.

이곳 천등산(天登山)도 다른 지역의 명산(名山)들처럼 개발바람이란 못된 바람이 불어 닥쳐 개발계획의 예정된 운명에 따라 자연훼손이 진행되고 있습니다.

천등산 임도 산길을 뚫는 공사가 여러 달을 지나니 이제 저 멀리 산골짜기 아래편에서 공사하는 모습이 시야에 보이기 시작합니다.

산신령님께서 나에게 잠시 산 아래편 공사현장에 내려가 산길의 방향을 다른 쪽으로 설계변경을 요구하라고 하십니다.

나는 산신령님께서 시키시는 대로 산 아래편 공사현장까지 내려갑니다.

한창 임도 산길을 뚫는 작업을 진행 중인 공사현장 사람들은 인적이 없는 깊은 산 속에서 원시인처럼 모습을 하고 나타난 내 모습을 보고는 기겁을 하고 작업을 모두 멈추는 것입니다.

나는 공사현장 책임자에게 나의 신분을 밝히고 임도 산길의 설계도면과 설명을 부탁하니 산신령님의 말씀대로 임도 산길이 옹달샘을 관통해서 산고개를 넘어가게 되어 있음을 확인합니다.

공사현장 책임자에게 산신령님의 말씀을 전달하면서 설계변경을 요구하니 이미 결정이 되어 공사가 진행 중이기 때문에 설계변경은 불가능하다고 합니다.

나는 산신령님의 진노와 옹달샘이 훼손되어 없어지게 되는 것을 어떻게든 해결하려고 궁리를 하면서 이런저런 얘기를 꺼내며 지혜를 발휘합니다.

'즉석에서 기적을 보여주면 관계기관과 공사시행자에게 보고가 들어가게 되고 또한 중간 설계변경도 가능하겠지' 라고 생각을 하면서 공사현장 책임자와 공사진행 중의 사고발생을 정확히 점(占)을 쳐주고 그로 하여금 스스로 설계변경을 하게끔 유도를 계획합니다.

내 모습이 원시 자연인처럼 머리칼과 수염은 기다랗고 다 헤져 꿰맨 옷을 걸치고 눈은 상대를 꿰뚫는 도사(道士)의 모습이니 정색을 하면서 점(占)을 쳐줍니다.

"공사현장 책임자 당신의 얼굴을 보니 당신의 전생은 기술자였고 당신 아버지는 술병으로 죽었고 재산은 별로 없고 당신도 지금 술병에 걸려있구면, 맞습니까?"

"예! 맞습니다요. 그러면 앞으로 어떻게 살아야 잘살겠습니까?"

"당신은 전생과 핏줄 그리고 운명을 볼 때 현재하고 있는 기술자 직업이 가장 적합하고 당신의 수명은 59세까지이고 결국 술병으로 죽게 될 것입니다. 아버지가 술병으로 죽었고 당신도 술병으로 죽으면 당신 아들도 술병으로 죽게 될 것입니다. 당신의 운명은 그렇게 되어 있기 때문에 당장 생명보험에 가입을 해두고 술을 끊고 마음공부를 하면서 선행공덕을 쌓아야 합니다. 그렇게 할 수 있겠습니까?"

"예! 그렇게 하겠습니다. 그러나 술은 워낙 좋아해서 알코올중독까지 되면서도 끊지를 못하고 있으니 어떻게 하면 되는지요?"

"그것은 술병으로 죽은 당신 아버지의 핏줄내림현상으로 핏줄동기감응작용으로 나타나기 때문이니, 당신 자신이 강한 의지로 당장 술을 끊든지 아니면 술병으로 죽은 당신 아버지 혼령을 해원천도와 영혼치료를 동시에 해주든지 양자택일을 꼭 해야 만이 해결이 될 것입니다. 자기 자신과 자식을 위한다면 핏줄나쁜운내림현상은 반드시 해결을 해야 할 것입니다."

"예! 잘 알았습니다. 꼭 그렇게 하겠습니다."

공사현장 책임자와의 얘기를 듣고 있던 건설 중장비 포클레인 기사가 곁에서 자기 운명도 좀 봐달라고 부탁을 해옵니다.

나는 포클레인 기사의 나이만 물어보고 신안(神眼)으로 그 사람의 얼굴을 보면서 점(占)을 쳐줍니다.

"포클레인 기사 당신의 얼굴을 보니 당신은 전생업살 때문에 성질과 성격이 너무 강해서 인간 덕이 없고 토목공사하러 다니면서 땅을 함부로 마구 파헤쳐서 동토살을 맞아 3년 전에 외동아들이 죽고 부인은 집 나가버렸구먼. 맞습니까?"

"예! 딱 맞습니다요. 그럼 앞으로 제 인생은 어떻게 되겠습니까?"

나는 포클레인 기사의 이름을 한 번 물어보고 신안(神眼)으로 그 사람의 얼굴을 보면서 답을 해줍니다.

"당신의 운명은 앞으로 혼자 독신으로 살게 되고 수명은 68세까지이고 욕심과 재물운은 가지고 태어나서 집문서를 3개씩이나 소유하게 되지만 외롭고 쓸쓸한 죽음을 맞이하게 될 것입니다."

"앞으로의 운명이 그렇게 되어 있다면 어떻게 하면 좋은지요?"

"당신은 전생업살 때문에 외로이 혼자가 되고 또한 성질과 성격이 강해서 그렇다고 했으니 당장 성질머리부터 고치고 항상 동토살을 조심하고 반드시 업장소멸을 해가야 할 것입니다."

"전생업살이 그렇게도 무서운 것입니까?"

"전생업살을 타고난 사람은 현생을 마칠 때까지 평생 동안 업살작용 때문에 고통과 고생을 당하게 되니 무서운 것입니다. 이것이 바로 인과응보의 정확한 법칙인 것입니다. 당장 성질머리를 고치고 선행공덕을 쌓아나가야 할 것입니다."

"예! 잘 알았습니다. 꼭 그렇게 하겠습니다."

나는 그 자리에서 즉석으로 공사현장 사람들의 운명을 봐주면서 포클레인의 포크 삽에 검은 혼령 군웅(軍雄)이 붉은 피를 흘리고 앉아 있는 모습을 신안(神眼)으로 보면서 우락부락하게 생긴 포클레인 운전기사에게 조심하라는 경고를 해줍니다. 그러면서 공사현장 책임자에게 결정적 쐐기를 박는 신수점(占)을 쳐줍니다.

"오늘로부터 3일 훗날 사시경에 포클레인이 뒤집히고 운전하던 기사는 몸을 크게 다치는 부상을 당하게 될 것입니다. 지금까지의 내 점(占)이 맞고 또한 3일 후의 사고발생 예언이 맞거든 당장 공사를 중지하고 관계기관과 공사시행자에게 그대로 보고를 해서 설계변경을 하도록 하십시요!"라는 말을 남기고 다시 산(山)을 올라옵니다.

그로부터 3일 후가 되었습니다.

산신령님께서 다시 산(山) 아래편의 공사현장에 내려가 보라고 하십니다.

나는 신안(神眼)을 열고 산 아래편을 우선 살펴봅니다.

미리 앞날의 점(占)을 쳐주었던 그대로 사고가 발생했습니다.

나는 산(山) 아래편의 공사현장으로 다시 내려갑니다.

공사는 중지되었고 양복차림의 사람들이 서너 명 와있습니다.

공사현장 책임자가 나를 보자마자 허겁지겁 뛰어오더니 급하게 말을 합니다.

"도사님이 예언을 해 주신 대로 중장비 포클레인이 큰 사고가 나서 운전기사는 몸을 크게 다쳐 고흥병원으로 급하게 후송되었습니다. 그래서 모든 상황보고와 함께 공사시행이 군청이기 때문에 군수님께서 직접 현장조사를 나오셨습니다."

나는 군수님과 인사를 나누고나서 확실한 믿음을 확인시켜 주고자 즉석에서 군수님의 운명을 한마디 말해줍니다.

"군수님의 얼굴을 보니 당신의 전생은 학자선비였고 또한 조상님 중에 높은 관직을 지낸 분이 있으니 관록을 타먹는 공직이 잘 맞고 나이가 57세 때에 틀림없이 장관에 오르게 될 것입니다. 그러나 처첩을 두고 살아야 할 운명이니 두 집 살림을 하게 되고 금번 총선에 출마하면 틀림없이 국회의원이 될 것입니다. 금번 총선에 출마를 해보시지요!"

군수님은 내 손을 덥석 잡더니 눈빛을 내면서 말을 합니다.

"도사님 말씀이 족집게처럼 꼭 맞습니다. 금번 총선에 출마를 하면 틀림없이 당선이 되겠습니까?"

"틀림없이 당선이 됩니다. 그리고 당신은 57세에 틀림없이 장관이 됩니다. 예정된 운명의 하늘 문서에는 당신의 이름 석 자 옆에 장관직이라고 기록되어 있고 당신의 얼굴모습이 빈부귀천으로 분류할 때 귀(貴)상이고 이마의 관록궁이 훤하게 빛나고 있습니다. 당신은 틀림없이 공직으로 출세를 하게 됩니다."

"도사님! 무엇이든 말씀을 해주십시요. 도사님의 청원은 다 들어드리겠습니다."

"천기의 비밀은 운때까지 또는 목적과 목표를 이룰 때까지 반드시 감추어 비밀을 유지해야 합니다. 당신에게 가르쳐준 당신의 미래운(運)은 당신 혼자만 알고 있어야 하며 철저한 준비와 대비를 잘해야 합니다. 그렇게 할 수 있겠습니까?"

"예! 꼭 그렇게 하겠습니다."

그러자 군수님을 따라온 수행원들이 자기들의 운명도 좀 봐달라고 부탁을 해옵니다.

나는 이렇게 만나는 것도 인연법이거늘 하고 생각하면서 신안(神眼)으로 한사람씩 그들의 타고난 운명을 잘 가르쳐줍니다.

그들은 나의 점(占)치는 능력을 지켜보면서 계속 감탄을 하고 또 감탄을 합니다.

나의 점(占)치는 능력에 감탄을 하고 있는 그들을 보면서 나는 다시금 삶의 보람을 느낍니다.

나는 오랜 세월만에 사람으로서의 보람을 느껴봅니다.

그리고 그 후, 천등산(天登山)의 자동차 임도 산길은 산 능선과 산골짜기를 구불구불하게 휘감아서 옹달샘 옆 작은 능선 저쪽 편으로 약 100m 거리를 두고 지나가게 되었습니다.

이로써 천년 동안 유지되어온 천등산(天登山) 산 속의 옹달샘을 지키게 된 것입니다.

천등산의 운명 속에는 이곳 옹달샘이 훼손되어지게 되어 있었습니다. 그러나 나쁜 쪽으로의 운명을 미리 알고 설계변경과 공사변경을 하도록 하여 옹달샘을 지키게 된 것입니다.

우리 사람들의 운명과 인생도 마찬가지입니다.

예를 들면, 활시위를 떠난 화살은 쏘는 방향으로의 운명을 진행하면서 분명히 공중을 계속 날아가게 됩니다. 그러나 공중을 날아가고 있는 그 화살에 또 다른 화살을 쏘거나 또는 막대기로 때리거나 하여 정확하게 어떤 힘을 작용하면 화살의 진행방향을 바뀌게 할 수 있다는 것입니다.

사람의 운명은 분명히 예정되어 있지만 또한 바꿀 수도 있습니다.

운명을 좋은 쪽으로 바꾸려면 예정된 자기의 운명과 운(運)을 미리 정확히 알아내야 합니다.

자기의 타고난 운명과 운(運)을 알아야 미래예측을 잘 할 수 있고, 미래예측이 정확히 들어맞을수록 더욱더 성공·출세·부자가 될 수 있고 그리고 행복하게 살아갈 수 있다는 것을 분명히 가르쳐드리는 바입니다.

이 글들은 사실이고 진실이며 또한 진리입니다.

필자는 이 책에 사실과 진실 그리고 진리만을 이야기 형식으로 기록하면서 진심 어린 마음으로 가르침을 주고자 합니다.

지금 필자의 이러한 글들을 읽고 있는 독자분은 정말 행운을 만난 것이고 또한 필자와 직접 만나게 되면 더욱 크고 더욱 값진 행운을 만나게 될 것입니다.

이 글들은 진실임을 밝혀드리는 바입니다.

제23장
우리 민족 동포들에게 호소를 한다

계절이 바뀌고 다시 봄이 되니 도(道)닦는 공부가 9년째로 접어듭니다.

나는 천등산(天登山) 탑사골 깊고 높은 산 속에서 나 홀로 도(道)를 닦으며 무위자연법으로 살아가고 있습니다.

나의 산 속 생활은 생기(生氣)를 먹고 살아가니 하루 이틀에 한 끼니만 생식(生食)을 하고도 잘 살아갑니다.

생식으로 한 끼니 먹고 한 번 명상에 들면 하루이틀 동안 그대로 삼매경에 빠져 초월명상에 들어있습니다.

요즘은 생시와 꿈속 그리고 평상시와 명상의 구분이 없고 또한 좌선(坐禪)과 행선(行禪)을 구분하지도 않습니다.

좋고 또는 싫음까지도 모두 다 초월하고 있습니다.

단순하고 간소하게 살면서 섭리와 순리에 따라갈 뿐입니다.

나는 이제 신안(神眼)과 영안(靈眼) 그리고 도안(道眼)과 혜안(慧眼)이 열린 눈으로 우주 자연 모든 존재물의 참모습을 볼 수 있습니다.

지난 과거와 미래 앞날을 볼 수 있고, 모든 존재물의 영(靈)과 직접 의사소통을 할 수도 있습니다.

특히, 모든 사람의 영혼모습을 직접 볼 줄 알기 때문에 그 사람의 전생과 현생 그리고 내생(來生)까지 모두 알 수 있습니다. 또한 얼굴 생김새 관상까지 직접 보면서 객관성의 자세한 운(運)까지 비교분석을 하기 때문에 보석감정사가 보석을 보면서 보석감정을 하듯 그 사람의 타고난 운명과 운(運)흐름까지 정밀분석을 해서 정확히 운명감정을 합니다.

나는 사람의 얼굴을 보면 눈을 통해서 그 사람의 영혼모습을 볼 줄 알기 때문에 전생(前生)을 알고, 전생(前生)을 볼 줄 알기 때문에 현생(現生)의 타고난 운명과 운(運)흐름을 정확히 알아 냅니다.

그 사람의 죽음과 내생(來生)까지도 모두 알 수 있습니다.

나는 가끔 예정된 운명이 기록되어 있는 비밀의 하늘 문서를 들여다보기도 하고 필요할 때는 유체이탈도 합니다.

나는 천등산(天登山)에서 두문불출 토굴생활 산(山) 기도공부를 9년째 계속하면서 스스로 도(道)를 닦아 도사(道士)가 되었습니다.

이젠 섭리와 순리에 따라서 무위자연법으로 살고 있습니다.

내가 도(道)를 닦고 있는 천등산(天登山)에 산불예방과 철쭉꽃 관광지 개발이란 명분으로 자동차가 통행할 수 있는 임도 산길을 뚫는 공사를 진행하던 중 사고가 발생하여 현장 포클레인 운전기사가 고흥병원에 입원을 한 후, 군수님과 군청 직원들이 찾아오게 되고 또한 내가 점(占)을 쳐준 사실이 여러 사람들을 통해 입소문이 돌면서 이 깊고 높은 산(山) 속까지 가끔씩 외부사람이 찾아옵니다.

어떤 사람은 이 깊고 높은 산(山) 속까지 걸어서 땀을 흘리며 찾아오기도 하고, 어느 사업가와 높은 공직에 있는 도지사님 그리고 도지사님의 친구인 어느 국회의원은 헬기까지 타고 깊고 높은 산(山) 속에 있는 나를 찾아옵니다.

그러더니 천등산(天登山) 산꼭대기 근처에 헬기장까지 만들어놓고 아예 단골로 찾아오곤 합니다.

이곳 천등산(天登山)에 자동차 임도 산길이 완공되자 삼사일에 한 명 정도 찾아오던 외부사람이 이젠 매일 두세 명씩 찾아옵니다.

이 깊고 높은 천등산(天登山) 8부 능선 옹달샘 토굴에서 나 홀로 수도수행을 하고 있는 도사(道士)를 찾아옵니다.

요즘은 찾아오는 외부사람들 때문에 수도수행생활에 방해를 많이 받고 있습니다.

그렇지만, 나는 산(山) 기도 천기공부는 이미 끝났고 또한 나의 신통력을 시험도 해볼 수 있기 때문에 인연법에 따라 고생스럽게 찾아오는 사람들을 거절하지는 않고 있습니다. 오히려 긍정적인 생각과 자비의 마음으로 많은 사람과 영혼들에게 가야 할 길을 가르쳐 줄 수 있어서 보람을 느낍니다.

그러면서 힘들고 고생스럽게 이 깊고 높은 산(山) 속까지 나를 만나보러 찾아오는 사람들이 자기 영혼의 전생과 자기 핏줄의 운(運)내림을 전혀 모르고 살아가고 있음을 확인합니다.

많은 사람들이 자기가 태어날 때 어떤 운명을 타고났는지도 모르고, 또한 자기의 운(運)이 어떻게 진행되고 있는지도 모르는 등등 운명작용이론을 전혀 모르고 살아가고 있음을 확인합니다.

그렇게 자기 자신의 운명과 운(運)도 모르고 살아가면서 갑자기 손해를 보고, 실패를 하고, 부도가 나고, 이혼을 당하고, 사고가 나고, 불치병에 걸리고, 죽고 하는 등등 억울함을 당하게 되니 눈뜬 장님 같고 귀머거리 같아서 너무나 안타까울 뿐입니다.

현재로서의 삶은 누구에게나 다 소중한 것입니다,

소중한 삶이기 때문에 정말로 잘살아야 합니다.

필자는 모든 사람이 다 성공·출세·부유함·무병장수 그리고 행복하기를 바라는 진심 어린 마음에서 이 글을 쓰고 그리고 책으로 널리 알려드리는 바입니다.

이 글을 읽고 있는 독자분은 이제부터 더욱 열린 마음으로 다른 분야의 지식과 다른 종교도 모두 포용할 줄도 알고 때로는 모두 초월할 줄도 알아야 합니다.

불필요한 배타성을 가진 사람과 자기 것만 옳다고 주장하는 사람은 그만큼 마음의 크기가 작은 사람입니다.

작은 마음을 쓰는 사람은 결국 작은 사람이 되고, 큰 마음을 쓰는 사람은 결국 큰 사람이 되니 마음을 크고 넓게 쓸 줄 알아야 합니다.

주인으로 사느냐 또는 노예로 사느냐 하는 것은 중요합니다.

이념과 종교에 구속을 당하여 마음과 영혼이 노예로 전락 될 것인가, 아니면 초월·자유하여 주인이 될 것인가 하는 것은 마음 쓰기에 달려있기 때문입니다.

죽은 후에 원한귀신이 되느냐 또는 안 되느냐 하는 것도 평소의 마음 쓰기와 죽음에 임할 때의 마음 준비에 달려 있습니다.

마음 쓰기에 따라 극락천국과 고통지옥을 뒤바꿀 수도 있습니다.

행복은 결국 마음먹기와 마음 쓰기에 달려 있습니다.

이 글을 읽고 있는 독자분은 이 시간부터 영원토록 마음공부도 함께 하시길 진심으로 충고 드리는 바입니다.

나는 지금 신안(神眼)과 영안(靈眼) 그리고 도안(道眼)과 혜안(慧眼)이 열린 상태이기 때문에 필요에 따라서 또는 생각의 집중만 하면 보이지 않는 모습을 볼 수 있고, 들리지 않는 소리를 들을 수 있고, 느끼지 못한 느낌을 느낄 수 있으니 무엇이든 알아낼 수가 있습니다.

나는 인간계와 신(神)계 또는 이승과 저승세계 양쪽 모두를 훤히 꿰뚫고 있습니다.

요즘의 나는 생각과 바램의 차원이 도사(道士) 또는 도인(道人)의 경지에서 헤아리게 되었습니다.

작고 낮은 차원에서 크고 높은 차원으로 바뀌게 되었습니다. 생각과 바램의 차원이 크고 높아지니 우리 모두와 중생들을 구제해야 한다라고 스스로 나 자신이 바뀌어 갑니다. 그래서 그런지 죽은 사람의 혼령들이 너무나 많이 보입니다. 어떤 때는 토굴 밖에 수백 명 또는 수천 명의 혼령들이 모여들어서 자기들의 원한 좀 풀어 달라고 하소연들을 해옵니다. 그들은 대부분 과거 일본의 점령 때 또는 6·25 한반도 남북전쟁 때에 억울하게 죽은 우리의 불쌍한 선조님들의 원혼들입니다.

내가 신령(神靈)계에까지 큰 신통력을 지닌 도사(道士)로 벌써 입소문이 났나봅니다.

나는 수많은 우리 민족 선조님들의 원한 서린 아우성과 하소연에 매일같이 시달리다가 힘이 들면 초월명상으로 들어갑니다.

초월명상 속에서 나의 자유의지에 따라 시·공을 초월한 유체이탈을 합니다.

하늘의 명기는 산(山)을 통하여 땅에 내리니 나는 요즘 유체이탈로 동양권의 신령스런 영산(靈山)인 히말라야·태산·화산·후지산 그리고 백두산과 지리산에 자주 다녀옵니다.

중국 북경의 자금성과 일본 동경의 황궁에도 다녀옵니다.

지구차원적 산(山)의 명기(明氣)를 받으러 다니기도 하고, 또는 국가차원적 기운(氣運)회복을 위해 다니기도 합니다.

과거 일본이 우리나라 한반도를 강점하면서 한반도 금수강산 산맥의 정기를 쇠말뚝으로 혈을 끊었듯이, 나도 내 손으로 일본 후지산의 정기를 끊으려고 쇠말뚝을 들고 쳐들어가기를 수없이 시도합니다. 하지만 그때마다 후지산 산봉우리에서 일본의 천황대신과 대일여래불 그리고 정체불명 검은 모습의 고승(古僧)이 앞을 가로막습니다. 나는 번번이 실패를 하지만 시도를 하고 또 시도를 하고 또 시도를 합니다.

(필자는 훗날에 실제로도 비행기를 타고 일본으로 건너가 일본 국내에서 쇠말뚝 3개를 준비해 후지산을 정상까지 몰래 올라간 적이 있습니다. 흰 눈 덮인 후지산 산봉우리에서 흰 눈을 파헤치고 땅속에다 쇠말뚝 3개를 처박고 산을 내려오려고 하는데 실제로도 후지산의 천황대신과 대일여래불 그리고 정체불명 검은 모습의 고승(古僧)이 내 다리의 혈을 누르고 놓아주질 않았습니다. 그래서 꼼짝을 못하고 얼어죽을 것 같아 어쩔 수 없이 통한의 협상으로 기혈의 손상만 입고 눈물을 흘리면서 후지산을 내려온 사실이 있음을 증명합니다.)

이러한 행위는 큰 신통력을 지닌 도사(道士)와 상극적 관계에 있는 나라신(國神)들 간의 기(氣)싸움입니다.

나는 이러한 행위들을 체험하면서 우리나라의 나라신(國神)과 나의 도력

(道力)이 아직도 부족하고 약함을 뼈저리게 실감을 합니다.

나는 일본국신(神)을 이길 수 있을 때까지 계속해서 도력과 법력을 더 쌓아 나아갈 것입니다.

나의 신념은 죽어서까지라도 꼭 이룩할 것입니다.

나는 이제 도사(道士)로서의 큰 목표를 정하고 현재의 상태에서 내가 해야 할 일부터 또한 내가 할 수 있는 일부터 실행을 합니다.

필자가 초월명상 중에서도 실제 행동으로도 일본과 후지산의 신(神)을 이기지 못한 것이 뼛속깊이 통탄을 합니다. 그것은 우리나라의 나라신(國神)의 힘이 약해서임을 스스로 인정하기 때문입니다.

이렇기 때문에 울분의 심정으로 부르짖고 또 부르짖고 싶습니다.

필자는 이 책을 통하여 7천만 우리 민족 동포들에게 간절한 마음으로 호소를 하고자 합니다.

우리도 이제는 제발 우리의 것이 소중함을 깨달아 자기 자신이 종교신앙으로 섬기는 신(神)과 함께 우리나라의 나라신(國神)인 민족신(民族神)과 선조신(先祖神) 즉, 하늘 천륜의 법칙인 우리 민족의 시조, 자기 성씨의 시조, 위대한 공적을 남기신 위인과 호국장군 등등의 조상(祖上)님도 함께 잘 섬기자고 우리 민족 동포들에게 피눈물로 간절히 호소드립니다.

우리나라 주변의 강대국인 일본과 중국 그리고 미국은 자기 나라의 조상신을 너무나도 잘 섬기고 있습니다.

조상신을 잘 섬기니 조상신의 도움으로 더욱 강해지는 것입니다.

우리도 우리의 조상신(祖上神)을 잘 섬기면 분명히 강해질 수 있고, 강해지면 부자 나라가 될 수 있습니다.

땅에서 강하면 하늘에서도 강해지고, 하늘에서 강하면 땅에서도 강해집니다.

"신(神)들은 섬김을 받을수록 더욱 강해지고, 핏줄을 통해서 가장 강하게 작용한다"는 진실을 가르쳐드립니다.

나는 이러한 진실적 비밀진리를 7천만 우리 민족 동포들의 양심과 심장을 향하여 호소하는 심정으로 알려드리는 바입니다.

나는 이러한 메시지를 전달하면서 현재 상황에서 내가 해야 할 일을 내 스스로 찾아서 실행을 합니다.

나는 이제 도사(道士)가 되었으니, 금수강산 이 땅에서 처참하고 억울하게 죽은 우리 민족 동포 선조님들의 원한 서린 하소연들을 모른 체할 수가 없습니다.

나는 금수강산 이 땅에서 억울하게 죽은 원혼들을 달래주고 천도시켜서 땅을 깨끗이 정화하는 일부터 시작을 하려합니다.

하늘의 기운(氣運)이 대우주의 역(易)의 법칙에 따라 변화를 하고 있고, 지구의 기운(氣運)도 동쪽에서 서쪽으로 한 바퀴를 돌면서 다시 동쪽의 동양으로 오고 있으니, 그 변화의 운(運)맞이를 우리는 미리 준비해야 합니다.

지구의 기운(氣運)은 2020년쯤 되면 동양 주도권시대가 시작됩니다.

그러한 운(運)맞이를 미리 준비하는 차원으로 우선 이 땅의 땅부터 정화를 시켜야 합니다.

금수강산 이 땅에서 과거 일본의 강점 당시에 그리고 6·25 한반도 남북 전쟁 당시에 처참하고 억울하게 죽은 우리의 불쌍한 선조(先祖)님들이 아직까지도 유령으로 전국 산천과 방방곡곡을 구름 떼처럼 몰려다니면서 큰 사고들을 치고 다니는 원혼들을 그냥 내버려둘 수는 없습니다.

오죽이나 억울하면 원한귀신 · 좀비 · 수비 떼로 몰려다닐까 하고 생각도

해보지만, 영혼들의 세계는 인과(因果)의 법칙과 업(業)의 법칙 때문에 혼령으로서의 영혼은 자기 스스로 자기의 길을 바꿀 수가 없습니다.

죽은 사람은 자기 스스로 또는 자신의 능력으로는 자기의 길을 바꿀 수 없다는 것입니다.

그렇습니다.

진실과 진리는 바꿀 수도 없고 바뀌어지지도 않습니다.

나는 지금 수많은 원한귀신과 잡귀신들을 보고 있습니다.

'저 불쌍한 귀신(鬼神)으로 전락한 혼령들도 사람으로 살아있을 때에는 모두가 다 우리의 조상(祖上)님이셨는데' 하고 생각을 하면 너무나도 가슴이 찢어질 듯 아픕니다.

한 핏줄 동포끼리의 불행한 싸움통에 이름도 모른 산천에서 피를 흘리고 죽은 한 많은 저 원혼들(독자분 당신의 집안에도 한사람쯤은 전쟁 때 죽은 조상이 있을 것입니다)이 아직까지도 구천을 맴돌며 이 나라 금수강산을 구름 떼처럼 유령으로 떠돌아다니면서 대형 사고를 치고 온갖 재앙을 초래하는 저 원한 많은 혼령들을 독자 여러분들이여 어떻게 할까요?!

사람으로 태어나서 불치병 또는 각종 사고 등등으로 비명의 한 많은 죽음을 당한 저 불쌍한 원귀·악귀·요귀의 원한 서린 저 원혼들(독자분 당신의 가족 중에도 한사람쯤은 불치병이나 각종 사고로 원한 많게 죽은 가족이 있을 것입니다)도 구천을 맴돌며 이 나라 금수강산을 유령으로 떠돌아다니면서 수비·영산·좀비·잡귀신으로 전락하여 후손이나 살아있는 가족들에게 해코지를 하고 다니는 저 원한 맺힌 혼령들을 독자 여러분들이여 어떻게 할까요?!

독자 여러분! 당신이라면 과연 어떻게 하시겠습니까?

필자는 지금 독자 여러분의 심장과 양심 그리고 자비심을 향하여 질문을 던지고 있습니다!

저 불쌍한 혼령들 속에는 내 조상님도 끼어있을 수 있고 당신의 조상님도 끼어있을 수 있으며 모두가 우리의 선조님들인데 과연 독자 여러분은 어떻게 하시겠습니까?

당신도 죽으면 혼령으로 돌아가고 사람으로 살 때의 삶의 질에 따라서 잡귀신이 될 수도 있는데 과연 어떤 대답을 하시겠습니까?

지금, 당신의 대답을 신(神)들과 당신 조상님 그리고 당신의 양심과 영혼이 바라보고 있는데 과연 어떤 대답을 하시겠습니까?

지금 바로 대답을 주저하시는 독자분께서는 이 책을 놓으십시요!

그리고 찾아가십시요!

당신의 친부모 · 친형제 · 친자매가 어떻게 살아가고 있는지 살펴보십시요!

당신의 조상님 묘소와 납골함이 잘 보존 · 관리되고 있는지 살펴보십시요!

당신의 조상님 제사와 추도식에는 정성껏 잘 참여하는지 자신을 돌이켜 살펴보십시요!

사람으로 태어나서 어떻게 살아왔고 또한 지금은 어떻게 살아가고 있는지 자기 자신을 생각해 보시길 바랍니다.

당신은 지금 누구입니까?

당신은 지금 어떻게 살고 있습니까?

당신이 지금 살고 있는 그 모습을 하늘과 조상님 그리고 당신 영혼이 두 눈을 부릅뜨고 지켜보고 있다는 것을 알아야 합니다.

그렇습니다.

서구화를 닮아 가는 것이 다 좋은 것은 아닙니다.

사람으로서의 도리를 따를 줄도 알아야 합니다.

자식과 후손으로서의 의무도 이행할 줄 알아야 합니다.

핏줄인연의 법칙은 하늘법칙이기 때문에 정말로 중요합니다.

핏줄은 천륜이기 때문에 죽은 후에까지 연결되어 있고, 영혼은 죽지 않고 인연과 인과의 법칙에 따라 변화만 할 뿐이기 때문입니다.

죽음은 끝이 아니고 또 다른 시작이 됩니다.

우리는 항상 준비와 대비를 잘해야 합니다.

그렇기 때문에 항상 섭리와 순리를 따라 도리를 지키며 살아가야 한다는 것을 진심으로 가르쳐드리는 바입니다.

나는 이제 도사(道士)가 되었습니다.

저 수많은 혼령들은 내가 도사(道士)의 능력을 지녔기 때문에 나를 찾아온 것입니다.

나는 이제 도사(道士)로서의 사명감을 가지고 도(道)의 삶과 도(道)의 길을 가야 합니다….

나는 또다시 초월명상으로 들어갑니다.

한반도 내 조국 금수강산 이 땅에서 살아가는 우리 민족 동포들이 잘살려면 우선 땅부터 깨끗이 정화를 해야 하고, 땅을 정화하려면 원한 서린 우리의 조상(祖上)님들을 해원시켜 좋은 곳으로 천도시켜드려야 합니다.

나는 오늘도 어제처럼 우리나라의 영산(靈山) 백두산 장군봉 산봉우리로 갑니다.

백두산은 한반도 전체의 명기와 지령을 총괄하고, 지리산은 남쪽지역을 주관하기 때문에 백두산 장군봉 산봉우리로 갑니다.

나는 백두산 장군봉 산봉우리에서 하늘을 향해 소원을 빕니다.

지극 정성스런 마음으로 눈물을 흘리며 빌고 또 빕니다.

비나이다~~. 비나이다~~. 하늘 신령님께 비나이다!

우리나라 내 민족 동포에게 사랑과 자비를 내려주소서!

비나이다~~. 비나이다~~. 모든 신령님께 비나이다!

우리나라 내 민족 동포가 서로 싸우다가 한반도 산천 금수강산 이 땅에서 붉은 피를 흘리며 비명에 죽고, 죽어서는 유주무주 원한귀신이 되어 유령으로 떠돌아다니니 불쌍한 이들의 넋을 달래고 해원시켜 극락천국 좋은 곳으로 인도해 주소서!

또한 교통사고 · 화재사고 · 폭발사고 · 추락사고 · 익사사고 등등의 각종 사고로 비명에 횡사 · 객사로 죽고, 죽어서는 원한귀신이 되어 구천을 헤매며 떠돌아다니니 불쌍한 이들의 넋을 달래고 해원시켜 극락천국 좋은 곳으로 인도해주소서!

또한 자살 · 급살 · 동토살 · 방위살 · 상문살 · 심장병 · 뇌혈관 · 고혈압 · 위암 · 간암 · 폐암 · 자궁암 · 유방암 · 뇌사 · 정신병 등등의 불치병이나 살(殺)을 맞아죽고, 죽어서는 원한귀신이 되어 후손이나 살아있는 가족에게 핏줄대물림 우환 또는 핏줄내림병으로 해코지를 하면서 구천을 헤매며 떠돌아다니니 불쌍한 이들의 넋을 달래고 해원시키고 특수 영혼치유까지 해서 극락천국 좋은 곳으로 인도해주소서!

비나이다~~. 비나이다~~. 하늘 신령님께 비나이다!

비나이다~~. 비나이다~~. 모든 신령님께 비나이다!

우리나라 금수강산 이 땅의 이름 모를 산천에서 전쟁으로 억울하게 죽고, 각종 사고로 비명에 죽고, 각종 불치병으로 한 많게 죽은 유주무주 혼령 넋들을 달래고 해원시켜주소서!

또한 영혼치유까지 해서 극락천국 좋은 곳으로 천도 · 인도해주시고, 우리나라 민족 동포에게 남북통일과 평화 · 행복을 내려주소서!

만조상 해원진언, 옴 삼다라 가다 사바하!

극락천국 왕생진언, 옴 마리다리 훔바탁 사바하! ….

나는 백두산 장군봉 산봉우리에서 하늘을 향해 소원을 빌고, 땅을 향해 독경을 합니다.

소원을 빌고 해원경과 진언을 읊으면서 한없이 눈물을 흘립니다.

우리나라 금수강산의 산천과 구천세계에서 원한귀신으로 떠돌아다니는 유주무주 혼령들이 원한을 풀고 좋은 곳으로 '해원천도'가 잘되고 '영혼치유'가 잘되어야 온갖 불치병과 사고 발생 재앙이 줄어들거나 없어지게 됩니다.

그래야 이 땅에서 살고 있는 우리 민족 동포 백성들이 운(運)이 좋게 되고 복(福)을 받을 수 있게 될 것이라고 확신을 합니다.

나는 도사(道士)로서 그리고 이 땅에 태어난 먼저 가신 선조님들의 후손으로서 사명감과 의무를 가지고 눈물을 흘리며 백두산 장군봉 산봉우리에서 하늘을 향해 소원을 빌고 땅을 향해 독경과 진언을 읊습니다.

억울하고 한 많은 불쌍한 우리의 모든 조상님들을 위해 기도의 눈물을 흘리고 또 흘립니다.

보통 사람들은 다른 사람이야 잘못되든, 굶어죽든, 손해보든, 억울하든 말든 또는 나라가 망하든 말든 자기 자신과 자기 가족만 잘 먹고, 잘 입고, 잘 쓰고, 잘살려고 아귀다툼처럼 살고 또한 이 나라 이 땅 자기의 조국을 버리고 이민을 가고 또한 이중국적까지 취득해서 여차하면 조국을 버리려고 하지만, 나는 도저히 그럴 수가 없습니다.

나는 배은망덕과 배신을 할 수가 없습니다.

나는 도사(道士)가 되었으니, 도(道)의 길을 가면서 도(道)를 행하여야 하기 때문에 우리나라 국가와 우리 민족 동포를 생각하지 않을 수가 없습니다.

나는 이제 도사(道士)이니, 이 한목숨을 바쳐서라도 우리 민족 동포를 모두 다 잘살게 할 수만 있다면 또한 우리 민족 동포의 선조님들을 극락천국 하늘나라로 모두 다 천도·인도할 수만 있다면 두견새가 밤새도록 피를 토하면서까지 울어대듯 나 또한 이 생명 다할 때까지 해원천도경과 해탈열반경을 독송하리라!!

이 한평생을 바쳐서라도 억울하게 죽은 저 많고 많은 원혼들을 해원천도 시켜드리기 위해 반드시 국사당(國祠堂)을 지으리라!!

이 나라에는 불교의 절도 많고, 천주교의 성당도 많고, 기독교의 교회도 많지만 우리 민족과 우리 국가를 위한 국사당은 아직 없습니다.

국가에서도, 정부에서도, 재벌기업에서도, 사회단체에서도 아직까지 국사당 하나 짓지를 않고 있습니다.

필자는 과거와 현재의 기득권층에게 분노의 마음으로 따지고 싶고, 또한 모든 동포와 국민들에게 울부짖습니다.

국사당(國祠堂) 하나 운영하지 않는 나라에서 어느 누가 국가와 민족을 위해 희생을 하겠습니까?!

우리의 전통성과 정체성은 어디에 있습니까?!

기성세대의 어른들은 반성하고 뉘우쳐야 합니다!

지식인들은 행동과 실천으로 거듭 깨어나야 합니다!

국가와 민족을 위한 우리의 전통성과 정체성을 바르게 세워 나아가야 합니다!

시대의 지도층들은 지도자로서 잘 이끌어 나아가야 합니다!

제발, 깨어나십시오!!

외세들에게 금수강산 이 땅을 점령당하고 주권을 빼앗기고 억울하고 처참하고 가난했을 때 과거를 생각 좀 해보십시오!

이제부터는 정말 바뀌어야 하고 준비와 대비를 잘해야 합니다!

100년대계의 국가전략을 치밀하게 세워 나아가야 합니다!

국가와 민족을 사랑하는 애국애족인들이 주체가 되어야 합니다!

국가와 민족을 위해 자주부강의 길로 힘을 모아야 합니다!

이 글을 읽는 애국애족인들에게 국가와 민족을 위한 자발적 참여를 강력히 요청하는 바입니다!!!

나는 이제 도사(道士)가 되었으니, 우선 국가와 민족을 위해 반드시 국사당(國祠堂)을 지어서 원한 많게 죽은 많고 많은 원혼들을 해원천도시켜드리고 그리고 금수강산 이 땅을 정화시켜서 축복 받는 나라로 만들어 보겠다고 '큰 서원'을 세웁니다….

나는 한없는 눈물을 흘리며 백두산 장군봉 산봉우리에서 하늘을 향해 소원을 빌고 땅을 향해 독경을 합니다.

그리고 모든 신령님께 우리 민족 신전(神殿) 국사당(國祠堂)을 내 손으로 꼭 지을 수 있도록 해달라고 간절한 마음으로 소원을 빌고 또 빕니다.

만조상 해원진언, 옴 삼다라 가다 사바하!

소원성취진언, 옴 아모카 살바다라 사다야 시베훔! ….

(필자는 이 책을 출간하면서 우리 민족 신전(神殿) 국사당(國祠堂) 건립을 추진합니다. 이미 필자 개인의 자비 부담으로 우리나라 남쪽의 제일 명

산 지리산 입구 범왕리 산 100번지 임야 약 2만 평과 설악산 입구 도문동 산 306번지 임야 약 4만 평을 매입해서 국사당(國祠堂) 지을 터를 준비해 두고 약 1,000억 원 정도의 건축비용을 마련 중입니다. 우리 민족 동포라 면 직업과 신분 그리고 종교 신앙을 초월하여 누구라도 또는 어떤 돈이라 도 좋으니 자신의 능력에 따라 함께 동참을 꼭 해주시고, 살아서나 죽어서 나 또는 이승과 저승세계에서 또는 자기 자신과 자손들까지 복(福)받으시 길 진심으로 기원드리면서 이제 공개를 합니다.

필자의 마지막 공익사업으로 추진하고 있는 우리 민족 신전(神殿) 국사 당(國祠堂) 건립에 시주헌금을 해주실 분은 이 책 앞표지 안쪽에 공개해 놓은 공개계좌로 송금을 해주시길 진심으로 바랍니다.

필자도 필자의 모든 재산과 이 책의 수익금까지 국사당 건립자금으로 모 두 쓰여진다는 것을 밝혀드립니다.

우리 민족 동포라면 2030년까지 누구나 참여하실 수 있고, 많은 사람들 과 영혼들의 자발적 시주헌금과 재산기증을 기다리는 바입니다.)

사람으로 살 때의 삶은 잠깐 세월이지만, 영혼의 삶은 수백 년 또는 수천 년의 오랜 세월이 되기 때문에 지금 사람의 몸을 가지고 있을 때 착한 일 선행(善行)을 많이 하여 공덕 쌓으시길 진심으로 기원드리는 바입니다.

죽은 후 잡귀신이 안 되려거든 또는 죽은 후 고통지옥으로 안 떨어지려 거든 사람으로 살고 있을 때 바르게 살고, 사후세계와 또 다른 환생을 잘 준비하고 대비해야 합니다.

당신의 영혼은 반드시 인연의 법칙과 인과의 법칙을 따르게 되어 있음을 진심으로 가르쳐드리는 바입니다.

(이 글들은 사실이고 진실임을 증명합니다.)

제24장
하늘 신령님의 가르침을 말한다

계절이 바뀌고 또 바뀌고 또 바뀌어갑니다.

나는 지금 첩첩산중 깊고 높은 산(山) 속에서 10년째 산(山) 밖을 한 번도 나가지 않는 두문불출 토굴 기도를 하며 나 홀로 산도(山道)를 닦고 있습니다.

내 모습은 10년째 한 번도 머리칼을 자르지 않고 수염도 깎지 않아서 머리칼은 기다랗게 자라 등허리까지 내려오고, 수염도 기다랗게 자라 가슴까지 내려오고, 다 헤진 누더기 옷에 눈빛만 신비하리 만큼 빛을 내고 있는 원시 자연인의 모습을 하고 있습니다.

시간과 공간의 개념을 초월해버리고 삶과 죽음의 개념도 초월해버리고 그냥 그대로의 자연 속에서 우주 자연을 벗삼아 무위자연법으로 살아갑니다.

이제 도(道)의 10단계까지 올라서니 신선(神仙)처럼 살아갑니다.

이틀사흘에 한 끼니만 생식(生食)으로 물에 불려 둔 생쌀과 생콩을 생솔잎 또는 생약초와 함께 먹고 생수(生水)와 생기(生氣)를 먹으며 살아갑니다.

하루 한 개씩 돌을 주워와 쌓아올린 돌탑은 이미 완성이 다 되어서 돌탑의 꼭대기까지의 높이는 내 키의 3배쯤 됩니다.

10년 동안 하루 한 개씩 쌓아올린 나의 돌탑입니다.

처음 입산(入山)할 때 산신령님께서는 "산(山) 기도로 도(道)닦는 기간을 10년 정도가 될 것"이라고 말씀하셨지만, 나는 그냥 이 산(山) 속에서 계속 한평생을 은둔자로 살아버릴까 하고 생각을 해봅니다.

5평짜리 움막집 토굴도 있고, 텃밭도 있고, 공기도 좋고, 물도 좋고 그리고 조용하고 평온하니 차라리 이 산(山) 속에서 신선(神仙)처럼 은둔도사(隱遁道士)로 계속 이대로 살고 싶습니다.

나는 순리를 따르며 무위자연법으로 살고 있습니다.

번뇌·망상·근심·걱정·탐진치·살생심이 없으니 지극히 평안하고, 까마귀·비둘기·살쾡이·너구리·노루·토끼 등등의 산짐승과 산새들이 벗이 되어 내가 산길을 거닐면 나를 따라다니고, 내가 좌선으로 명상에 들면 내 곁에 함께 앉아있습니다.

산짐승과 산새들과 함께 식사도 하고 함께 잠도 잡니다.

동물들과 영(靈)적 의사소통을 할 줄 알고 또한 살생심이 없어지니 산짐승과 산새들이 나를 따릅니다.

나는 지금 첩첩산중 깊고 높은 산(山) 속에서 평온하게 신선(神仙)처럼 자연과 함께 살아갑니다.

하루 서너 명씩 이 깊고 높은 산(山) 속까지 나를 찾아온 외부 사람과의 만남 장소는 저만치 산 아래편에 또 한 개의 움막집을 만들어 사용하고 있습니다.

산 아래편 만남의 장소 움막집 주위에는 자생으로 자라고 있는 키가 작은 대나무들이 둘러쳐져 있고 뒤쪽은 큰 바위가 솟아 있는 곳인데 이 산 속에서 두 번째로 좋은 명당 혈 자리입니다.

그곳의 명당 혈 자리는 사시사철 항상 생기가 서려있습니다.

살아 있는 사람의 집터와 죽은 사람의 묘터는 반드시 명당 혈 자리를 잡을 줄 알아야 합니다.

명당 혈자리에 집터 또는 묘터를 잘 잡으면 반드시 개운이 되어 발복을 하게 됩니다.

나는 도사(道士)가 되었으니 명당 혈 자리를 정말로 잘 잡습니다.

나는 이제 도(道)를 닦는 수도수행자로서는 최고의 득도라 할 수 있는 '6신통 8해탈'의 경지에 올라섰으니, 사람으로 태어나서 영(靈)적으로 또는 정신적으로 더 이상 부러울 게 없습니다.

번뇌·망상·근심·걱정·탐욕과 집착이 없고 그리고 삶과 죽음까지도 초월해버리니 자유와 행복을 마음껏 누리고 있습니다.

항상 수호신장이 나를 지켜주고 있고, 생각의 집중만으로 또는 점(占)을 치면 무엇이든 다 알아낼 수 있고, 어디를 가고 싶으면 유체이탈로 어디든 시·공을 초월해서 다녀올 수도 있습니다.

내가 어디에 살든 거주하는 장소의 제한을 받지 않습니다.

그러하기 때문에 공기 좋고 물 좋고 그리고 조용하고 간섭이 없는 이 산(山) 속에서 무위자연법으로 신선처럼 은둔도사로 살고 있습니다.

나는 나를 도사(道士)로 공부시켜준 신령님과 하늘 그리고 모든 존재들께 이 책을 통하여 진심으로 머리 숙여 지극한 마음으로 고마움과 감사함을 표하는 바입니다!!!

잠시 생각을 해봅니다.

나는 실패 후, 마지막 방법으로 죽음이란 배수진을 치고 신념과 의지로 다시금 도전을 하여 '인생역전'을 시켰습니다.

삶의 위기로부터 기회를 그리고 실패로부터 성공을 이루고 또한 삶의 궁극적 목표와 내 영혼의 바램까지 성공을 시켰습니다.

도전과 열정 그리고 끈기로 꾸준히 한 걸음씩 한 계단씩 10년 동안을 계속하여 드디어 성공을 이루고, 그리고 최고가 되어 정말 멋있게 '인생역전'을 시켰습니다.

나는 인간으로서 최고의 신통력과 초월의 경지까지 이루었습니다.

작은 성공에 멈추지 않고 더욱 정진하여 최고가 되었습니다.

지금, 이 글을 읽고 있는 당신께 진심으로 충고를 드립니다. 할 수 있다는 신념과 함께 희망을 가지십시요!

힘이 닿는 데까지 최선의 노력으로 반드시 최고가 되십시요!

어느 분야에서든 최고가 되려면 도전정신과 열정 그리고 결코 포기하지 않는 끈기가 있어야 하고 그리고 운(運)을 알아야 합니다.

운(運)이 열려야 하고, 또한 운(運)이 따라 줘야 합니다.

무슨 일을 하든지 간에 운(運)이 안 열리거나 또는 운(運)이 안 따라주면 결코 성공할 수 없고, 운(運)이 나쁠 때는 반드시 실패와 손해가 따르게 됩니다.

눈에 보이지 않는 힘이 눈에 보이는 것들을 모두 움직이고 있다는 진실적 비밀진리를 알아야 합니다.

사람의 운명(運命)은 자기 자신의 전생과 조상핏줄의 인과법칙에 따라 태어나면서 사주팔자로 인생프로그램이 설정되어버립니다.

그러하기 때문에 두 눈을 뻔히 뜨고 교통사고를 당하고, 이혼을 당하고, 투자사기를 당하고, 큰 손해를 입고, 불치병에 걸리고, 또한 아무리 노력을 하여도 가난과 고생을 못 벗어나기도 합니다.

그렇습니다.

그렇기 때문에 우리는 타고난 자기의 운명과 운(運)을 정확히 알아둘 필요가 있고, 알아볼 필요가 있고, 또한 반드시 알아야 하는 것입니다.

인생살이는 아는 만큼 또는 준비하는 만큼 잘 살 수 있습니다.

우리 인간은 영혼을 가진 최고의 영적존재물입니다.

영혼작용은 비밀에 쌓여 있는 형이상학적 초과학분야입니다.

물질과학이 아무리 발달하고 발전을 하여도 물질과학으로 결코 영혼을 제조하지는 못하고 또한 개선하지도 못하기 때문에 영혼을 가지고 있는 인간의 나쁜 운(運)을 과학으로 해결할 수 없습니다.

생명과 영혼을 가지고 태어난 인간은 '운명작용이론' 이라는 법칙에 따라서 반드시 비밀작용을 하기 때문에 모든 사람은 ① 자기 영혼의 전생을 알아야 하고 ② 자기 핏줄의 운 내림을 알아야 하고 ③ 자기 핏줄의 동기감응현상을 알아야 하고 ④ 풍수지리의 현상을 알아야 하고 ⑤ 음양오행의 역리현상 등등을 반드시 알아야 합니다.

필자는 이 한 권의 책이 많은 사람들에게 전달되어 모두가 다 성공 출세를 하고 부자가 되어 행복하길 진심으로 기원하는 바입니다….

이곳 천등산(天登山)에는 진달래꽃이 활짝 피었습니다.

처음 입산할 때도 진달래꽃이 피는 봄이었으니, 이제 산(山) 속에 들어온 지도 10년이 되었고, 열 번째의 진달래꽃이 피었습니다.

봄이 무르익으니 진달래꽃은 지고 날씨가 더욱 따뜻해지면서 철쭉꽃이 피기 시작합니다.

한반도 남쪽 땅 끝의 고흥반도 그리고 고흥반도에서도 남쪽의 남해바다 해안가에 우뚝 솟은 천등산(天登山)의 철쭉꽃 경치는 정말로 장관입니다.

정상 부근의 한없이 펼쳐진 철쭉 꽃밭에서 남해바다를 바라보며 바다에서 불어오는 해풍 바람을 느껴보면 정말로 천하제일의 경치요, 천하제일의 전망이요, 천하제일의 추억이 될 것이라고 자신있게 말할 수 있습니다.

훗날, 혹시 남쪽을 여행할 기회가 있거든 또는 기회를 만들어서라도 '전라남도 고흥군 도화면에 소재한 천등산(天登山)을 꼭 한 번 답사해보시고, 필자가 산(山) 기도공부를 한 옹달샘에도 들러서 생수(生水)도 한 바가지 꼭 마셔보시길 바랍니다.

이곳 천등산(天登山)에는 철쭉꽃이 활짝 피었습니다.

나는 지금 철쭉꽃이 활짝 피어있는 천등산(天登山) 산꼭대기 가장 높은 산봉우리로 올라갑니다.

항상 그림자처럼 따라 다니는 나의 수호신장 삿갓 쓴 스님과 큰칼 든 장군이 함께 하고, 노루가 뒤따르고 까마귀들이 앞서거니 뒤서거니 머리 위를 날면서 까악-까악- 노래를 부릅니다.

천등산(天登山) 산꼭대기 가장 높은 산봉우리에 도착합니다.

나는 하늘의 신(天神)들로부터 중대한 계시를 받고 산봉우리로 올라왔습니다.

중대한 계시라고 하니 정확한 내용을 알기 위해 초월명상으로 들어가 보기로 합니다.

풀잎을 한 아름 뜯어와 넓은 바위 위에 펼쳐 풀잎방석을 삼고 앉아서 4방의 하늘을 한 번 빙- 둘러봅니다.

그러고나서 이제 초월명상으로 들어갑니다.

두 다리는 오므려 포개어 가부좌로 앉고, 허리는 쭉 펴서 반듯하게 세우고, 두 손은 마주 포개어 배꼽 아래의 단전 앞에 두고, 두 눈은 지그시 감고, 마음을 편안히 합니다. 그리고 호흡은 처음에는 깊고 길게 하다가 차츰 고르게 하고, 생각은 눈썹과 눈썹 사이의 명궁 앞이마와 우주 공간에 두고, 그리고 의식을 가만히 가라앉힙니다.

몸과 마음 그리고 의식이 아주 편안해지면서 고요해집니다.

점점 더 깊이 명상기도에 집중을 하며 몰입을 합니다.

하늘의 천기를 직통으로 통하니 내 몸속의 기혈이 모두 일시에 뚫립니다.

고감도의 전율이 온 몸에 찌르르– 통하면서 쫙– 퍼집니다.

명궁 앞이마가 멍–해지면서 뜨거워집니다.

몸뚱이가 공중에 붕– 뜨는 무중력을 느낍니다.

엄청난 기(氣)흐름의 쾌감과 황홀감이 찾아옵니다.

한바탕 기(氣)흐름의 소용돌이 반응이 끝나면서 무한대의 고요정적으로 이어지고 시간과 공간이 없어집니다.

드디어 '초월명상'이 시작됩니다.

나는 지금 천등산(天登山) 산꼭대기 가장 높은 산봉우리의 바위 위에 가부좌로 앉아서 초월명상에 들어있습니다.

이제 내 의식체는 자유로이 이승과 저승 사이의 경계의 벽을 뚫고 신(神)들의 세계로 들어갑니다.

내 몸뚱이는 수호신장들이 창검을 들고 지키고 있습니다.

나는 하늘 문을 활짝 열고 신령계로 들어갑니다.

하늘 신령님들께서 나의 진로를 놓고 하늘에서 천상회의를 했었나봅니다.

지금까지 10년 동안의 오랜 세월 동안 나에게 명기(明氣)를 주시고 또한 가르침을 주시던 신령님과 모든 신령님들이 다 모습을 나타내십니다.

　천황상제 · 옥황상제 · 삼신상제 · 제석천왕 · 일월성신 · 북두칠성 · 칠원성군 · 탐랑성군 · 거문성군 · 녹존성군 · 문곡성군 · 염정성군 · 무곡성군 · 파군성군 · 태상노군 · 천존대왕 · 염라대왕 · 구천상제 · 구천현녀 · 태을선관 · 현왕님 · 사천왕 · 지국천왕 · 증장천왕 · 광목천왕 · 다문천왕 · 도솔천왕 · 도리천왕 · 범천왕 · 천하신장 · 지하신장 · 태을신장 · 태음신장 · 태양신장 · 오방신장 · 청제신장 · 적제신장 · 백제신장 · 흑제신장 · 황제신장 · 백마신장 · 뇌공신장 · 벼락신장 · 풍운신장 · 풍백신장 · 둔갑신장 · 도술신장 · 의술신장 · 검무신장 · 군웅신장 · 별상신장 · 철망신장 · 옥갑신장 · 옥추신장 · 육갑신장 · 육임신장 · 육정신장 · 황건역사 · 금강역사 · 화엄신장 · 부동명왕 · 천하장군 · 지하장군 · 칠성장군 · 백마장군 · 백호장군 · 청룡장군 · 황룡장군 · 용마장군 · 산신장군 · 염라장군 · 작두장군 · 벼락장군 · 천하대신 · 지하대신 · 천왕대신 · 산왕대신 · 용왕대신 · 일월대신 · 칠성대신 · 불사대신 · 염라대신 · 말문대신 · 글문대신 · 약사대신 · 부적대신 · 작두대신 · 천신대감 · 지신대감 · 천복대감 · 산신대감 · 일월대감 · 군웅대감 · 도깝대감 · 명예대감 · 말문도사 · 글문도사 · 일월도사 · 선관도사 · 천신도사 · 산신도사 · 용궁도사 · 칠성도사 · 천문도사 · 지리도사 · 의술도사 · 약명도사 · 부적도사 · 육갑도사 · 둔갑도사 · 도술도사 · 산신국사 · 옥천대사 · 달마대사 · 옥황선녀 · 일월선녀 · 산신선녀 · 용궁선녀 · 천신선녀 · 별상선녀 · 광림도령 · 천신동자 · 산신동자 · 용궁동자 · 육갑동자 · 둔갑동자 · 요술동자 · 문수동자 · 법승동자 · 천왕승 · 아미타불 · 비로자나불 · 약사불 · 미륵불 · 관세음보살 · 지장보살 · 문수보살 · 보현보살 · 삼불제석 · 세존제석 · 일광제석 · 월광제석 · 용궁제석 · 제석불사 · 천존불사 · 산신불사 · 청궁불사 · 일월불사 · 옥황불사 · 칠성불사 · 칠성님 · 상제님 · 천제님 · 천존님 · 천사장 · 천왕님 등등 팔만 사천 신령님들이 하늘땅이 꽉-차도록 모두 다 모습을 나타내십니다.

그리고 신령님들께서 하늘땅이 울리는 한 목소리로 하문(下問)의 공수말씀을 내리십니다.

"제자야! 우리 신(神)들이 하늘에서 천상회의를 했으니 이제 제자의 진로를 선택하도록 하라. 이 산 속에서 계속 은둔도사로 신선처럼 살아갈 수도 있고 또는 하산(下山)하여 국사당을 짓고 보람있는 제2의 삶을 살아갈 수도 있으니, 그 둘 중 하나를 선택하도록 하라."

"신령님들이시여! 어떤 선택을 해야 더 좋겠는지요?"

"하산(下山)을 하여 인간세상으로 다시 돌아가서 국사당을 짓고 보람있는 제2의 삶을 다시 시작하는 것이 더 좋을 듯싶구나."

"정녕 그러하신다면 하산(下山)을 준비하도록 하겠습니다. 하오나, 신령님들께서는 사람들의 삶 중에서 가장 귀중한 의문들에 대한 가르침을 주실 수 있을런지요?"

"그러하겠노라. 어떤 방법으로 가르침을 주면 되겠는가?"

"문답식 방법의 가르침이 좋을 듯 합니다."

"그러하겠노라. 먼저 질문을 하도록 하라!"

"그럼, 사람들이 가장 알고 싶어하고 그리고 꼭 알아둬야 할 몇 가지의 의문들에 대한 질문을 드리도록 하겠습니다."

나는 사람들이 인생을 살아가면서 혹시나 또는 확실치가 않아서 잘못을 범할 수 있는 귀중한 의문들과 우리나라 내 민족 동포를 위한 미래운명의 지혜를 얻고자 신령님께 질문을 드립니다.

"신령님! 신(神)은 정말로 존재하고 있는 것이지요?"

"제자야! 너 자신이 지금 직접 신(神)을 보면서 대화까지 나누고 있으니 신(神)은 분명히 존재하고 있느니라."

"신령님! 사람들이 어떻게 하면 신(神)의 모습을 직접 볼 수 있는지요?"

"제자야! 영매적 능력으로 무녀(巫女)가 됐을 경우 또는 영매적 신끼를 타고난 사람이 신들림현상과 빙의현상이 나타날 경우 그리고 도(道)를 닦아 능력을 지니게 되면 신(神)의 모습을 직접 볼 수가 있게 되고 또한 신(神)의 음성을 직접 들을 수 있게 되느니라."

"신령님! 신(神)들림현상과 빙의현상의 정신이상증세가 나타날 경우에는 어떻게 해야 되는지요?"

"제자야! 신(神)은 반드시 신(神)으로 다스려야 하니, 신(神)들림현상과 빙의현상 그리고 신경성정신질환이 나타날 경우에는 반드시 신통력으로 점(占)을 쳐서 정확한 원인을 밝혀내고 또한 반드시 신통술과 도술로 그 원인 소멸을 시켜주어야 되느니라."

"신령님! 신(神)들림현상과 빙의현상의 정신이상증세를 물질과학인 최첨단의 서양의술로 치유가 되는지요?"

"제자야! 신(神)들림현상과 빙의현상의 정신이상증세는 서양의술로는 치유가 되지도 않고 또한 치유할 수도 없느니라."

"그럼, 어떻게 해야 하는지요?"

"신(神)은 반드시 신(神)으로 다스려야 하기 때문에, 더욱 쎈 신통력과 도술로만 치유할 수 있고 해결할 수 있느니라."

"신령님! 저승세계는 정말로 존재하고 있는 것인지요?"

"제자야! 물질적 몸뚱이가 없는 신(神)과 귀신(鬼神)의 세계는 분명히 존재하고 있으니 그 곳이 저승세계이니라. 또한 저승세계에서 볼 경우에는 사람들의 세계가 저승세계이고, 영혼이 이쪽으로 저쪽으로 왔다 갔다 하면서 인연의 법칙과 인과의 법칙에 따라 변화만 하고 있을 뿐이니라."

"신령님! 인연의 법칙과 인과의 법칙은 정말로 존재하고 있는 것인지요?"

"제자야! 인연의 법칙과 인과의 법칙은 하늘법칙으로 분명히 존재하고 있느니라."

"그럼, 이러한 법칙들이 인간에게 어떻게 나타나게 되는지요?"

"현생의 삶에 반드시 ① 복(福)으로 나타나고 ② 운(運)으로 나타나고 ③ 업(業)으로 나타나느니라."

"신령님! 천국과 지옥은 정말로 존재하고 있는 것인지요?"

"제자야! 극락천국과 고통지옥은 분명히 존재하고 있고, 반드시 삶의 질에 따라 인과응보로 결정이 되느니라."

"신령님! 어떤 이들이 극락천국에 태어날 수 있는 것인지요?"

"제자야! 착한 마음씨를 가지고 살고, 오직 착한 일 선행공덕을 쌓은 이들만이 극락천국에 태어날 수 있느니라."

"신령님! 극락천국 하늘나라에 태어나게 할 수 있는 것이 종교 신앙과는 상관이 있는 것인지요?"

"제자야! 종교 신앙과는 상관이 없고, 종교와 신앙을 통하여 착한 일 선행공덕을 쌓거나 또는 종교 신앙이 없어도 착한 일 선행공덕을 많이 쌓은 이는 스스로 극락천국 하늘나라에 태어나느니라. 그러나 종교와 신앙을 믿는 자가 나쁜 짓을 행하면 그 죄 값은 가중처벌이 되고 또한 죽은 후 그 영혼은 수백 년 동안 지옥에서 벗어날 수가 없으니, 종교와 신앙을 믿는 사람은 더욱 착한 일을 많이 행하여 반드시 선행공덕을 쌓아야 하느니라."

"신령님! 극락천국 하늘나라에 태어나는 것보다 좋은 것이 있는지요?"

"제자야! 극락천국 하늘나라에 태어나는 것보다 더 좋은 것이 있으니, 그것은 태어남도 죽음도 없는 초월 · 해탈 · 자유 · 자재 · 열반이니라."

"신령님! 어떻게 하면 그러한 최고의 경지로 오를 수 있는지요?"

"제자야! 모든 존재적 진리를 다 깨치고 도(道)를 행하면 되느니라."

"신령님! 진리를 다 깨치고 도(道)를 행하려면 어떻게 해야 되는지요?"

"제자야! 종교의 경전을 통달하면 좋으나, 종교의 경전들이 시대적 배경의 차이와 옮겨 적은 이의 잘못 그리고 배타적 의도성의 잘못 때문에 잘못 기록된 경전을 공부하는 것보다는 스스로의 명상과 기도를 통하여 천기를 통달하고 신(神)과 직접 대화를 나눌 수 있는 통신(通神)으로 직접 하늘의 가르침을 받고 행하면 되느니라."

"신령님! 보다 더 쉬운 말씀을 주실런지요?"

"제자야! 신(神)과의 통신(通神)으로 직접 하늘의 가르침을 받고 행하는 것이 가장 좋다는 것이고, 보통 사람들은 섭리와 순리 그리고 도리에 따라 착하게 살면서 선행공덕을 많이 쌓으면 되느니라."

"신령님! 기도하는 신령스런 산(山)을 선택할 경우에는 어떤 산(山)이 좋은지요?"

"제자야! 기도하는 산(山)을 선택할 경우에는 높고 깨끗하고 조용하고 명기(明氣)가 서려 무서운 기운이 감돌고 특히 산까마귀가 계속 살고 있는 산(山)을 선택하면 좋으니라."

"한반도의 대표적 신령스런 산(山)을 가르쳐주실런지요?"

"한반도의 대표적 신령스런 산(山)의 이름은 백두산 · 묘향산 · 칠보산 · 금강산 · 설악산 · 오대산 · 태백산 · 삼각산 · 계룡산 · 지리산 · 팔공산 등 등이니라."

"신령님! 산(山) 기도가 종교 신앙과 상관이 있는지요?"

"제자야! 종교 신앙과 상관이 있으니 모든 종교 신앙자는 산(山) 기도를 잘해야 할 것이니, 태초부터 지금까지도 하늘의 계시는 산(山)을 통하여 땅에 내려지기 때문이니라."

"신령님! 기도를 할 때에는 어떤 방법이 좋은지요?"

"제자야! 기도는 반드시 정성스러움과 간절함을 가지고 조용한 장소에서 은밀하게 행해야 하느니라."

"신령님! 기도를 하고자 할 때에는 어느 시간이 좋은지요?"

"제자야! 기도를 하는 시간은 기도의 목적과 사람에 따라서 모두가 다를 수 있으나 대체로 한밤중이 첫째로 좋고, 새벽 동틀 무렵이 둘째로 좋고, 한낮이 셋째로 좋으니라. 특히 신(神) 제자와 신부 · 목사 · 스님 등등 신(神)을 대상으로 큰 신통력을 얻고 싶거나 또는 영성과 불성을 크게 사용하고 싶은 특별한 신앙인과 수도인들은 한밤중의 자시(밤 12시경) 기도가 가장 중요하니 꼭 실행해야 하느니라."

"신령님! 신(神) 제자들은 어떻게 기도를 해야 되는지요?"

"제자야! 신(神) 제자들의 기도는 ① 가장 먼저 입산수도를 하거나 또는 신내림굿으로 오방신장과 백마신장의 원력으로 하늘 문(天門)을 열어야 하고 ② 산에서는 산왕대신을 찾고, 물에서는 용왕대신을 찾고, 기타 장소에서는 천왕대신 · 칠성대신 · 불사대신 · 말문대신 · 약사대신 등등 주로 대신(大

神)을 찾아야 하며 ③ 자기 자신의 통신 말문이 언제 열릴 것인지를 정확히 알아야 하고, 전생과 조상핏줄로 신(神)줄인지 또는 도(道)줄인지를 정확히 알아야 하고, 선거리 만신줄인지 또는 앉은거리 보살줄 또는 법사줄인지를 정확히 알아야 하며 ④ 자기 자신의 신통력이 어느 분야로 계발되고 발전할 것인지를 정확하게 알아야 하고 ⑤ 자기 자신의 신통력의 등급이 1류급·2류급·3류급 등등 어느 등급을 타고 났는지 또한 얼마만큼 계발·발전할 수 있을지를 정확히 알아야 하며 ⑥ 나이가 몇 살쯤에 통신의 말문이 열릴 것인지 정확한 운때를 알아야 하고 ⑦ 조상가리와 몸주 신(神)을 알아야 하고 ⑧ 본향신(神)을 알아야 하고 ⑨ 소당·육당·중당과 상단·중단·하단 그리고 탱화그림과 가운데 중당의 중심에 어느 신(神)을 모셔야 하는지 등등 신당(神堂) 또는 법당(法堂) 꾸미는 법을 알아야 하고 ⑩ 점(占)보는 방법과 각종 풀이하는 방법 그리고 뱅이 비방하는 비법을 알아야 하고 ⑪ 기(氣)는 충전과 방전의 원리가 있기 때문에 항상 충전의 상태를 유지하기 위해서 모든 신(神) 제자들은 한밤중의 자시(밤 12시경) 기도를 꼭 해야 하느니라."

"신령님! 신(神) 제자가 말문을 못 열은 것은 왜 그런지요?"

"제자야! 신(神) 제자가 말문을 못 열은 것은 여러 가지 이유가 있지만 가장 큰 이유는 ① 자기 자신이 도(道)줄 제자감인데 신(神)줄 선생을 찾아갔을 경우 ② 신통력의 등급이 제자보다 낮은 선생을 찾아갔을 경우 ③ 자기 자신의 전생과 조상핏줄을 정확히 모르고 덤볐을 경우 ④ 정확한 운때를 모르고 시행착오를 일으킬 경우 ⑤ 조상가리가 잘못되거나 또는 몸주신(神)을 모를 경우 ⑥ 산(山) 기도 방법과 신 내림굿의 방법이 틀릴 경우 ⑦ 자기 전생의 업살이 너무도 무거울 경우 등등이니라."

"신령님! 모든 사람들의 기도응답과 소원성취는 누구나 모두가 다 이루어지는 것인지요?"

"제자야! 그러하지 않느니라. 신(神)계와 인간계 사이에는 경계의 벽이 있고, 모든 사람에게는 자기 전생의 존재가 현재의 자기 영혼으로 들어와 있기 때문에 반드시 자기 전생의 업(業)이 먼저 풀려야 죄가 소멸이 되고, 그리고 죄가 소멸되어야 기도응답과 함께 비로소 운(運)이 열리게 되느니라. 또한 자기 영혼과 믿는 신(神)이 서로 잘 맞아야 하고, 기도하는 날의 일진과 기도하는 시간의 운때가 맞아야 하며, 반드시 지극 정성스러워야만 이 기도응답과 소원성취를 이룰 수 있느니라."

"신령님! 자식이 태어날 때 태아를 감싸고 있던 태집은 어떻게 해야 되는지요?"

"제자야! 자식이 태어날 때의 태집은 반드시 태항아리에 넣어서 명산(明山)에 잘 묻어야 큰 인물로 성공 출세를 하고 부자가 되느니라. 병원에서 아이를 출산할 경우에는 미리 태항아리를 준비해두고 병원측에 부탁을 해서 귀중한 내 아이의 태집을 함부로 처리하지 못하도록 반드시 회수 밀봉하여 땅에 묻어야 하느니라."

"신령님! 자식이 태어날 때 그 탯줄 배꼽은 어떻게 해야 되는지요?"

"제자야! 자기 자식의 탯줄 배꼽은 잘 말려서 그 어머니가 보관함에 넣어 아이가 어른으로 성장할 때까지 잘 보관해야 큰 사고 없이 무탈하게 되느니라. 대대로 뼈대있는 고관 또는 부호의 상류층 집안은 그렇게들 하고 있느니라."

"신령님! 전생(前生)은 정말로 있는 것인지요?"

"제자야! 모든 사람과 존재물은 각각의 전생(前生)이 다 있느니라."

"신령님! 몽매한 보통 사람들이 자기 전생의 좋고 나쁨을 어떻게 짐작이

나마 할 수 있는지요?"

"제자야! 보통 사람들이 자기 전생의 좋고 나쁨을 대충이나마 짐작하려면, 현재 자기 자신의 삶이 얼마나 복(福)이 많고 적은가 또는 운(運)이 얼마나 좋고 나쁜가로 판단할 수 있느니라."

"신령님! 자기 전생의 업살(業殺)로 현재의 삶이 복이 없고 운이 나쁘고 고생만 하는 사람은 어떻게 하면 되는지요?"

"제자야! 업(業)은 인과응보의 하늘법칙에 따라서 반드시 지은 대로 나타나기 때문에, 현재의 삶이 복이 없고 운이 나빠서 고통과 고생 그리고 불행을 당하고 있는 사람은 자기 전생의 업(業)과 타고난 사주팔자에 들어있는 살(殺)을 풀어서 반드시 업살소멸을 해주어야 하고 또한 반드시 착한 일 선행(善行)을 많이 행하여야 하느니라."

"신령님! 복과 운이 좋은 사람은 어떻게 살아야 하는지요?"

"제자야! 복과 운이 좋은 사람이 선행공덕을 행하지 않으면 다음 생(來生)에는 반드시 처지가 뒤바뀌게 될 것이니라. 태어남과 죽음의 현상은 영혼작용이고 영혼이 이승과 저승을 왔다 갔다하면서 인연의 법칙과 인과의 법칙에 따라 변화만 할 뿐이기 때문이니라."

"신령님! 인간들의 난치병과 불치병을 없어지게 할 수 있는지요?"

"제자야! 인과응보의 하늘법칙을 알고 영혼치유를 잘하면 없어지게 할 수 있느니라. 물질과학이 아무리 발달하고 발전을 하여도 과학으로 영혼을 제조할 수는 없고, 영혼을 가지고 있는 인간은 가장 많이 영(靈)적 작용을 하기 때문에 영혼치유와 영혼개선 및 영혼진화를 하지 않고서는 결코 난치병과 불치병을 없어지게 할 수 없느니라."

"신령님! 운명과 운(運)의 작용은 정말로 있는 것인지요?"

"제자야! 모든 존재물의 운명과 운(運)의 작용은 각각의 일정한 하늘 법칙에 따라서 반드시 작용을 하기 때문에, 사람의 운명도 운세·운수·운때로 작용을 하느니라. 하늘과 땅·해·달·별·바다·비·바람이 존재하고 탄생과 죽음이 작용하는 동안 우주 자연의 모든 존재물에게는 각각의 운명과 운(運) 작용이 항시 존재하느니라."

"신령님! 신(神)들의 세계는 어떻게 형성되어 있는 것인지요?"

"제자야! 신(神)들의 세계는 여러 개의 궁(宮)과 천(天)으로 형성되어 있으니 12궁과 33천이라 하느니라."

"신령님! 신(神)들의 세계도 높고 낮음이 있는 것인지요?"

"제자야! 신(神)들의 세계도 높고 낮음이 있으나 그보다는 각각의 역할과 직분이 더 중요하느니라."

"신령님! 핏줄운내림과 핏줄대물림은 정말로 작용하는지요?"

"제자야! 유전인자적 핏줄작용 속에는 핏줄운내림과 핏줄업내림 그리고 핏줄대물림 현상이 정말로 작용하느니라."

"신령님! 남의 조상이 내 집안과 우리 민족을 도와주는지요?"

"제자야! 천륜적 핏줄관계는 최우선으로 항시 작용을 하기 때문에 남의 조상이 내 집안과 우리 민족을 도와주지 않느니라."

"신령님! 민족분쟁과 종교분쟁은 해결될 수 있는지요?"

"제자야! 민족분쟁과 종교분쟁은 어느 한쪽이 멸망할 때까지 해결될 수가 없느니라. 유사시와 최후에는 민족과 종교끼리 뭉치게 되어 있느니라."

"신령님! 사람도 죽어서 신(神)이 될 수 있는지요?"

"제자야! 사람도 죽어서 신(神)이 될 수 있으니, 대도(大道)를 이루고 행하거나 또는 위대한 업적을 이루거나 큰 능력을 지니면 죽어서 인격적 신

(神)이 될 수 있느니라."

"신령님! 사람은 죽으면 어떻게 되는지요?"

"제자야! 사람이 죽으면 그 영혼은 몸뚱이에서 빠져나가 다시 삼혼(三魂)으로 갈라져서 각각의 세계로 돌아가고, 칠백(七魄)으로 흩어져서 자연 소멸이 되니 즉, 3혼으로 갈라지고 7백으로 흩어지느니라."

"신령님! 사람이 죽을 때 그 영혼은 어떻게 대처해야 가장 좋은지요?"

"제자야! 사람이 죽을 때는 어떤 사유로 죽든지 간에 죽음에 직면하면, 그 영혼은 절대로 당황하거나 두려워하거나 미련을 가지지 말고 그대로 순리에 따라서 저승사자를 따라가든지 또는 빛이 나타나면 가장 밝고 눈부신 빛을 따라가면 좋으니라. 평상시 자기 영혼에게 자기 암시법으로 주입을 시켜놓으면 좋으니라."

"신령님! 원인에 따른 결과가 나타난다는 인과의 법칙은 정말인지요?"

"제자야! 인과의 법칙은 하늘법칙이니 정말이고 또 정말이니라. 모든 사람은 삼생(三生)을 인과의 법칙에 따라 살아가느니라."

"신령님! 이 말씀들을 듣기 전에 이미 많은 잘못을 범했거나, 또는 죄를 지었거나, 또는 잘못 살아온 사람들은 어떻게 하면 좋은지요?"

"제자야! 지금부터라도 즉시 잘못을 뉘우쳐 참회 · 회개하고, 착한 마음씨로 오직 선행(善行)을 많이 행하고, 가지고 있는 것들을 베풀어서 자기 공덕을 쌓으면 죄 값이 경감 소멸되느니라. 인과의 하늘법칙은 진리이니 틀림이 없느니라."

"신령님! 좋고 나쁜 일에는 미리 그 징조가 나타난다고 하는데 정말 그러하는지요?"

"제자야! 모든 일에는 어떻게든 반드시 사전에 그 징조가 예고되느니라.”

“신령님! 사전예고의 징조들은 어떻게 나타나는지요?”

“제자야! 사전예고의 징조들은 현상적으로 또는 꿈속으로 그리고 얼굴과 손금의 형상과 기색으로 분명히 나타나느니라.”

“신령님! 좀 더 자세히 가르쳐주실런지요?”

“제자야! 큰일과 객관적인 것은 큰 사고와 자연현상의 전조 징후로 나타나고, 작은 일과 주관적인 것은 개인의 신체 이상과 얼굴 손금의 기색으로 나타나며, 특히 꿈속에서의 계시로 나타나느니라. 사전예고의 징조들을 잘 살펴서 사전에 대비를 잘하는 지혜가 필요 하느니라.”

“신령님! 꿈속에서의 계시 좋은 꿈과 나쁜 꿈의 구별을 가르쳐주실런지요?”

“제자야! 꿈속에서의 계시는 남·녀의 성별과 나이 그리고 직업과 상황에 따라서 조금씩 다르게 나타나고 또한 조금씩 다르게 꿈 풀이를 하느니라. 하지만 먼저 좋은 꿈들을 대체로 열거하면 돼지꿈·용꿈·구렁이꿈·두꺼비꿈·큰물고기꿈·소꿈·말꿈·호랑이꿈·족제비꿈·독수리꿈·봉황새꿈·똥꿈·돈뭉치꿈·대통령꿈·귀인을 만나는 꿈·종이문서 또는 고액 수표를 받는 꿈·귀중품을 받는 꿈·백발도인꿈·조상님이 일러주는 꿈·특별한 숫자 또는 이름 또는 장소를 가르쳐주는 꿈·맑은 물꿈·과일꿈·불이 잘 타는 꿈·꽃상여를 보는 꿈·물고기를 많이 잡는 꿈·조개를 많이 잡는 꿈·수확을 하는 꿈·현재보다 좋은 집에서 살고 있는 꿈·잔칫상을 보는 꿈·기도를 하는 꿈·아침에 일어나서 예감과 느낌이 좋은 꿈 등등이니라.

다음으로 나쁜 꿈들을 대체로 열거하면 젊은 여자들꿈·어린 아기꿈·귀신꿈·경찰꿈·군인꿈·벌레꿈·소가 덤벼드는 꿈·짐승이 덤벼드는 꿈·쫓기는 꿈·흙탕물 꿈·물이 더러운 꿈·물이 줄어드는 꿈·물고기를 못 잡는 꿈·교량이 끊기는 꿈·큰 사고가 발생하는 꿈·자기 신발을 잃어버리는 꿈·자가용차를 잃어버리는 꿈·자기 물건을 찾으러 다니는 꿈·자기 물건을 빼앗기는 꿈·못사는 동네로 이사 가는 꿈·죽은 사람이 보이는 꿈·억울한 사람이 꿈속에 나타나는 꿈·헐벗고 굶주린 조상꿈·조상님이 자주 보이는 꿈·가위눌리는 꿈·무서움과 공포를 느낀 꿈·기분 나쁜 꿈·느낌과 예감이 안 좋은 꿈 등등 헤아릴 수 없을 만큼 많으니라.

이러한 좋고 또는 나쁜 꿈들 중에서 두 번 이상 반복되는 꿈과 특별한 꿈 그리고 새벽 잠자리에서 일어나기 직전에 꾸는 꿈들은 귀중한 계시와 암시가 들어 있으니 반드시 꿈 풀이를 잘해야 하느니라. 특히, 사람의 이름 또는 어느 곳의 지명을 가르쳐주는 꿈이나 글자와 숫자를 가르쳐주는 꿈 등등은 복권당첨 또는 횡재와 행운을 잡을 수 있는 좋은 꿈이기도 하니 이러한 특별한 꿈을 꿀 경우에는 반드시 용한 점(占)쟁이를 찾아가 꿈 풀이를 잘 받아 보아야 하느니라.

꿈 활용만 잘해도 1년에 한두번은 반드시 기회가 있게 되니 나쁜 꿈은 사전예방을 잘해서 손해를 막을 수 있고 또한 좋은 꿈은 사전준비를 잘해서 큰 이득을 볼 수 있으니 반드시 꿈 활용을 잘해야 하느니라.”

“신령님! 핏줄운(運) 내림과 핏줄동기감응작용법칙이 사람 개인과 자녀의 운명에 얼마만큼 영향을 끼치는지요?”

“제자야! 각각의 집안과 개인에 따라서 차이가 있을 수 있지만, 대체로 60~90%까지 사람 개인과 자녀의 운명에 영향을 끼치니 핏줄관계는 아주 중요하느니라.”

"신령님! 전생(前生)이 현생(現生)의 삶과 운명에 얼마만큼 영향을 끼치는지요?"

"제자야! 전생(前生)의 존재가 자기 몸뚱이의 영혼으로 들어와 있기 때문에 자기 자신의 타고난 운명을 얼마만큼 알고 있는가 또는 자기 운명에 맞게 살고 있는가 아니면 자기 운명도 모르고 잘못 살고 있는가 등등과 전생(前生) 삶의 인과에 따라서 또는 태어나면서 ① 복(福)을 타고났는지 ② 운(運)을 타고났는지 ③ 업(業)을 타고났는지 등등에 따라 차이가 있을 수 있지만 대체로 70~90%까지 현생(現生)의 운명에 영향을 끼치느니라. 이러한 비밀작용과 하늘법칙들을 이해한다면 사람의 삶은 함부로 막살 수도 없고 또한 함부로 막살아서도 안 되니 반드시 잘살아야 하느니라. 자기 자신이 잘못 살거나 또는 원한 많게 죽으면 자기 자손과 자기 영혼은 함께 이후로 100~300년 동안 고통받고 고생하고 불행하게 되니 반드시 알아둬야 하느니라."

"신령님! 인간으로 태어나서 어릴 때 또는 젊은 나이에 억울하게 죽은 사람은 천도가 잘 되는지요?"

"제자야! 인간으로 태어나서 어릴 때 또는 젊은 나이에 억울하게 죽은 사람은 본래 수명의 나이가 될 때까지 수십 년 동안을 저승세계로 들어갈 수가 없기 때문에 천도가 잘되지 않느니라."

"신령님! 여자의 자궁 속에서 억울한 죽음을 당한 낙태 아이들의 영혼은 어떻게 되는지요?"

"제자야! 여자의 자궁 속에서 억울한 죽음을 당한 낙태 아이들의 영혼은 태어나서 어른으로 성장하고 죽어야 하는 그 수명의 나이가 될 때까지 수십 년 동안을 저승세계로 들어갈 수가 없기 때문에 태주혼령이 되어서 평생 동안 그 어미의 자궁 속이나 몸뚱이에 달라붙어서 원한의 복수를 하게 되느니라. 억울한 죽음을 당한 혼령들은 원한의 대상자와 죽음을 당한 그 장소에서 붙박이지박령 원한귀신으로 붙어있기 때문에 교통사고로 사람이 죽은 장소에서 또 교통사고로 사람이 죽는 현상이 생기고, 낙태 살인을 한 자궁에서는 자궁살(殺)이 생겨 자궁암과 불임 또는 이혼과 사별 등등의 보복 현상이 생기느니라. 낙태 살인을 한 여성으로서 이러할 경우에는 반드시 자궁살(殺)을 풀어주고, 또한 태주혼령 낙태아기를 도술법으로 반드시 해원천도시켜주어야 하느니라.

"신령님! 원한이 많은 원귀 · 악귀 · 요귀 · 좀비 · 수비 · 영산 등등의 원한이 강한 귀신들은 천도가 되는지요?"

"제자야! 원한이 강한 귀신들은 최고의 도술법을 사용하지 않고서는 천도가 잘되지 않느니라. 천도가 안 되고 또한 천도를 못시키기 때문에 조상굿이나 천도제를 여러 번 해주어도 또 나타나고 자손들에게 계속 우환이 생기느니라. 최고의 도술법을 지녀야 원귀 · 악귀 · 요귀 · 좀비 · 수비 · 영산 등등의 귀신들을 천도시킬 수 있고 또한 해결할 수가 있느니라."

"신령님! 환갑 나이를 넘겨 살고 원한이나 미련이 없이 죽은 사람도 조상굿이나 49제 · 천도제가 필요하는지요?"

"제자야! 그러한 영혼은 순리를 잘 따르게 되니 조상굿이나 49제 · 천도제가 필요 없느니라."

"신령님! 사람으로 살면서 가장 좋은 일은 무엇인지요?

"제자야! 사람으로 살면서 가장 좋은 일은 착한 일 선행공덕을 쌓는 일이니 지식이 많은 사람은 그 지식을 나누어주고, 재물이 많은 사람은 그 재물을 나누어주고, 건강한 사람은 자원봉사를 많이 행해야 하느니라."

"신령님! 다음은 민족과 국가의 미래를 위해서 가르침을 주실런지요?"

"제자야! 민족과 국가의 미래를 위해서는 의식개혁과 인간계발 그리고 백년대계의 국가전략이 필요하느니라."

"신령님! 바람직한 방법을 가르쳐주실런지요?"

"제자야! 천급한 허세와 비굴함을 고치고 자주독립성과 애족애국심으로의 의식개혁이 필요하며, 사람은 태어날 때 반드시 한 가지씩 저마다의 개성적 소질과 운명을 가지고 태어나니, 각 사람의 타고난 소질과 지능·재능·성격·체질·감성 그리고 수명과 운세와 운명에 따른 개성적이고 전문적인 인간계발이 꼭 필요하느니라. 각 사람의 타고난 소질과 개성을 빨리 발견하여 반드시 적성에 맞게 계발시켜주고 함께 각 사람의 타고난 운명과 운세에 가장 적합한 인생 진로를 제시하여 선택하도록 해주면 각 사람 개인의 성공과 민족 국가의 발전을 함께 이룩할 수가 있느니라. 젊은이들이 직업성공과 인생살이를 함께 성공하려면 반드시 소질적으로 잘 할 수 있는 것을 선택해야 할 것이니 잘 할 수 있는 능력과 하고 싶은 희망은 분명히 다르다는 것을 꼭 알아야 하느니라."

"신령님! 무한경쟁의 국제사회에서 우리 민족과 국가가 미래 전략적으로 잘살 수 있는 방법을 가르쳐주실런지요?"

"제자야! 더 많이 성장발전위주로 정책노선을 정하고 반드시 자본독립과 기술독립을 해내어 국제경쟁능력을 갖추어서 부강의 길로 나아가야 하고 또한 민족의 '인종개량'이 필요할지니 나쁜 유전인자를 가진 사람 즉, 너무 허약체질자·신체적 심한 불구자·두뇌가 너무 나쁜 자·술 약물 도박 중독자·악질 범죄자·정신병자·난치병자·불치병자 등등 열성유전인자를 가진 사람들의 2세 자식 생산을 금지시키고, 훌륭한 강성유전인자를 가진 사람들에게는 2세 자식 생산을 증대시키는 특별법의 인종개량으로 핏줄적 민족의 질을 향상시켜야 하느니라. 1세대 30년 정도만 이를 전략적으로 계획하고 실행하면 세계 최고의 우수 민족이 될 수 있고 부강의 나라가 될 수 있느니라. 이것은 미래 개인의 불행을 예방하고 또한 엄청난 사회비용 낭비까지 줄일 수 있느니라.

한나라의 민족과 국가의 전략은 10년 · 100년 · 1,000년의 앞날을 예측하여 그 준비와 대비를 철저히 잘해 나아가야 할 것이니라."

"신령님! 사회의 대형사고와 자연재해 등등의 재앙과 정책실패로 인한 막대한 피해와 손실을 막을 수 있거나 또는 줄일 수 있는 방법을 가르주실런지요?"

"제자야! 미래예측과 미래예언은 점(占)쟁이들의 전문분야이니 미래예측 능력이 뛰어난 실력있는 신통력의 점(占)쟁이 또는 점(占)술가를 100명 정도 선정 · 위촉하여 하늘에서 계시와 예시가 있을 때마다 중앙 집결 전화에 수시로 통화기록을 하도록 하고 슈퍼컴퓨터와 전담요원 공무원으로 하여금 집계분석을 계속 하도록 하여 정확한 미래예측적 준비 · 대비 · 대응을 잘할 수 있도록 하는 시스템을 활용하면 대형사고와 자연재해 등등의 재앙 그리고 정책실패로 인한 엄청난 피해와 손실을 절반으로 줄일 수 있고 또한 막을 수도 있느니라. 이 시스템은 기업경영과 국가경영 그리고 국가정보와 국가방위 그리고 모든 협상의 전략에도 도움이 될 수 있느니라."

"신령님! 우리 민족과 국가의 안정과 평화 그리고 지속적인 발전을 위해서는 어떻게 해야 하는지요?"

"제자야! 민족과 국가를 다스리는 정치를 잘해야 하느니라."

"신령님! 정치를 잘하려면 어떻게 해야 하는지요?"

"제자야! 자질과 능력을 갖춘 인물들이 필요할지니 애족애국심이 결여된 이중국적을 가진 자·오기가 강한 자·과거 실적이 없는 이론가·소신이 없는 자·말을 바꾸는 자·의리가 없는 자·기회주의자·소인배같은 자 그리고 사리사욕에 눈먼 자들은 정치에서 철저히 배제를 시키고, 국가경영의 최고 통수권자는 미래예측능력과 덕(德)을 겸비한 카리스마적 강력한 리더십과 나라의 어른다운 모습으로 대인(大人)의 면모를 갖추고 대도(大道)의 길을 가야 할지니라."

"신령님! 우리 민족과 국가의 혼란과 재앙의 근본들을 해결할 수는 있는지요?"

"제자야! 해결할 수 있느니라. 인간은 영(靈)적 작용을 하기 때문에 한반도 남북전쟁 때 이 땅에서 피를 흘리며 원한 많게 죽은 수십만 명의 원혼들과 또한 각종 사고와 불치병으로 원한 많게 죽은 수많은 원혼들을 잘 달래고 깨우치게 하고 영혼치유까지 하는 특수 도술법으로 해원천도만 잘 시키면 나쁜 작용의 근본을 모두 해결할 수 있느니라. 그렇기 때문에 국사당(國祠堂)을 꼭 지어야 하느니라."

"신령님! 미래 우리 민족과 국가를 위한 가르침을 더 주실런지요?"

"제자야! 민족과 국가가 약소하고 미래사회는 결국 사람의 능력에 달려 있으니 결코 무너지지 않는 강인한 정신력을 가진 민족성 그리고 기술과 자본의 경쟁력을 갖춘 강한 국가가 될 수 있도록 철저히 그 준비를 해 나아가야 할 것이니라. 민족과 국가 그리고 개인까지도 앞날의 정확한 미래예측을 해내고 또한 준비와 대비를 철저히 하는 전략마인드가 가장 중요하느니라. 더 이상의 가르침은 하산(下山) 후에 차차로 또 주어질 것이니라…"

나는 아쉽지만 신령님들과의 문답식 가르침이 끝나자 하늘과 신령님께

삼배(三拜)로 큰절을 올리고 천등산(天登山) 산꼭대기 가장 높은 산봉우리를 내려옵니다.

해가 지고 있는 노을진 석양에 산봉우리를 내려옵니다.

산(山) 기도로 도(道)를 닦으면서 10년 동안 하루에 한 개씩 쌓아올린 돌탑은 내 키의 3배 높이만큼이나 높습니다.

나는 돌탑 앞에 서서 합장을 하고 돌탑을 올려다봅니다.

내 손으로 10년 동안 쌓아올린 나의 돌탑을 감회 어린 마음으로 한참 동안을 올려다보고 있습니다.

어둠 속의 하늘에서 눈부신 빛줄기가 돌탑을 향해 비춰옵니다.

하늘빛줄기 속에서 황금색으로 눈부신 아미타불이 모습을 드러내시어 돌탑 꼭대기 위의 공중에 가부좌를 하고 앉으십니다.

"아미타불이시여! 가르침을 주실런지요?"

"제자야! 공들여 쌓아올린 이 돌탑은 영원토록 무너지지 않을 것이니라.

이곳 천등산(天登山)에서 10년 동안 두문불출 토굴 기도 초월명상으로 신(神)들의 가르침에 따라 6신통 8해탈의 경지에 오른 도사(道士)가 되어서 독성(獨成)의 지존(至尊)에 올라섰느니라.

이곳 천등산(天登山)을 하산(下山) 하거든 이 나라의 신령스런 명산(明山)들인 팔영산 · 조계산 · 월출산 · 한라산 · 무등산 · 내장산 · 모악산 · 계룡산 · 마이산 · 지리산 · 덕유산 · 가야산 · 가지산 · 팔공산 · 속리산 · 월악산 · 일월산 · 소백산 · 태백산 · 오대산 · 설악산 · 치악산 · 불암산 · 수락산 · 도봉산 · 삼각산 · 인왕산 · 관악산 · 남산을 직접 거쳐서 서울로 들어가도록 하여라.

사람들 속에서 함께 살면서 인간계 최고의 신통술과 관상술 그리고 부적술과 도술로 많은 중생들을 도와줄지니, 서울에 점(占)집을 차려 운명예언과 인생상담 등등을 해주면서 인연이 닿는 대로 가르침을 주도록 하여라.

도사(道士)로서 도(道)의 길을 묵묵히 걸어가면 가르침을 받으려는 사람과 공덕을 쌓으려는 사람과 복(福)을 지으려는 사람과 애족애국심을 가진 동지들이 많이 나타나서 국사당(國祠堂)을 짓는데 시주헌금을 내면서 함께 참여해 줄 것이니라.

제자는 인간계 최고의 신통술과 관상술 그리고 부적술과 도술로 중생구제와 민족국가를 위한 국사당(國祠堂) 건립이 그 사명이고 평화ㆍ행복과 초월ㆍ자유가 그 이상이니라. 잘 알아들었는가?"

"예! 잘 알아들었습니다."

신령님의 모습과 음성이 사라지고 이제 고요함만 남습니다.

어두운 밤의 깊고 높은 산(山) 속에서 별빛이 빛나는 밤하늘을 올려다봅니다.

나도 모르게 환희의 눈물이 볼을 타고 흘러내립니다.

동쪽하늘에서 둥근 달이 떠오릅니다.

밤하늘의 둥근 달이 어둠의 대지를 비추어줍니다.

나는 밤하늘의 둥근 달을 바라보면서 환희의 눈물을 흘립니다.

환희의 눈물이 내 볼을 타고 흘러내리고 있습니다….

이 글을 읽고 있는 독자분이여!

인생을 살면서 한번쯤 환희의 눈물을 흘려보았는가?

체험을 해본 사람만이 눈물의 참 맛을 느낄 수 있습니다.

체험을 해 본 사람만이….

제25장

도인(道人)이 되어 하산(下山)을 한다

나는 이제 하산(下山)을 준비합니다.

첩첩산중 깊고 높은 산(山) 속에 들어와서 10년 동안 산(山) 밖을 한 번도 나가지 않은 두문불출로 토굴 기도를 하며 나 홀로 산도(山道) 닦는 생활을 마무리하기 위해 준비를 합니다.

무르익은 봄철이니 또다시 산골짜기 비탈의 텃밭에 채소 씨를 심기 위해 땀을 흘리며 괭이질을 합니다.

여러 날 동안 땀을 흘리면서 괭이로 땅을 파 엎고 두둑과 이랑을 만들어 정성스럽게 채소 씨를 심습니다.

누가 먹든지 간에 산(山) 속의 텃밭에 채소 씨를 심어놓습니다.

넓은 마음 그리고 큰마음으로 마음을 씁니다.

이곳 천등산이 자동차가 통행할 수 있는 임도 산길이 생기고, 또한 옹달샘 토굴에서 큰 도사(大道士)님이 탄생했다는 입소문이 났으니, 누군가 또

인연 있는 사람들이 이곳을 찾아와 산(山) 기도공부를 하게 될 것을 대비해서 모든 시설은 그대로 남겨두고 깨끗이 청소만 해놓습니다.

나는 돌탑과 돌 제단 그리고 옹달샘과 토굴에 한없는 고마움과 감사함으로 머리 숙여 마음 숙여 골백번 큰절을 올리고 동서남북 4방으로도 큰절을 올리고나서 이제 하산(下山)을 합니다.

유언과 유서를 남겨놓고 죽음을 각오하는 배수진을 치고 10년 동안 산도(山道)를 닦아 드디어 도사(道士)가 되어 이제 하산(下山)을 합니다.

나는 나의 수호령을 거느리고 천등산(天登山)을 내려옵니다.

하늘에서는 승리의 축하 음악 소리가 들려오고 산까마귀들도 머리 위를 날면서 까악-까악- 축하를 해줍니다.

나는 승리자가 되어 축하를 받으며 산(山)을 내려옵니다….

집 떠난 지 10년 만에 시골집 생가(生家)로 돌아오니, 그동안 천등산(天登山) 수도수행처까지 나를 찾아와 가르침을 받았던 많은 사람들로부터 보내온 축하선물과 꽃다발 화환이 마련되어 있고 축하 글의 작은 현수막도 생가(生家) 대문 밖에 걸려있습니다.

많은 사람들과 친지 가족들이 나를 반겨줍니다.

나는 한 사람 한 사람 손을 잡아주고 그리고 대청마루에 앉아 계신 어머님께로 가서 큰절을 올리며 문안 인사를 드립니다.

우리 어머님께서는 이제 백발노인으로 늙으셨습니다.

지금도 장독대의 큰항아리 위에 정한수를 떠올리고 있습니다.

손씨 집안으로 시집을 와 첫아기 임신 때부터 그 아기가 태어나고 자라서 50살을 넘긴 지금까지 매일처럼 장독대 큰항아리 위에 정한수로 물 한 그릇을 떠올리고 있습니다.

당신께서 시집온 손씨 집안과 당신께서 배 아파 낳으신 6남 1녀 7남매를 위해 오직 잘되기만을 평생 빌어 오고 계십니다.

필자는 이 책을 가장 먼저 나의 어머님 안동 김씨 '김순애' 님께 엎드려서 받쳐 올리는 바입니다.

그리고 우리 어머님의 7남매 자식을 대표해서 그러하신 어머님의 거룩하신 삶에 한없는 고마움과 존경심을 표하는 바입니다.

그러하신 어머님께서 이제 늙으시니 무릎관절과 허리 엉치뼈에 골다공증과 통증으로 아프시다고 하십니다.

나는 자식된 도리로 병원에도 모시고 다녀오고 그리고 몇 날 며칠을 어머님 무릎과 허리를 만져드리면서 직접 약사신(神)과 부적도술의 신통력으로 치유를 해드립니다.

생가(生家)의 어머님 곁에 머물면서 가족 모두와 지인 그리고 시골 동네 사람들과 손님으로 찾아온 사람들에게 운명감정과 인생상담을 해주면서 그 사람에게 꼭 맞는 법문(法文)을 한마디씩 해줍니다.

나는 그 사람의 운명과 운(運)흐름에 꼭 맞는 가르침을 줍니다.

그 사람의 운명을 종합적으로 분석하여 현 시점에서 가장 합리적인 가르침을 직설법으로 말해줍니다.

하루는 군수님의 소개로 찾아왔다면서 순천에서 '고흥군 도화면 가화리 이목동' 시골동네에 고급승용차 리무진을 타고 귀부인과 아가씨가 나타납니다.

요즘 이곳 시골동네에 고급승용차들이 자주 찾아옵니다.

리무진 승용차를 타고 온 귀부인이 먼저 입을 열면서 자기가 찾아온 이유를 먼저 맞춰보라고 합니다.

나는 나를 시험하는 이러한 무례와 무식이 가장 싫지만 멀리서 찾아왔고 또한 군수님의 체면도 있고 하여 빙그레 웃음으로 대하며 신안(神眼)으로 손님의 얼굴을 유심히 바라보면서 입을 엽니다.

　"여사님! 핸드백 속에 들어있는 두 사람의 사주와 성명이 적힌 종이쪽지를 꺼내 놓으시지요!"

　그러자, 손님은 탄복을 하면서 준비해온 종이쪽지를 꺼내놓습니다.

　"어머니가 딸을 강압으로 데리고 왔고 혼인문제와 궁합을 보러오셨지요?"

　"예! 도사님, 맞습니다요. 딸 결혼을 앞두고 신점(神占)을 잘 치는 무녀(巫女)를 찾아가서 궁합을 보았더니 나쁘다고 말하고, 철학을 잘 보는 역술원을 찾아가서 궁합을 보았더니 좋다고 말하는 등등 서로 상반된 반대의 점(占)을 쳐서 궁합을 서너 번씩이나 보고도 결정을 못 내리고 있습니다요. 두 사람의 궁합과 혼인의 가·부를 결정지으러 왔습니다."

　나는 신점(神占)과 철학으로 두 사람의 사주와 성명을 풀어보고, 직접 찾아온 한 쪽의 당사자 얼굴에서 그 사람의 타고난 결혼운까지 확인을 하고, 두 사람의 전생(前生)과 핏줄운(運)내림까지 정확히 분석하여 결혼운과 궁합을 동시에 봐주면서 궁합과 혼인의 가·부를 답해줍니다.

　"두 사람의 궁합은 70점 정도가 되니 궁합 자체는 조금 좋은 편입니다. 그러나 혼인은 절대로 시키지 않아야 합니다. 왜냐하면 남자의 타고난 사주팔자 운명에는 수명이 짧으며 재물이 없고, 여자의 타고난 사주팔자 운명에는 결혼이 두 번 들어 있으니, 만약 이 두 사람을 결혼시키면 여자의 나이 35세에 사별을 당하게 됩니다. 특히 여자 쪽의 사주팔자와 얼굴관상에 99% 확률로 결혼운이 두 번 결혼으로 나타나 있기 때문에 궁합이 좋아도 이 남자와 결혼을 하면 35세에 사별을 당하게 됩니다."

"도사님! 그렇다면 우리 딸의 타고난 '평생운명'은 어떠한지 '운명감정'을 좀 해 주십시오."

나는 다시 한번 신통관상법으로 아가씨의 얼굴관상과 영혼모습 그리고 사주를 동시에 보면서 그 사람의 ① 전생 ② 핏줄내림 ③ 핏줄동기감응 ④ 풍수지리환경 ⑤ 운기작용 등등 ⑥ 복(福) ⑦ 운(運) ⑧ 업(業) ⑨ 살(殺)작용 등등을 정밀분석해서 정확하게 타고난 '평생운명'의 핵심을 가르쳐줍니다.

"부모 잘 만난 복(福)을 타고났으니 부유한 집안의 외동딸로 태어나서 호의호식하고 또한 200억 원쯤의 재산상속도 받을 것이며 운세도 강하여 후계자로 성공하게 됩니다. 하지만 어머니처럼 결혼운이 나쁘니 그 딸도 첫 번째 결혼은 반드시 실패를 당하고 이순쯤에 신경성 홧병(火病)으로 쓰러지고 다시 회복이 된 후에는 자선사업가가 되고 팔순쯤에 죽게 될 것이며 자식은 두 명을 두게 됩니다. 결혼운이 나쁜 것은 어머니 쪽 핏줄운내림과 전생업살작용 때문이니 결혼은 30살에 늦게 하면 좋고 지금부터 반드시 착한 일 선행공덕을 행하면 운명을 좋아지게 할 수도 있습니다. 나이가 4살 차이 김씨 성을 만나면 결혼을 잘하게 되고 더욱 결혼을 잘하려면 타고난 운명 속에서 업살(業殺)을 꼭 소멸시켜주길 바랍니다. 재물복을 타고났으니 빈부귀천 중에서 부(富)에 속하고 사회등급은 1~10등급 중에서 2등급에 속하며 평생 동안의 평균 행복지수는 1~10등급 중에서 4등급에 속합니다. 인생진로는 경영학을 더욱 공부해서 어머니 사업의 후계자가 되면 가장 좋습니다."

손님으로 찾아온 귀부인과 아가씨는 나의 점(占)치는 과정을 지켜보면서 점차로 자세와 말씨를 고치면서 겸손해집니다.

지금까지 다른 곳과는 비교할 수 없을 만큼 정확한 운명감정으로 운명점(運命占)을 잘 맞추니 아주 겸손한 태도로 타고난 운명 속에 들어있는 나쁜 업살(業殺)을 풀어서 개운(改運)을 해달라고 부탁을 해옵니다.

자기 전생의 인과와 자기 조상의 인과로 타고난 운명 속에 들어있는 운명의 업살(業殺)풀이는 무거움과 가벼움의 정도에 따라서 ① 각종 살(殺)풀이 ② 업장소멸 ③ 조상해원천도 ④ 신끼 제거 ⑤ 나쁜핏줄대물림소멸 ⑥ 새로운 운맞이 등등을 종합적으로 동시에 행하는 하늘 천제(天祭) 또는 도술부적의 특수처방으로 운명치료 개운(改運)이 꼭 필요하나 각각의 사람과 각각의 운(運)에 따라서 처방의 비방이 모두가 다를 수 있습니다.

하지만 이 경우에는 특수도술부적 처방이 가능하다고 판단되기 때문에 나는 손님이 지켜보는 앞에서 진언을 외우고 정신집중을 하여 신통력(神通力)으로 직접 '도술부적' 을 그려줍니다.

또 하루는, 한 번 찾아뵈었던 사람의 소개로 찾아왔다면서 중년부인이 마음속에 근심이 가득한 모습으로 찾아옵니다.

타고난 생김새는 곱상하건만 현재의 삶은 너무나도 마음고생이 많은 관상입니다.

나를 찾아온 중년부인은 한마디 말도 하지 않고 자기의 운명(運命)을 점(占)봐 달라고 합니다.

태어난 생년·생월·생일·생시 사주와 이름을 말해주지 않는 겁니다. 나는 이러한 사람을 손님으로 대할 때면 그 무례함이 싫기도 하고 또한 바짝 긴장이 되고 등골에서 땀이 나곤 하지만 멀리서 찾아왔고 또한 나에게 손님으로 찾아왔던 사람의 소개로 왔다고 하니 그냥 빙그레 웃음으로 대하면서 우선 녹차 한 잔을 대접하며 손수 따라줍니다.

녹차를 대접하면서 손님으로 찾아온 중년부인의 얼굴 전체와 현재 나이쯤의 중년운때를 가리키는 얼굴관상의 해당부위와 남편궁과 자녀궁·애정궁·부인과 질병궁·재물궁·수명궁 등등을 살피고 난 후, 조용히 신안(神眼)을 열고 신점(神占)을 치니 손님 얼굴에 손님의 영혼모습이 함께 보여집니다.

나는 사람의 얼굴을 직접 보면서 점(占)을 칠 때면 그 사람의 얼굴에 그 사람의 영혼모습이 함께 겹쳐 보이고, 또한 사람의 눈을 보면 그 사람의 눈동자에서 그 사람의 전생모습이 순간 파노라마처럼 보입니다.

종합적으로 손님의 모든 운(運)을 분석하고나서 조용히 입을 열고 운명점(運命占)을 봐줍니다.

손님의 나이와 이름도 물어보지 않는 상태에서 그 사람의 운명점(運命占)을 봐 줍니다.

"얼굴 생김새는 곱상하고 마음씨도 착하지만 영매적 무당 신(神)끼와 격정살·도화살을 타고나서 성질이 사납고 사치와 허영심이 많고 결혼을 늦게 했으면 좋을 사람이 결혼을 일찍 해 버려서 결혼운때를 어겼고 또한 늦게 아이를 낳는다면서 3번씩이나 낙태수술을 한 죄업으로 자궁살이 끼여서 첫아이를 낳고부터 지금까지 남편이 딴 여자와 바람을 피우니 독수공방에 근심과 우울 그리고 홧병이 가득합니다. 또한 4년 전에 남편 몰래 친구한테 빌려준 2억 원의 돈은 여태껏 받지도 못하고 있으니 그것 또한 근심과 홧병이 가득합니다.

타고난 수명은 67세쯤 되지만 근심이 많아서 자기 수명을 더욱 단축시키고 울화병으로 자기 폭발을 할 것 같으니 참으로 안타깝습니다."

손님으로 찾아온 중년부인은 운명점(運命占)을 치는 모습을 지켜보면서 고개를 숙이더니 눈물을 펑펑 쏟아냅니다.

나는 휴지를 뽑아 건네주면서 또 말을 합니다.

"내가 말씀해드린 점(占) 내용이 맞습니까? 틀립니까?"

"도사님, 말씀이 모두 다 맞습니다요."

태어난 사주와 이름도 가르쳐주지 않고 대뜸 자기의 운명을 봐 달라고 하기에 나는 바짝 긴장을 하며 정신집중의 '신통관상술'로 손님의 핵심운명을 봐주고 난 후, 손님이 자기 입으로 "맞습니다"라고 답을 하며 눈물을 펑펑 흘리는 것을 지켜보면서 울고 있는 손님의 모습이 한없는 측은심이 들지만 나는 냉철함을 잃지 않고 점괘대로 또 말을 해 줍니다.

"당신의 운명이 그렇게 된 것은 당신의 업살(業殺) 때문입니다. 그리고 더욱 잘못한 것은 결혼운때를 어겼고, 또한 낙태살인을 3번씩이나 했고, 또한 사치 허영심과 그동안의 경거망동으로 인한 그 댓가인 것입니다. 이제 지나간 과거 일은 과거이고 앞으로는 어떻게 살아갈 생각입니까?"

"도사님! 지금까지 잘못 살아온 삶의 현시점에서 과연 어떻게 해야 가장 좋은지를 잘 가르쳐주십시오. 도사님이 시키는 대로 살겠습니다."

"사람 중에는 첫 번째 결혼운이 더 좋은 사람이 있기도 하고, 두 번째 결혼운이 더 좋은 사람이 있기도 하며, 첫 번째도 두 번째도 계속 불행한 사람이 있기도 합니다.

당신은 당신의 사주팔자 운명 속에 들어 있는 신(神)끼와 격정살·도화살 때문에 첫 번째 결혼도 두 번째 결혼도 불행하게 되어 있고, 또한 자궁살 때문에 더더욱 남편이 딴 여자와 바람을 피우게 되어 있고, 또한 손재수 때문에 큰돈을 손해보게 되어 있고, 그리고 그것들 때문에 삶의 고생과 근심·우울·홧병으로 결국에는 수명까지 짧게 되어 있는 것입니다. 모든 것은 원인만 알면 해답이 있듯 나쁜 운명도 원인을 알아내어 그 원인소멸을 시켜주면 해결할 수도 있습니다."

"도사님! 조금 더 자세하게 잘 좀 가르쳐주십시요. 도사님이 시키는 대로 하겠습니다."

"자기 전생과 자기 핏줄의 업보로 타고난 업살(業殺)과 신(神)끼 그리고 낙태아기 태주혼령 자궁살만 잘 풀어주면 모든 나쁜 것의 원인이 소멸되고, 원인이 소멸되면 운(運)이 바뀌게 되고 그리고 운(運)이 바뀌면 운명을 좋은 쪽으로 정확히 바꾸어 낼 수 있는 것입니다."

나는 그동안의 사례와 경험을 자세히 얘기를 해 줍니다.

운(運)이 안 열리거나 또는 운(運)이 나빠서 손해보고 고통당하고 고생하는 것과 반대로 운(運)이 좋고 술술 잘 풀려서 돈도 잘 벌고 즐겁고 행복하는 것을 금전으로 환산을 해보고 또한 1년 동안, 10년 동안, 30년 동안 그리고 평생동안의 손익을 계산해 보고, 나쁜 운(運)은 어떤 수단방법을 써서라도 좋은 운(運)으로 반드시 바꿔줘야 하고, '도사(道士)는 도술이 있기 때문에 운(運)을 바꾸어 낼 수 있다'고 자신있게 얘기를 해줍니다.

운명 개선의 가능성과 확실함의 얘기를 듣고, 이제야 손님의 얼굴이 밝아지면서 웃음을 지으며 자기가 지금껏 잘못 알아온 것과 잘못 살아온 것을 후회하면서 모두 다 털어놓습니다.

그러면서 또 묻습니다.

"도사님! 친구한테 빌려준 돈은 받을 수 있는지요?"

돈을 거래하거나 빌려줄 경우에는 통장계좌 또는 수표를 이용하고 금전차용증을 쓰게 하여 반드시 물적 증거를 남겨둬야 하고 큰 돈을거래할 경우에는 꼭 담보를 잡아두고 또한 증서공증까지 해둬야 잘못되었을 때 법적 조치를 취할 수 있습니다.

나는 이렇게 말해 주면서 이제 상담과 처방을 가르쳐줍니다.

"금전차용증을 보관하고 있는 걸로 점괘가 나오는데 맞는가요?"

"예! 금전차용증를 가지고 있습니다."

나는 이제야 손님의 나이와 이름 그리고 돈을 빌려간 친구의 나이와 이름을 물어봅니다.

그러고나서 돈을 빌려간 친구의 나이와 이름으로 신안(神眼)을 열고 신통술로 그 사람의 자산과 재산을 자세하게 점(占)을 쳐봅니다.

신점(神占)을 쳐보니 몰래 은행거래를 하고 있는 통장과 숨겨놓은 아파트가 보입니다.

친구의 돈을 떼어먹으려고 작정을 하고 있는 나쁜 사람이기 때문에 나는 점괘대로 정확하게 다 가르쳐줍니다.

"○○은행에 몰래 거래를 하고 있는 통장이 있고 또한 서쪽 방향 ○○동네에 ○○아파트가 있으니 즉시 통장과 아파트를 가처분 또는 가압류 조치를 취해서 법적 채권확보를 해두면 빚쟁이 채무자가 즉시 돈을 갚아줄 겁니다."

손님으로 찾아온 중년부인은 얼굴이 더욱 밝아지면서 이제 환하게 웃음까지 짓습니다.

나는 손님의 웃음 짓는 얼굴을 보면서 보람을 느낍니다.

손님으로 찾아온 중년부인은 태어날 때 타고난 자기 자신의 운명 속에 들어있는 나쁜 업살(業殺)을 소멸시켜주는 천제(天祭)를 올리기 위한 기도 날짜를 택일해 두고, 돌아갈 교통비 자동차 기름 값만 남기고 복채 5만 원과 기도 준비금을 꺼내 놓으면서 근심이 사라진 예쁜 얼굴로 인사를 하고 돌아갑니다.

　나는 밝은 모습으로 되돌아가는 손님들을 보면서 항상 이것이 중생구제이고 진짜 활인(活人)이구나 하고 생각을 해봅니다.

　요즈음 생가(生家)가 있는 이곳 시골동네에 외지에서 나를 찾아온 사람들이 점차 많아지고 있습니다.

　그러나 나는 하산(下山)을 할 때 하늘 신령님들로부터 천명(天命)을 받았기 때문에 이곳 시골 생가(生家)에 계속 머물러있을 수가 없습니다.

　나는 또다시 길을 떠나기 위해 준비를 합니다.

　어머님께 인사를 드리고 하늘의 천명(天命)을 받들고자 우리나라의 신령스런 명산(明山)들을 찾아 남쪽에서부터 시작하여 북쪽으로 올라갑니다.

　팔영산 · 조계산 · 월출산 · 한라산 · 무등산 · 내장산 · 모악산을 거쳐서 계룡산의 삼불봉으로 갑니다.

　계룡산 삼불봉 바위 앞에서 삼칠일기도를 하고, 마이산을 거쳐서 한반도 남쪽의 제일명산인 지리산의 천왕봉으로 갑니다.

　지리산 아랫마을 중산리에서 산(山)을 오르기 시작하여 법계사를 지나 가장 높은 천왕봉에 올라섭니다.

　지리산 천왕봉에 실제로 오르고 산(山) 기도를 해보니, 지리산에 큰 도사님이 오셨다고 하면서 전쟁 때 죽은 혼령들과 사고로 죽은 혼령들이 구름떼처럼 몰려옵니다. 수많은 원혼의 혼령들이 피를 흘리고 헐벗고 굶주린 너무나도 불쌍한 모습으로 울부짖으며 하소연들을 해옵니다. 저 수많은 불쌍한 혼령들 속에는 먼 친척이나마 내 조상님도 끼어 있을 수 있고, 독자분의 조상님도 끼어 있을 수 있습니다.

　나는 억울하고 한 많게 죽고, 죽어서는 원한귀신이 되어 구천세계를 떠

돌고 다니는 저 많고 많은 우리 민족 동포 조상님들의 원혼을 달래고 해원천도시켜드리고자 반드시 국사당(國祠堂)을 짓고 그리고 이 생명 다할 때까지 해원천도경과 해탈열반경을 독경하리라고 다시 한번 굳은 각오와 함께 삶의 목표를 정합니다.

하늘 신령님들께서 또 하명(下命)의 공수말씀을 내리십니다.

"지리산을 포함한 이 나라 명산(明山) 3곳에 국사당(國祠堂)을 지어라! 억울한 원혼들의 해원천도와 국태민안(國泰民安)을 빌어라! 사람들의 영혼을 극락천국과 깨우침으로 인도하라!"

"예! 그렇게 하겠습니다."

나는 지리산의 가장 높은 천왕봉에서 삼칠일기도를 하고, 덕유산 · 가야산 · 가지산을 거쳐서 팔공산의 갓바위로 갑니다.

팔공산 갓바위 부처님 앞에서 삼칠일기도를 하고, 속리산 · 월악산 · 일월산 · 소백산을 거쳐서 태백산의 천제단으로 갑니다.

자연석 돌로 쌓아올린 태백산 천제단에서 삼칠일기도를 하고, 오대산을 거쳐 설악산으로 갑니다.

설악산의 비룡폭포를 지나 토왕성폭포 아래에서 기도를 합니다.

하늘 신령님들께서 또 하명(下命)의 공수말씀을 내리십니다.

"이곳 설악산 입구 도문동(道門洞)에도 국사당을 지어라!"

"예! 그렇게 하겠습니다."

나는 설악산에서 또 하늘의 계시를 받고 그리고 치악산을 거쳐서 드디어 서울의 불암산 · 수락산 · 도봉산을 거쳐 주산(主山) 삼각산 백운대로 갑니다.

서울의 국립공원으로 지정된 삼각산 아랫마을 우이동에서 산(山)을 오르기 시작하여 도선사를 지나 가장 높은 백운대에 올라섭니다. 삼각산 백운대의 큰 바위 위에서 사방을 둘러보니 인수봉과 만경봉 너머로 서울 시내가 한눈에 다 보입니다. 삼각산 가장 높은 산봉우리 백운대의 큰 바위 뒤편 너머로 쇠줄을 타고 내려가 사람들이 다니지 않는 곳의 바위 아래에서 산(山) 기도를 합니다.

서울 삼각산의 남쪽 산줄기를 따라 평창동 뒤편의 보현봉 쪽을 둘러보니 기독교를 신앙하는 신도님들 수백 명이 산골짜기마다에서 날밤으로 통성기도를 하고 있습니다. 요즘은 기독교의 기도원들이 산(山) 속에 많이 생기고 또한 많은 신도님들이 산(山) 속에서 날밤으로 기도를 많이 하고 있습니다. '하늘의 명기(明氣)가 산(山)을 통해서 땅에 내린다' 는 그 비밀진리를 아는가 봅니다. 부처님 · 예수님 · 마호멧님 등등의 옛 성인(聖人)들께서도 산도(山道)를 닦고 산(山)에서 계시를 받았던 사실과 진실을 이제 아는가 봅니다.

이처럼 산도(山道)의 위력과 진리를 제대로 아니 정말로 다행이라고 생각하면서 모든 수도자와 특별 신앙인들 그리고 신(神) 제자들에게 신(神)과의 직접 교통은 산(山) 기도에 있음을 가르쳐드리는 바입니다.

"신통력과 깨침의 최고 방법은 산도(山道)에 있습니다."

그렇습니다.

나도 옛 성인(聖人)과 성자(聖子)들처럼 산도(山道)를 통해서 도인(道人)이 되고 도사(道士)가 되었습니다.

나는 도인(道人)이니 모든 사람과 모든 종교를 다 포용합니다.

기독교 신도님들이 가장 많이 산(山) 기도를 하고 있는 삼각산의 보현봉 산골짜기를 지나서 대통령궁이 있는 청와대의 뒷산 북악산을 살펴봅니다.

주산(主山) 삼각산의 기운(氣運)이 가장 강하게 흐르는 북악산 산신령님을 만나고, 대통령궁 청와대의 주인과 나라의 미래운(運)을 가르침 받습니다.

(필자는 대통령궁 청와대 뒷산의 북악산(山) 산신령님으로부터 우리나라 대통령과 나라의 국운(國運)을 가르침 받고 차기 대통령과 나라의 미래 앞날을 다 알고 있음을 밝혀놓습니다.)

삼각산 백운대에서 삼칠일기도를 하고, 인왕산 선바위 · 관악산 연주대를 거쳐서 서울 한복판의 남산으로 갑니다.

서울의 남산 꼭대기에서 사방을 둘러보고, 4대문의 수문장신(神)께 알리고나서 남산을 내려와 서울 종로 통으로 들어갑니다.

한반도 남쪽 땅 끝 고흥의 천등산(天登山)을 하산(下山)하여 남쪽에서부터 시작하여 금수강산 이 땅의 대표적 영산(靈山) 산신령님들께 두루 인사를 드리고 또한 명기(明氣)를 받으면서 약 1년 동안 산(山) 기도를 더 해서 드디어 하늘 신령님의 가르침에 따라 서울로 들어옵니다.

지난 젊은 날의 나에게 삶의 실패와 고통 그리고 좌절을 안겨준 그 곳에 10여 년이 지나서 다시 나타납니다.

넘어진 땅에서 넘어진 그 땅을 딛고 다시 일어서기 위해 젊은 날의 나를 넘어뜨린 그곳으로 또다시 나타납니다.

새로운 삶의 목표와 새로운 삶의 방법으로 다시금 삶의 도전을 위해 나를 넘어뜨린 그곳에 또다시 나타납니다.

새로운 사람이 되어서 다시 나타납니다.

나는 도사(道士)가 되어 대한민국 서울 중심의 종로 통에 다시 나타납니다….

제26장
내 손으로 내 머리를 깎는다

11년 동안의 수도(修道)생활로 머리칼과 수염을 한 번도 자르지 않으니, 머리칼은 기다랗게 자라 등허리까지 내려오고 수염도 기다랗게 자라 앞가슴까지 내려옵니다.

남루한 옷차림에 커다란 배낭을 짊어지고 서울 종로 통 뒷골목의 싸구려 여관으로 들어섭니다.

서울 종로 통 뒷골목의 싸구려 여관에 월세 방을 얻습니다.

다음날 동대문시장에서 생활한복을 한 벌 구입합니다.

그리고 다음날 동숭동 대학로 마로니에 공원의 길바닥에 돗자리를 폅니다.

이상한 모습으로 길바닥에 돗자리를 펴고 앉아있으니, 지나가는 사람들이 이상한 눈길로 쳐다보기만 할 뿐 앉지를 않습니다.

하루 종일 동물원의 원숭이처럼 사람들의 구경거리가 되고 있는데, 나의 수호신(神)이 그만 거둬치우고 동대문시장으로 가자고 합니다.

동대문시장에서 양쪽 팔 길이만큼 한 길이의 흰색 천을 사고, 또 문방구점에서 검정색 매직펜을 사들고 여관방으로 돌아옵니다.

여관방에서 나의 수호신(神)이 가르쳐주는 대로 흰색 천 위에다 검정색 매직펜으로 직접 사람의 얼굴그림을 그려 놓고, 얼굴그림 속에 12궁과 연령 나이 운(運)을 표시하고, 손님을 끌어 모으고 재수운을 불러들이는 도술부적을 그려 넣습니다.

얼굴 관상도를 완성해 놓고 자세히 들여다보니 상당한 실력의 작품이기도 합니다.

다음날 또다시 대학로 마로니에 공원으로 나가 길바닥에 돗자리를 펴고 등뒤의 벽에 내가 그린 얼굴관상도 그림을 걸어 놓으니 지나가는 사람들이 한 사람 두 사람 모여들기 시작하더니 많은 사람들이 모여듭니다.

동숭동 대학로에 길거리 도사(道士)가 출현하여 신통술과 관상술로 운명(運命)을 잘 맞춘다는 입소문이 퍼지면서 사람들이 수없이 많이 모여듭니다.

때로는 내가 나오기 전에 손님들이 먼저 나와 길거리에 줄을 서있기까지도 합니다.

나는 길거리 도사(道士)로부터 출발을 하지만, 인생살이는 장거리 마라톤경주와 같기 때문에 장기계획을 세워놓고 전략적 지혜를 발휘하면서 현재의 상황에서 최선의 방법을 씁니다.

비록 길거리에 돗자리를 펴지만, 매일처럼 똑같은 시간에 똑같은 장소에 똑같은 모습으로 나만의 이미지를 부각시키고 자기 자신을 브랜드화시켜 나아가면서 고객유치를 합니다.

낮에는 길거리 도사(道士)로 대학로 마로니에 공원에서 점(占)을 봐주고, 밤에는 종로 통에서 새로운 사업을 시작합니다.

그러면서 운때에 따른 전략전술과 도술부적의 신통력으로 귀인과 후원자를 만나고 길거리 도사(道士) 생활 1년 만에 아파트를 마련해서 가난한 월세 방 여관생활로부터 탈출을 합니다.

다시금 내 집이 생겼으니 아파트 거실에 법당(法堂)을 꾸미고 상담실도 꾸며야 합니다.

종로 3가 고려만물사에서 금불상과 금두꺼비상을 구입해옵니다.

나는 금불상과 금두꺼비상에 직접 점안식을 합니다.

신(神)들께서 가르쳐주신 그대로 이행을 합니다.

신(神)들께서 하명(下命)의 공수말씀을 내려주십니다.

"제자야! 이제 기다랗게 자란 머리칼과 수염을 깎아버려라! 국사당(國祠堂) 건립이란 큰 목표를 위해서는 장기계획을 세워놓고 정확한 미래운(運)을 예측하면서 때로는 신념과 의지로 살고, 때로는 초월자유로 살면서 입산수도할 때의 초심(初心)과 신(神)들과의 약속을 잊지 않도록 하여라!"

"예! 하오나! 머리를 깎으려면 어느 곳의 누구를 찾아가면 좋겠는지요?"

"제자야! 도사의 머리를 깎아줄 만한 큰 사람이 없으니 신(神)들이 지켜보는 앞에서 본인이 직접 깎도록 하여라!"

"예! 잘 알겠습니다."

나는 밖으로 나가 종로 3가 세운상가에서 가위 · 전기자동이발기 · 면도기를 사들고 옵니다.

11년 동안 한 번도 자르지 않은 기다랗게 자란 머리칼과 수염을 마지막으로 가지런히 빗어봅니다.

그리고 거울 앞에 무릎을 꿇고 앉아 거울 속의 내 모습을 바라보면서 머리칼을 가위로 싹둑-싹둑- 잘라버리고 전기자동이발기로 빡-빡- 깎아버립니다. 수염도 가위로 싹둑-싹둑- 잘라버리고 면도기로 쓱싹-쓱싹- 깎아버립니다.

나는 신(神)들이 지켜보는 앞에서 내 손으로 직접 내 머리를 깎아버렸습니다.

보통 사람들은 머리칼을 멋 내기 위해 치장까지 하면서 많은 신경을 쓰지만, 나는 그것을 싹둑- 잘라서 아예 없애버렸습니다.

나는 도사(道士)이니 몸과 마음의 자유 그리고 영혼의 자유를 위해서 외모·유행·사치함·복잡스러움·신경쓰임들로부터 초월하여 진짜로 자유롭게 살려고 합니다.

나는 도사(道士)이지만 지금의 사회현실이 시장경쟁 자본주의의 사회이기 때문에 현실직시로 현실문제해결과 이상향의 목표달성을 함께 해 나아가려고 합니다.

사람은 누구나 반드시 현실문제해결과 이상추구를 함께 해 나아가야 합니다.

모든 사람은 신분이 무엇이든간에 경제개념이 없거나 또는 돈을 벌지 못하면 무한경쟁 시장경제의 자본주의 사회에서 진정한 자유인이 될 수가 없습니다. 자본주의 사회에서 자기 자신의 이상을 실현시키려면 돈이 필요하기 때문입니다.

나는 우리 민족 신전(神殿) 국사당(國祠堂) 건립을 위해서 내 손으로 직접 돈을 모으려고 합니다.

나는 신통력으로 점(占)을 치고, 운때에 정확히 맞춰 부동산과 주식·펀드에 투자를 합니다. 그리고 도술부적으로 재수운(運)을 불러들여 많은 돈을 벌어들입니다.

"사업 또는 투자를 할 때는 반드시 자기 운명 속의 재물운(運)을 알아야 하고 운(運)이 따라줘야 하며, 운(運)을 좋게 만들 줄도 알아야 합니다."

자기 자신의 사주팔자 운명 속에 재물운과 금전운이 나쁜 사람 또는 운(運)이 나쁠 때와 운세가 약세일 때는 사업을 하거나 상가분양 · 주식 · 펀드 · 선물 등등에 투자를 하면 반드시 손해와 실패를 당하게 됨을 경고합니다.

그러나 나는 신통력으로 점(占)을 치고 정확한 운(運)을 예측해서 부동산 · 주식 · 펀드에 투자를 하여 많은 돈을 벌고 그리고 더 큰 성공을 위해 분명한 목표와 철저한 계획을 세워 서울의 7군데 대형상가들의 지분확보를 많이 하고 서울 동대문 테크노패션몰 상가와 삼익상가 그리고 자산평가 약 5천억 원의 그 유명한 서울 종로 3가 '국일관'의 회장까지 되었습니다. 그리고 지금은 상가들의 고문으로 물러앉고 그동안 사업으로 벌어들인 그 돈으로 산(山) 기도 할 때에 신(神)들과 약속한 우리민족 신전(神殿) 국사당(國祠堂)을 짓기 위해 한반도 백두대간의 남쪽 시작 설악산 입구 강원도 속초시 도문(道門) 동산 306번지 4만 평과 한반도 백두대간의 남쪽 끝 기(氣)가 뭉쳐있는 노고단 봉우리 아래쪽 지리산 입구 경상남도 하동군 화개면 범왕(凡王)리 산100번지 2만 평을 신(神)들의 가르침에 따라 한반도 남쪽의 백두대간 기운(氣運)을 조종할 수 있도록 만반의 준비를 해두고 또한 나무를 심는 조림사업 등등의 투자개념으로 또 다른 명산(明山)의 임야와 도시지역의 땅을 포함해서 약 20만 평의 토지를 소유한 땅 부자로 성공을 하였습니다.

필자가 부동산 투자를 할 경우에 건물 투자는 활용적 자산가치 창출에 많은 비중을 두고, 땅 투자는 5년 10년 20년 앞을 내어다보는 장기 투자와 직접개발 및 활용을 하기 위해서입니다.

필자는 우리나라 최대의 경제위기 1997년 IMF 상황 때 하산(下山)을 하여 그 당시 고금리정책으로 은행금리는 24% 정도로 가장 금리가 높고 반대로 부동산은 모두가 내버릴 정도로 부동산 값이 가장 쌀 때에 점(占)을 치면서 정확한 미래예측으로 부동산 쪽에 많은 투자를 해왔고 또한 주식과 펀드에도 투자를 해왔습니다.

필자는 점(占)을 활용, 정확한 미래예측 투자법으로 큰 돈을 벌었습니다. 그리고 이제 그 돈으로 국사당(國祠堂) 건립을 준비하고 있습니다.

드디어 내년부터 국사당(國祠堂) 건축을 시작할 계획입니다.

이처럼 필자는 실패로부터 성공을 이룩해 내었습니다.

'위기는 또 다른 기회'라고 하였듯이 필자는 미래 전략형 인간으로 나를 바꿔서 ① 예측 ② 목표 ③ 계획 ④ 실천이라는 방법으로 '인생역전'을 이룩해 내었습니다….

나는 위기에 처한 사람들에게 돈 버는 방법과 기술을 가르쳐줍니다.

어떻게든 큰돈을 벌어서 보람되게 잘 쓰라고 충고를 해줍니다.

젊은 사람들에게는 성공·출세를 해서 부자가 되라고 하고, 나이드신 어른과 부자에게는 가지고 있는 돈을 잘 쓰라고 충고를 합니다.

나는 신통술과 관상술로 그 사람의 타고난 운명(運命)을 보석감정사가 보석을 보면서 감정을 하듯 정확하게 '운명감정'을 해 주면서 그 사람의 타고난 운명·운세·운때·운수·신수 등등을 종합 분석을 하여 그 사람의 인생진로·직업운·애정운·결혼운·이혼운·재혼운·성공운·인기

운·출세운·사업운·재물운·금전운·불치병에 걸릴운·수명운 등등 모든 운(運)을 한꺼번에 다 가르쳐주고 인생살이 삶의 전략까지 가르쳐줍니다.

나는 사람 개인의 운명과 운(運)을 점(占)칠 때는 신통술과 관상술에 더 많은 비중을 두고 사주풀이는 참고만 할 뿐입니다.

왜냐하면, 사주풀이를 철학으로 풀 경우에 두 시간 안에 태어난 사람은 똑같은 사주가 되고, 두 시간 안에 태어난 사람이 수천 명이 되지만 똑같은 삶을 살지 않기 때문입니다.

그러나 똑같은 얼굴과 손금 그리고 영혼모습을 가진 사람은 단 한사람도 없기 때문에 개인의 평생운명을 종합 판단하는 운명감정과 여러 가지 운(運)을 점(占)칠 때는 신통술과 관상술에 더 많은 비중을 둔다는 것입니다.

이러하기 때문에 나의 운명예언은 100%까지 적중을 합니다.

또 하나의 진실을 공개적으로 가르쳐드립니다.

모든 사람은 자기의 전생과 영혼이 모두 다르기 때문에 신통점(占)과 관상점(占)이 꼭 필요하고, 사람의 운명과 운(運)을 점(占)칠 때는 신통과 관상 그리고 사주를 함께 동시에 봐야만 가장 잘 맞출 수 있다는 것입니다.

그리고 점(占)을 볼 때는 1년마다 변하는 신수점(占)보다는 평생운의 운명점(占)을 더 중요시해야 하고, 또한 정확한 점(占)을 보고 싶은 사람은 아무리 거리가 멀지라도, 또는 아무리 일이 바쁠지라도 본인이 직접 찾아가야 더 정확히 볼 수 있다는 것을 진심으로 가르쳐드리는 바입니다.

이 글들은 실제체험의 사실과 진실의 글입니다.

이와 같은 진실의 글을 다시 한번 강조합니다.

성공·출세·부자가 되고 싶고 그리고 행복해지고 싶은 사람은 반드시 꼭 한번은 정확한 운명점(運命占)을 보아야 하고, 재미삼아 보는 '길거리점(占)'과 '싸구려점(占)'은 차라리 아니 봄만 못합니다.

운명상담과 운명예언이 틀려버리면 오히려 손해를 당하기 때문입니다.

평생에 꼭 한번 자기의 타고난 운명을 점(占) 잘 치는 도사(道士)를 찾아가 운명점(運命占)을 보고, 자기 운명의 좋은 운(運)과 나쁜 운(運)을 미리 알아내어 사전준비와 사전대비를 잘 하시길 진심으로 권유드리는 바입니다.

그렇습니다.

자기 앞날의 운(運)을 모르면 눈을 감고 울퉁불퉁한 길을 달려가는 것과 같고, 무시무시한 정글 속을 혼자 탐험하는 것과 같습니다.

앞날의 운(運)도 모르고 살아가면 불현듯 명퇴를 당하고, 이혼을 당하고, 소송을 당하고, 투자사기를 당하고, 불치병에 걸리고, 사고로 죽음을 당하고, 실패를 당하고, 파산을 당하기도 합니다.

시장경제 자본주의 체제 속에서 살아가는 모든 사람은 자기의 타고난 운명 속에 반드시 재물운(運)을 알아야 합니다.

자기의 재물운(運)을 알아야 물질적으로 잘살지 못살지를 알고 준비와 대비를 하며 인생전략을 세울 수 있기 때문입니다.

또한 자기의 타고난 운명 속에 금전운(運)을 알아야 합니다.

현재와 앞날의 금전운(運)을 알아야 사업자금을 잘 마련할 수 있고 그리고 사업과 영업을 잘 할 수 있기 때문입니다.

특히, 자본 투자·사업·장사·영업을 하고 있는 사람들은 반드시 자기의 운명흐름과 운세의 강약과 운때를 꼭 알아야 합니다.

잘못 투자한 주식 및 상가분양 또는 잘못 시작한 장사 및 사업은 엄청난 손해와 실패를 초래하고 인생까지 망칠 수 있기 때문입니다.

여기에 재물운과 실패 또는 성공의 실례를 하나 들겠습니다.

어느날 하루, 필자는 오늘도 예약손님 5사람을 점(占)봐주고 있는데 마지막 순번의 손님으로 40대중반의 남자이고 성씨는 박씨입니다.

필자는 여느 때와 같이 찾아온 손님의 마음을 편안하게 해주기 위해 먼저 녹차 한 잔을 대접하면서 이렇게 말을 꺼냅니다.

"먼저 마음을 편안히 하고 녹차 한 잔 드시지요!"

손님으로 찾아온 40대중반의 남자는 녹차를 마시면서 필자의 탁자 위에 항상 놓여있는 '금두꺼비상'을 유심히 바라보다가 입을 엽니다.

"도사님! 저의 운명과 재물운을 좀 봐주십시오."

"손님의 나이와 이름을 말씀해 주실런지요?"

나는 손님의 나이와 이름을 글로 써놓고 육갑을 짚어보고 그 사람의 전체 얼굴과 그리고 얼굴에서 현재 나이 운때를 가리키는 부위와 말년운때를 가리키는 부위 그리고 재백궁을 살피고 그 사람의 눈을 들여다보고 영혼모습까지 직접 잘 살피면서 관상을 모두 보고 난 후, 조용히 눈을 감고는 신안(神眼)을 열고서 나만의 특이한 방법 '신통관상술'로 손님의 운명과 재물운을 점(占)쳐줍니다.

"이 세상에 불알 두 쪽만 달랑 가지고 태어나 아르바이트와 고학으로 K대학을 나오고 대기업에 입사하여 월급쟁이로 시작하고 다시 35세쯤에 직업 변동을 해서 금융계로 자리를 옮기고 높은 연봉을 받으면서 부업까지 하여 큰돈을 벌고 돈이 여유있게 되니 회사 내에 애인을 하나 만들어 바람을 피우고 또한 2년 전에 집을 서쪽 방향 40층 높이쯤의 초고층아파트로 이사를 간 후로는 재수가 꽉 막혀서 1년 사이에 직접 주식투자로 20억 원쯤의 모든 돈을 다 날리고 이제 달랑 은행에 담보 잡힌 빚덩이 집 한 채만 남아 있구먼.

큰 손해를 당하고 생활이 어려워지니 아내가 더 이상 못살겠다고 이혼을 하자고 하고 직장에서는 곧 명퇴를 당하게 될 처지가 되었구먼.

천방지축으로 까불다가 낙동강 오리알 신세가 되어 패가망신을 당할 운명으로 지금 당신의 영혼이 굉장히 불안해하고 있어. 내 점괘가 틀린 거야? 맞는 거야?"

"도사님 말씀이 정확히 맞습니다요. 이제라도 좋은 방법이 있습니까?"

"이미 큰 손해를 당하고 인생실패로 진행을 하고 있지만 이제라도 즉시 재수 없는 애인은 잘 달래서 정리를 하고 오구삼살방으로 잘못 이사를 들어간 40층쯤의 초고층아파트 집은 정리를 해서 은행 빚을 갚아버리고 다시 동쪽 방향으로 줄여서 이사를 해야 해. 그리고 앞으로는 반드시 자기 운(運)에 잘 맞추어 투자를 하고 또한 운(運)때에 잘 맞추어 투자를 갈아 탈 줄도 알아야지."

"도사님! 앞으로는 무엇을 어떻게 투자해야 또다시 돈을 벌어 재기를 할 수 있을지 나에게 맞는 재테크를 좀 가르쳐주십시요."

"사람마다 각각의 운명이 다르고 또한 각각의 운(運)과 운때도 각각 모두가 다르기 때문에 자기 자신에게 무엇이 가장 잘 맞는지? 또는 언제 시작해야 잘 맞는지? 또는 어떻게 해야 잘 맞는지? 등등을 알아야 하는 거야.

주식투자를 할 경우에는 투자할 기업의 정확한 재무제표와 내부정보를 모르면 투자 손해를 당할 수 있으니 차라리 간접주식투자 펀드에 투자를 하고, 금융을 공부하여 국제금융시장의 흐름과 국제금융상품 Bond · CP · CD · CB · BW · DR · EB · PB 그리고 RP · L/C · BA 그리고 옵

션 · 역외 · 헷지 등등을 알아야 하며, 모든 것은 '올라가면 언젠가는 반드시 내려가고 또한 내려가면 언젠가는 반드시 올라간다'는 변화의 리듬 법칙에 따라 정확한 미래예측을 해내야 하고 그리고 반드시 자기가 잘 아는 것에 투자해야 하며 또한 자기에게 잘 맞는 것에 투자해야 하는 거야.

당신은 타고난 운명과 후천운(運)을 볼 때 땅(토지)이 잘 맞아. 또한 시장경제원리 수요와 공급의 법칙에서 우리나라는 인구수는 많고 국토가 좁기 때문에 토지(땅)투자는 가장 투자대비 수익성이 좋고 그리고 잘 선택한 좋은 땅은 안전하게 돈을 벌어주고 부를 축적할 수 있으며 여러모로 활용가치가 높은 거야.

타고난 운명 속에 들어있는 나쁜 살(殺)들을 도술부적으로 깨끗이 소멸을 해서 개운(開運)을 하고, 이제부터는 부동산 토지(땅) 쪽으로 투자방향을 잡고 반드시 투자전략을 세워서 개발정보 입수와 미래가치창출의 정확한 미래예측투자를 잘하면 큰돈을 벌수 있을 거야."

"도사님! 그럼 부동산 토지(땅)투자의 자세한 전략을 좀 가르쳐주십시요."

"토지(땅)투자는 딱 한 번이라도 제대로 잘하면 평생 동안 먹을 것은 물론이고 자손에게까지 유산으로 남겨줄 수 있기 때문에 토지의 개념과 입지분석 그리고 각종 행위제한의 법률부터 제대로 알고 난 후, 반드시 투자목적에 따른 지가상승의 미래예측을 정확하게 잘 해내야 토지활용과 함께 큰돈을 벌 수 있는 거야.

현재 우리나라의 토지공개념적 국토이용과 도시계획에 따른 토지분류를 살펴보면 토지의 용도구분에서는 ① 도시지역 ② 관리지역 ③ 농림지역 ④ 자연환경보호지역 등등으로 나누고, 도시지역은 또다시 ① 주거지역 ② 상

업지역 ③ 공업지역 ④ 녹지지역 등등으로 나누며, 또다시 주거지역은 ①
제1종전용 ② 제2종전용 ③ 제1종일반 ④ 제2종일반 ⑤ 제3종일반 ⑥ 준주
거지역 등등으로 세분을 하고, 상업지역은 또다시 ① 중심상업지역 ② 일
반상업지역 ③ 근린상업지역 ④ 유통상업지역 등등으로 세분을 하고, 공업
지역은 또다시 ① 전용공업지역 ② 일반공업지역 ③ 준공업지역 등등으로
세분을 하고, 녹지지역은 ① 보전녹지지역 ② 생산녹지지역 ③ 자연녹지지
역 등등으로 세분을 하는 거야.

관리지역은 ① 보전관리 ② 생산관리 ③ 계획관리지역 등등으로 세분을
하고, 농림지역은 ① 생산지역 ② 보전지역 등등으로 세분을 하고, 자연환
경보호지역은 ① 자연환경 ② 수자원 ③ 해안 ④ 생태계 ⑤ 상수원 ⑥ 문화
재보전지역 등등으로 세분을 하는 거야. 그리고 토지의 용도지구지정 행위
제한으로는 ① 경관 ② 미관 ③ 고도 ④ 방화 ⑤ 방재 ⑥ 보존 ⑦ 시설보호
⑧ 취락 ⑨ 개발진흥 ⑩ 특정용도제한 ⑪ 위락 ⑫ 리모델링지구 등등으로
세분을 하는 거야.

그리고 토지의 용도구역지정 행위제한으로는 ① 개발제한(그린벨트) ②
시가지조정 ③ 수산자원보호 ④ 지구단위계획 ⑤ 개발밀도관리 ⑥ 기반시
설부담 ⑦ 도시개발구역 등등으로 세분을 하고 또 다른 행위제한의 규제가
많은 거야.

이상의 국토이용과 도시계획 및 토지개발에 따른 법률과 ① 농지법 ② 산
지법 ③ 건축법 ④ 도로법 ⑤ 절대벌채금지 ⑥ 절대전용금지 ⑦ 절대형질변
경금지 등등의 수많은 관련 법률에 따른 행위제한 등등을 제대로 알고서 ①
농업용부지 ② 임업용부지 ③ 목장부지 ④ 전원주택부지 ⑤ 근린생활시설
부지 ⑥ 휴양시설부지 ⑦ 종교시설부지 ⑧ 공원묘지부지 ⑨ 골프장부지 ⑩

스키장부지 ⑪ 아파트부지 ⑫ 빌딩부지 ⑬ 공장부지 ⑭ 주택부지 등등을 반드시 계획과 목적에 따라 매입을 해야 하며 그리고 유해시설 및 토양오염이 없어야 하고, 식수와 하수가 해결되어야 하고, 통풍이 좋아야 하고 그리고 방향과 좌향을 잘 살펴서 ① 일조권 ② 조망권 ③ 환경권 등등이 보호되어야 하며, 반드시 일정 폭 이상의 도로(4m · 8m)가 확보되어야 하는거야.

지금은 도로가 없는 맹지이지만 앞으로 새로운 도로계획 또는 개발계획이 예상되는 곳을 잘 선점하면 그만큼 큰 이익이 발생할 수도 있으니 토지(땅)투자로 큰돈을 벌고 싶으면 풍수지리학적 입지분석과 미래수요의 정확한 미래예측이 가장 중요한 것이야."

나는 그동안 실전으로 경험한 나의 '미래예측부동산투자'의 노하우를 가르쳐주면서 업살소멸의 도술부적과 재수를 불러들이는 도술부적을 한 장씩 직접 그려주고 지갑 속에 잘 넣고 다니라고 일러줍니다.

부동산 정책은 상황에 따라 바뀔 수 있고 또한 바뀌어 왔지만, 수요와 공급의 경제 원리는 결코 바뀌지 않습니다.

필자는 정확한 '미래예측부동산투자'로 현재 국사당(國祠堂과 國寺堂)을 짓기 위한 명산(明山)의 명당터와 수종개량 나무심기 조림사업 등등을 포함하여 약 20만 평의 토지를 소유하고 있는 땅 부자가 되었고, 대형 집합상가 건물의 최대 지분권을 여러 군데 가지고 있으며, 부동산등기권리증을 21개나 소유한 부동산 부자가 되었습니다.

필자는 그동안 정확한 '미래예측점(占)술'과 '도술부적'을 활용하여 부동산 투자 · 주식투자 · 금융기법 등등으로 100배까지의 수익률 베팅도 만들어 내었으며 점(占)술로 돈 흐름의 길목을 잘 선점해 내었습니다.

필자는 그동안 무일푼에서 종자 돈을 마련하기 위해 자기 직업에 충실하고, 주식과 펀드투자로 돈을 벌고, 상가와 땅 등등 부동산투자로 재산을 늘리고 그리고 이제부터는 하고 싶었던 공익자선사업을 시작합니다.

내년부터는 소유하고 있는 부동산을 하나씩 처분하여 국사당 건축비용으로 쓸 계획입니다.

돈이 있어야 하고싶은 일을 마음먹은 대로 할 수가 있는 것입니다.

필자는 10년 동안을 산(山) 속에서 살고 또 10년 동안을 열심히 노력하여 성공을 이룩했습니다.

그리고 이제는 2030년까지 완공목표로 대한민국 유일무이한 국사당(國祠堂) 건축을 또다시 시작을 합니다.

대의명분의 소망을 담은 꿈은 꼭 이루어 질 것입니다….

이 글들은 실제체험의 사실과 진실의 글입니다.

실적만큼 확실한 실력이 또 있겠습니까?!

경험만큼 확실한 지식이 또 있겠습니까?!

그렇습니다.

우리는 모두가 살고 있는 집이 있고 가게와 사무실이 있고 경작하고 있는 논밭이 있고 또한 임야 · 공장터 · 빌딩터 · 나대지 등등 부동산을 소유하고 있기 때문에 부동산활용과 부동산투자를 반드시 자기 운명 속의 '재물운' 을 알고서 잘 할 줄 알아야 합니다.

주식투자와 펀드투자는 '금전운' 을 알고서 잘 할 줄 알아야 합니다. 자기 자신의 타고난 운명(運命)에 재물운과 금전운은 정말로 중요하다는 것을 강조하는 바입니다.

우리는 모두가 사회생활과 경제활동을 하고 있고, 또한 부동산과 반드시 관련이 있기 때문에 부동산의 소유권 · 등기권 · 가등기 · 예고등기 · 매매 · 공매 · 경매 그리고 근저당권 · 저당권 · 담보 · 임차권 · 전세권 · 질권 · 지상권 · 유치권 · 대항권 · 점유권 · 대위변제 · 압류 · 가압류 · 가처분 · 인도명령 · 명도소송 그리고 손해배상 · 손실보상 · 문서공증 · 내용증명 등등의 생활법률상식을 꼭 알아야 합니다.

현재 사회생활을 하고 있는 성인으로서 이와 같은 기본생활법률상식도 모르는 사람은 절대로 잘살 수 없다는 것을 충고하는 바이니, 잘살고 싶은 사람은 이와 같은 기본상식을 반드시 알아둬야 합니다.

이 글을 읽고 있는 독자분 중에서 토지투자와 상가투자 그리고 아파트투자 등등 부동산투자로 큰돈을 벌고 싶은 사람 또는 자기 소유 부동산을 비싸게 팔고 싶은 사람 또는 자기 소유 부동산이 잘 팔리지 않는 사람 그리고 토지투자와 상가분양투자를 잘못하여 지금 큰 손해를 당하고 있는 사람 또는 자기 소유의 부동산이나 살고 있는 집이 경매로 빼앗길 염려가 예상되거나 임차인으로서 큰 손해를 당할 염려가 있는 사람은 누구든 필자를 찾아와 '부동산상담'을 받으시길 바랍니다.

또한 자기 소유 토지가 공공사업 등등으로 강제수용을 당할 시는 헌법 제23조 제③항에 의거 '정당한 보상을 지급하여야 한다'라고 명시되어 있기 때문에 반드시 참고로 활용하는 등등 누구든 부동산으로 억울함을 당하고 있거나 또는 억울한 명도소송과 억울한 압류와 가압류 또는 억울한 가처분을 당하고 있거나 또는 집주인과 상가 건물주의 횡포로 억울함을 당하고 있거나 또는 억울한 이혼소송과 각종 민 · 형사소송으로 억울함을 당하고 있거나 등등 각종 억울한 법집행과 각종 소송 등등으로 억울함을 당하고 있는 사람들 그리고 배우자와 남편으로부터 부당한 대우 또는 나쁜 불륜으로부터 망신살이나 협박을 당하고 있는 사람들은 필자를 찾아오시길 바랍니다.

무슨 일이든 억울함을 당하고 있는 사람들은 찾아오십시요!

누구든 재테크로 돈을 벌고 싶은 사람들은 찾아오십시요!

누구든 결혼과 재혼을 잘하고 싶은 사람들은 찾아오십시요!

누구든 앞날의 운(運)을 알고 싶은 사람들은 찾아오십시요!

누구든 자신의 타고난 운명(運命)을 정확히 미리 알아두고 싶거나 또는 알고 싶은 사람들은 모두 필자를 찾아오시기 바랍니다.

특히 부동산투자는 부동산에 대한 개념과 전문지식 그리고 관련 법률과 정부 정책을 잘 알아야 하고, 무엇보다도 자기 운명 속에 타고난 재물운과 손해 실패수 등등 반드시 운(運)을 알아야 합니다.

필자는 산(山) 속에서 10년 동안 도(道)를 공부한 도사(道士)이지만, 부동산과 재테크 박사과정을 공부하고 또한 수많은 부동산투자와 서울 중앙에서 대형집합상가 경영 및 실전법률로 성공을 이룩한 실력가이기 때문에 운명감정과 인생상담을 잘할 수 있습니다.

카운셀러와 점(占)쟁이도 실력에 따라 1류·2류·3류가 있습니다.

그렇습니다.

모든 사람은 자기의 타고난 운명에 반드시 애정운(運)과 결혼운(運)을 알고 인생을 살아가야 합니다.

인생살이에서 가장 중요하다고 할 수 있는 자기 자신의 결혼운(運)이 일찍하면 좋을지? 늦게 하면 좋을지? 한 번 할지? 두 번 할지? 한 번도 못할지? 홀아비가 될지? 과부가 될지? 독신자가 될지? 창녀가 될지? 남편 복이 있을지? 남편 복이 없을지? 처복이 있을지? 처복이 없을지? 애인을 두면 좋을지? 애인을 두면 나쁠지? 연상이 좋을지? 연하가 좋을지? 맞벌이를 해야 될지? 맞벌이를 하지 않아도 될지? 이혼을 하게 될지? 사별을 하게 될지? 불행할지? 또는 행복할지? 등등 자기의 타고난 애정운과 결혼운·이혼운·재혼운·사별운 등등을 '운명감정'을 받고 미리 사전에 꼭 알아둬야 함을 분명히 충고합니다.

특별한 사람들은 자기의 타고난 운명에 대중적 인기운(運)을 알아야 합니다.

반드시 대중적 인기운(運)이 들어 있어야 인기 탤런트·인기 배우·인기 가수·인기 예술가·인기 모델·인기 프로운동선수·인기 정치가 등등이 될 수 있습니다.

특별한 사람들은 자기의 타고난 운명에 출세운(運)을 알아야 합니다.

반드시 출세운(運)이 들어있어야 기업가·정치가·고위공직자·검사·판사·전문경영자·유명인물 등등으로 출세를 할 수 있습니다.

모든 사람은 자기의 타고난 운명에 반드시 수명운(運)을 알아야 합니다.

어릴 때 죽을 것인지? 젊어서 죽을 것인지? 요절을 당할 것인지? 늙어서 죽을 것인지? 유괴를 당할 것인지? 납치를 당할 것인지? 사고로 죽을 것인지? 불치병으로 죽을 것인지? 노환으로 죽을 것인지? 길거리 객사를 당할 것인지? 원한을 품고 죽을 것인지? 홧병(火病)으로 죽을 것인지? 핏줄내림의 단명으로 죽을 것인지? 핏줄내림의 불치병으로 죽을 것인지? 앙갚음으로 죽음을 당할 것인지? 또는 잘 살다가 편안하고 멋있게 죽을 것인지? 등등 사전에 자기 자신의 수명운(運)을 반드시 알아둘 것을 진심으로 충고합니다.

자기의 타고난 수명에 맞춰서 삶의 목표와 계획을 세워야 합니다.

수명이 단명이라면 어느 정도의 단명으로 죽을 것인지 그리고 사고로 죽을 것인지 또는 불치병으로 죽을 것인지 등등에 따라서 보험가입도 미리 해두는 등등의 사전대비책을 반드시 세워두길 또한 충고합니다.

우리는 항상 앞날의 예측을 잘 해내야 합니다.

우리는 항상 사전준비와 사전대비를 잘해야 합니다.

돈을 버는 방법은 여러 방법이 있습니다.

성공하는 방법도 여러 방법이 있습니다.

삶을 살아가는 방법도 여러 방법이 있습니다.

우리는 항상 최고의 방법과 최선의 노력으로 반드시 잘살아야 합니다.

그렇습니다.

잘살려면 반드시 알아야 합니다.

자기 자신이 현생에 사람으로 태어나면서 어떤 운명(運命)을 타고났는지 반드시 알고 살아가야 함을 진심으로 거듭 충고드리는 바입니다.

제27장
이것을 알면 당신도 성공할 수 있다

이제 이 책의 마지막 장이 되었습니다.

사람은 누구나 잘살고 싶고, 성공을 하고 싶고, 출세를 하고 싶고, 돈을 많이 벌고 싶고 그리고 행복하기를 소망합니다.

그런데 왜 그렇게 안 되는 것일까?

왜 욕심대로 잘 되지 않을까?

왜 마음먹은 대로 잘 되지 않을까?

정말로 팔자 운명이란 것이 있는 것일까? ….

그렇습니다.

팔자 운명이란 것이 있습니다.

분명히 팔자 운명이란 것이 있기 때문에 누구나 다 잘 되기를 소망하지만 아무나 다 그렇게 될 수는 없습니다.

여기에 이 책을 통하여 체험적 사실과 진실이야기를 펼치면서 '운명작용이론'을 최초로 공개했습니다.

모든 사람은 태어나면서 ① 자기전생업작용 ② 자기핏줄업작용 ③ 영혼과 혼령 간의 핏줄동기감응작용 ④ 풍수지리 환경작용 ⑤ 음양오행역리작용 등등이 관계성으로 인과의 법칙과 인연의 법칙에 따라서 운명(運命)이라는 것을 가지고 태어나고 또한 삶을 살아가면서도 항시 운(運)이란 것이 변화의 하늘법칙에 따라 작용을 하기 때문에 우리는 이것을 알아야 합니다.

그렇습니다.

세상의 이치는 원인에 따른 결과의 작용으로 인과의 법칙입니다.

전생에 복(福)을 지었으면 현생에서 잘살게 됩니다.

조상님이 공덕을 쌓으면 그 후손이 음덕을 받습니다.

전생에 업(業)을 지었으면 현생에서 못 살게 됩니다.

조상님이 죄업을 쌓으면 그 후손이 벌을 받습니다.

자연을 훼손시키면 반드시 천재지변의 재앙이 따릅니다….

이처럼 인과의 법칙은 하늘법칙입니다.

그렇습니다.

우리는 이러한 세상의 이치를 알아야 합니다.

세상의 이치는 원인에 따른 결과의 작용으로 인과의 법칙이기 때문에 원인을 알아내어 근본원인을 바꿔주거나 또는 소멸시켜주면 그 결과가 바뀌게 된다는 이치를 알아야 합니다.

사람의 운명은 타고나기도 하지만 또한 바꾸어 낼 수도 있습니다.

운명은 분명히 바꾸어 낼 수 있습니다!!

그러나 타고난 운명을 바꾸려면 우선 자기 자신의 타고난 운명을 미리 정확히 알아내야 합니다.

운명의 비밀을 알 수 있는 최선의 방법으로는 '운명감정'을 통해서 입니다.

운명감정을 통해서 타고난 운명을 정확히 알아내야 합니다.

그렇습니다.

운명감정을 통해서 운명 속의 좋은 운과 나쁜 운을 정확히 모두 다 알아내고, 자기 운명 속에 들어있는 나쁜 운 즉, 살(殺)과 업(業)만 골라서 원인의 근본원인을 바꿔주거나 또는 소멸시켜버리면 되는 것입니다.

이러할 경우에 진짜 실력의 운명전문도사(道士)가 필요합니다.

모든 점(占)쟁이 중에서 진짜 실력의 운명전문도사(道士)만이 도술이 있기 때문에 사람의 타고난 운명과 나쁜 운(運)을 도술로 바꿔낼 수 있음을 만천하에 공개하면서 가르쳐드리는 바입니다!!!

그렇습니다.

운명을 바꾸려면 가장 먼저 자기 자신이 현생에 사람으로 태어나면서 하늘로부터 인과작용으로 타고난 자기 자신의 타고난 운명(運命)을 정확히 알아야 합니다.

자기 자신의 운명을 미리 알면 누구나 잘살 수 있습니다.

자기 자신의 운명을 알면 성공과 출세를 할 수 있고, 돈을 많이 벌 수 있고 그리고 행복한 삶을 살아 갈 수 있습니다.

그렇습니다.

자기 자신의 타고난 운명 속에 어떤 운(運)들이 들어있는지 정확히 알아야 합니다.

우리는 무한경쟁 시장경제의 자본주의 사회에서 살고 있습니다.

돈을 벌고 싶은 사람은 자기 자신의 타고난 운명 속의 재물운과 금전운을 꼭 알아야 합니다.

자기 자신의 재물운과 금전운을 알아야 사업과 투자를 잘 선택할 수 있고 또한 직업선택을 잘 할 수 있습니다.

무슨 일을 하든지 간에 운(運)을 미리 사전에 알아내어 선택결정을 잘 하고 철저한 목표와 계획을 세워 열정과 끈기로 나아가면 누구나 성공 출세를 할 수 있고 또한 돈을 벌 수 있다는 것을 분명히 가르쳐드립니다.

"아는 것이 힘이고 정확한 정보는 이득을 가져옵니다."

필자는 서울에서 운명전문 도사(道士)로 입소문이 나있습니다.

필자는 서울에서 신통관상의 최고실력가로 '운명감정'을 잘하고 또한 신통도술로 주식 · 펀드 · 부동산투자로 재테크를 잘하고 또한 손님들에게도 그 사람의 운명과 운(運)에 가장 적합한 재테크 방법과 기술을 가르쳐주어 돈 잘 벌게 해 주는 진짜 도사(道士)로 입소문이 나 있습니다.

필자는 미래운(運)을 잘 맞추기 때문에 부동산가격과 주식의 주가 등등 미래경제지표를 정확히 예측을 잘하고 시대흐름의 트렌드를 잘 파악하며 항상 가장 합리적인 답을 말해줍니다.

필자를 한 번이라도 찾아왔던 사람과 단골손님들은 그동안 부동산 투자로 큰돈을 벌고, 주식과 펀드로 큰돈을 벌고 또한 보험가입으로 큰돈을 벌고, 꿈 풀이 활용으로 복권에 당첨되어 큰돈을 벌고 그리고 타고난 소질재주계발로 큰돈을 벌고, 결혼과 재혼을 잘하여 큰돈을 벌고 그리고 최고의 방법인 하늘 천제(天祭)를 올리고 또는 도술부적으로 개운(改運)을 하여 성공과 출세를 하게 해주고 부자가 되게 해주었습니다.

필자는 손님으로 찾아온 사람들에게 성공하는 방법과 돈버는 기술을 그 사람의 운명과 운(運)에 꼭 맞게 정확히 잘 가르쳐줍니다.

모든 사람의 타고난 운명과 운(運)이 모두 다른 것처럼 성공하는 방법과 돈버는 기술도 모두가 다 다를 수 있습니다.

그렇습니다.

자기 자신의 타고난 운명과 운(運)을 미리 사전에 알고 있으면 스스로 운 때를 알게 되고 예측과 선택을 잘할 수 있게 되니 이러한 사람은 반드시 성 공 출세를 할 수 있고 큰돈을 벌 수 있고 그리고 행복한 삶을 살아 갈 수 있 다는 것을 분명히 가르쳐드리는 바입니다.

독자분이여!

당신은 당신의 미래운(運)에 대하여 얼마나 알고 있습니까?

혹시, 잘못 알고 있지는 않습니까?

잘못 알고 있으면 엄청난 손해와 돌이킬 수 없는 실패를 하게 되고, 전혀 모르고 있으면 엄청난 실수를 지금 하고 있는 것입니다.

인생살이는 사후대책보다는 항상 사전예방이 중요합니다.

무슨 일이든 사전준비와 사전대비를 잘해야 힘 안들이고 잘해낼 수 있습 니다.

독자분이여!

정말로 잘살기를 소망하십니까?

잘살기를 소망하는 독자분에게 잘 사는 방법과 삶의 기술을 정확히 가르 쳐드리겠습니다.

당신의 신분이 무엇이든 또는 아무리 멀리에서 살고 있든 정말로 잘 살 고 싶다면 평생에 꼭 한번은 '운명감정'을 받으시고, 현재 무슨 이유로든 어려움이 있거든 즉시 '인생상담'을 꼭 받으십시요!!

이 책을 끝까지 다 읽었다면 분명히 필자와 인연이 있는 사람입니다.

우리 민족 동포라면 누구든지 서울에 살고 있는 '필자'를 찾아와서 무엇이든 물어보시길 바랍니다.

특별한 문제가 있거나 정확한 해답을 얻고 싶은 사람은 현재 필자가 살고 있는 서울로 본인이 직접 찾아오시기 바랍니다.

필자는 지리산과 설악산에 '국사당(國祠堂)' 건립을 추진해 가면서 아파트 2개 층에 '서울국사당' 사무실을 마련하고 함께 여러 가지 동시업무를 보고 있습니다.

아래층 201호는 상담실로 사용을 하고 있고, 위층 301호는 명상실로 사용을 하고 있습니다.

또한 이웃의 상가에는 '성불사선원'을 운영하고 있습니다.

아파트는 자동차 출입과 주차가 편리하고 또한 찾기가 쉽습니다.

현재 필자가 상담을 하고 있는 주소는 '서울시 노원구 월계 1동 930번지 우남아파트 101동 201호' 입니다.

서울특별시 지도를 펼쳐놓고 보면 '서울시내 동북쪽(태릉지역)'에 위치하고 있으며, 서울 지하철 1호선과 6호선 '석계역 ③번 출구 앞'에 위치하고 서울 지하철 7호선도 근처로 통과하니 '태릉입구역'에서 환승하여 한 정거장만 오시거나 또는 태릉입구역 ①번 출구로 나와서 큰 길을 따라 석계역 방향으로 걸어오셔도 됩니다.

자동차를 직접 운전하고 찾아오실 경우에는 경부고속도로 · 영동고속도로 · 중부고속도로 · 서해안고속도로 등등을 타고 서울로 들어와서 서울내부순환도로 · 서울북부간선도로 · 서울동부간선도로 등등을 이용하여 서울시내의 동북쪽으로 방향을 잡고 '묵동IC · 월릉IC와 태릉 · 석계역' 진출입램프로 빠져나와 최종 목적지 석계역으로 오시면 되고, 고가도로 아래편으로 진입하여 그랑빌아파트 상가 끝 대로변에 위치한 '석계역 3번 출구 앞 우남아파트'로 곧바로 들어오시면 됩니다.

우남아파트는 석계역에 가장 가까이 바로 붙어있는 22층 아파트 건물이기 때문에 아주 찾기가 쉽습니다. 고가도로 윗편으로 진입을 해도 고가 끝에서 유턴을 해올 수 있습니다.

필자가 살고 있는 석계역 ③번 출구 앞 우남아파트는 사람 출입과 자동차 출입 및 주차가 아주 자유롭고 편리합니다.

고속버스를 이용할 경우에는 동서울버스터미널역·강남고속버스터미널역에서 지하철 7호선을 갈아타고 오시면 되고, KTX 고속열차와 기타 열차를 이용할 경우에는 용산역·서울역에서 지하철 1호선을 갈아타고 30분쯤 걸려 석계역까지 오셔서 석계역 ③번 출구 3m 코앞 우남아파트 101동 2층 201호로 들어오시면 됩니다.

우리 동네 근처에는 태릉선수촌·육군사관학교·서울여자대학교·서울산업대학교·광운대학교·서울북부지방법원·성북역·신이문역·태릉입구역 그리고 '월릉교'가 있고 중랑천이 흐르고 있습니다.

사통팔달의 도로와 물은 흘러 움직이는 재물운(運)으로 보기 때문에, 그리고 하늘의 달(月)은 물(水)과 재물을 움직이고 운(運)을 조종하기 때문에, 운(運)에 따른 이름과 내 개인에게 좋은 동네가 월계동(月溪洞)이고, 또한 하늘신령님께서 삼각산과 도봉산 그리고 수락산과 불암산 등등의 산(山)이 잘 보이고 도깨비대왕신(神)이 살고 있는 집터를 찾으라고 해서 점(占)까지 쳐서 지금의 이곳에 터를 잡았습니다.

지금의 집터에 살면서 터신(神)을 움직여 엄청나게 재수 좋은 터로 만들고 있습니다.

필자는 깊은 밤 고요한 밤중이 되면 초월명상으로 들어가 서울의 당산 (山) 북한산국립공원 도봉산과 삼각산의 가장 높은 백운대와 인수봉을 시작으로 해서 북악산 · 인왕산 · 관악산 · 계양산 · 수리산 · 청계산 · 광교산 · 문형산 · 검단산 · 대모산 · 구룡산 · 우면산 · 남산 · 배봉산 · 아차산 · 용마산 · 천마산 · 봉화산 · 불암산 · 수락산 · 도봉산 · 사패산 · 초안산을 한 바퀴 빙-둘러서 다녀오기도 합니다.

필자는 도사(道士)이기 때문에 항상 우리 민족과 국가의 국운(國運)을 살피면서 잘 되기만을 간절한 마음으로 기도드리면서 모든 사람들이 성공 출세를 하고 부자가 되어 행복하게 살다가 원한이 없는 정말 잘 죽는 죽음을 맞이하고 그리고 그 영혼들은 모두가 극락천국 하늘나라에 태어나고 또한 초월자유의 해탈열반하기를 진심으로 기원드리는 바입니다.

다시 한번 더 꼭 하고싶은 말씀은 우리 모두는 인생살이 무한경쟁 정글법칙의 냉혹한 현실에서 살아남아야 하고 또한 잘살려면 자기 자신의 타고난 운명(運命)을 꼭한번 '종합운명감정'을 통하여 반드시 알아둬야 함을 꼭 가르쳐드리면서, 필자처럼 필자만의 특별한 비법 신통관상술로 그 사람의 태어난 사주 · 얼굴모습 · 손금암호해독 · 영혼모습 등등을 동시에 함께 보면서 운명점(運命占)을 치면 무엇이든 100%까지 정확히 맞출 수 있다는 것을 알려드리고자 하는 바입니다.

점(占)쟁이도 1류 · 2류 · 3류까지 등급이 있다는 것을 알려드립니다. 평생에 꼭한번 정확한 운명점(運命占)을 보고싶을 경우에는 반드시 운명점(運命占) 전문가 최고 1류 점쟁이를 직접 찾아가야 한다는 것을 분명히 가르쳐 드리는 바입니다.

이 책을 읽은 독자로서 더욱 자세한 자기 자신의 '평생운명'과 여러 가지의 운(運)·운세·운때 등등을 알고 싶은 사람, 현재의 삶이 너무나 고통스럽고 또한 고생스런 사람, 결혼 및 재혼을 잘하고 싶은 사람, 꼭 성공과 출세를 하고 싶은 사람, 후천운으로 큰돈을 벌고 싶은 사람, 그리고 신통술과 도술을 공부하고 싶은 사람 등등 정말로 잘살고 싶거나 또는 행복한 삶을 살고 싶은 사람들은 전화로 예약을 하고 찾아오시면 2030년까지 필자와 직접 만남이 가능합니다.

필자는 사업경영과 국사당 건립추진 그리고 수행공부로 항시 바쁘기 때문에 반드시 전화예약을 하고 방문을 하셔야 합니다.

평생에 꼭 한번 독자분과 직접 만남을 약속드리면서 필자의 '운명작용이론'과 '운명정보제공'이 인류사회의 발전과 개인의 삶에 보탬이 되길 진심으로 기원드리는 바입니다.

끝으로, 필자가 평생 동안 연구하고 검증하여 역사의 기록으로 남겨놓은 운명분야의 정말로 귀중한 이 책이 많은 사람들에게 전달되어 항상 가까이 두고 늘 참고하길 진심으로 바라는 바이고, 또한 이 책을 읽은 사람들은 우리 민족 국사당 건립에 물심양면으로 많이 참여해 주시길 진심으로 기원드리는 바입니다.

이 책을 읽어주신 당신께 진심으로 감사를 드리나이다.

서울국사당 선방에서 도성道聖 씀

서울평생전화 0502-948-5728

핸드폰 011-685-4984

누구든 차 한잔 마시러 오십시요!

천기소설 神

초판 1쇄 인쇄일_ 2007년 12월 10일
초판 1쇄 발행일_ 2007년 12월 17일

지은이_ 도성
펴낸이_ 최길주

펴낸곳_ 뿌리출판사
신고번호_ 제310-2006-00002호
주소_ 서울시 노원구 월계1동 930 우남ⓐ 관리동 2층 사무실
전화_ 02)948-5728(代) ㅣ 팩스_ 02)973-4984

값 9,800원

ISBN 978-89-957850-1-0 03810

총판·도서공급 도서출판 BㅣG 북갤러리
전화_ 02)761-7005 팩스_ 02)761-7995